Tumba dos Antigos

TUMBA DOS ANTIGOS

MADELEINE ROUX

TRADUÇÃO: GUILHERME MIRANDA

PLATA
FORMA 21

TÍTULO ORIGINAL *Tomb of Ancients*
© 2019 by HarperCollins Publishers. Publicado com a autorização da HarperCollins Children's Books, uma divisão da HarperCollins Publishers.
© 2021 VR Editora S.A.

Plataforma21 é o selo jovem da VR Editora

DIREÇÃO EDITORIAL Marco Garcia
EDIÇÃO Thaíse Costa Macêdo
EDITORA-ASSISTENTE Natália Chagas Máximo
PREPARAÇÃO Isadora Prospero
REVISÃO Raquel Nakasone e Juliana Bormio de Sousa
DIAGRAMAÇÃO Pamella Destefi
ILUSTRAÇÕES © 2019 by Iris Compiet
CAPA E TIPOGRAFIA Erin Fitzsimmons e Catherine San Juan
ILUSTRAÇÃO DE CAPA Carolina Marando

Dados Internacionais de Catalogação na Publicação (CIP)
(Câmara Brasileira do Livro, SP, Brasil)

Roux, Madeleine
Tumba dos Antigos / Madeleine Roux; tradução Guilherme Miranda. – São Paulo: Plataforma21, 2020. – (Casa das fúrias; 3)

Título original: Tomb of Ancients
ISBN 978-65-5008-030-3

1. Ficção juvenil 2. Suspense – Ficção I. Título II. Série.

20-32831 CDD-028.5

Índices para catálogo sistemático:
1. Ficção: Literatura juvenil 028.5
Maria Alice Ferreira – Bibliotecária – CRB-8/7964

Todos os direitos desta edição reservados à
VR EDITORA S.A.
Rua Cel. Lisboa, 989 | Vila Mariana
CEP 04020-041 | São Paulo | SP
Tel. | Fax: (+55 11) 4612-2866
plataforma21.com.br | plataforma21@vreditoras.com.br

*Para Andrew, Kate e Iris,
que acompanharam esta jornada até o fim.*

Para minha família, meus amigos e Smidgen.

*Para A. S. Byatt, cuja obra influenciou
profundamente este livro e todos os livros por vir.*

Veja o que é o poder –

ter o medo de outra pessoa em mãos

e mostrá-lo para ela!

— AMY TAN

Devagar e sempre vai

se movendo o poder dos deuses.

— EURÍPIDES

Prólogo

Estava ficando cada vez menos evidente onde eu terminava e ele começava. Os sonhos do meu pai haviam se tornado meus e, como seu coração sombrio, eram sempre terríveis e perturbadores. Eu temia dormir, mas pegava no sono facilmente, uma letargia profunda e repleta de sonhos que me consumia assim que encostava a cabeça no travesseiro. Por vezes, nesses sonhos, eu vagava pelo passado – o meu e o dele –, assistindo a tudo como uma observadora, alguém de fora julgando minhas escolhas e as dele.

Naquela noite, porém, eu explorava um corredor aparentemente infinito, alto e arqueado como uma catedral, com as paredes e os pisos feitos de um vidro negro e cintilante. E, embora não houvesse nenhuma explicação para aquilo, eu sabia que aquele lugar, assim como minha presença ali, era real. Embora vagasse por ele no sonho, parecia tão sólido e verdadeiro quanto os ossos em meu corpo e o sangue em minhas veias. Um espaço real e verídico, escondido em algum lugar, uma igreja de luz estelar e mistério, com um segredo imenso se agitando feito as câmaras determinadas e sangrentas de um coração.

Quando entrei naquele corredor, andei com os passos do meu pai, a presença de sua alma em meu corpo e sua voz nunca longe de meus pensamentos, como se ele estivesse ali ao meu lado, sorrindo, com uma pergunta nos lábios.

Está perdida, criança?

Eu não me sentia perdida naquele sonho – naquele estranho corredor infinito. Havia algo no fim do corredor esperando por mim, uma resposta ou talvez um final. Segui em sua direção, determinada e trêmula, pois nenhum final vem facilmente e nenhuma resposta é dada sem um preço.

Londres
Outono de 1810

Eu não tinha exatamente culpa pelo que acontecera no baile de Thrampton, embora todos que presenciaram o final talvez dissessem o contrário. Seria difícil discutir com eles, considerando que saí da casa coberta de sangue dos pés à cabeça, com uma pequena faca cega ainda na mão. Por um momento, ela havia sido uma espada, às vezes um escudo; transformava-se na arma de defesa que eu precisasse, alternando entre afiada e cega conforme a minha vontade, subjugada a meus poderes de criança trocada – agora mais fortes do que nunca.

Afinal, eu abrigava o espírito de um deus em meu corpo. Ele tinha sido usado para me ressuscitar, e foi assim que todo esse transtorno começou. Foi assim que um salão de baile perfeitamente encantador se transformou em um abatedouro, uma cena de terror e sangue, com tripas na tigela de ponche e gritos de horror respingando sobre os refinados sanduíches de pepino.

Eu não tinha ido ao baile de Thrampton esperando uma emboscada, embora houvesse sinais de que havia algo terrivelmente errado em Londres.

Na noite do baile, eu olhei para o alpendre, coberto por dezenas de aranhas mortas e, por instinto, levara a mão à porta atrás de mim. Não havia dúvidas sobre o significado daquilo: alguém mal-intencionado estava vigiando a casa, observando-a – e *nos* observando – atentamente, e tinham deixado um cartão de visitas. Não o tipo de cartão gentil e delicado como o que eu tinha deixado algumas semanas antes com a minha meia-irmã havia muito perdida. Não, não era uma apresentação simpática, mas um alerta. Eu me perguntei se tinha alguma relação com Mary. Quando chegamos a Londres, ela usara seus poderes de fae das trevas para esconder nossa presença e a casa. Era uma precaução devido ao meu medo de que nunca escapássemos incólumes da Casa Coldthistle. Muitos acontecimentos sombrios haviam se passado lá e, sempre prestativa, ela concordara em usar o mais leve escudo que conseguia fazer, uma espécie de miragem que nos camuflaria na vizinhança como duas habitantes nativas e desinteressantes.

Mas, depois de semanas de quietude absoluta, eu lhe disse que a proteção não era mais necessária. Como estava enganada.

Empurrando algumas aranhas mortas com os pés, ergui os olhos para o perímetro do gramado cercado por portões, procurando algo nefasto que não devesse estar ali. Mas a névoa era densa, e todos que permaneciam na rua até aquela hora estavam escondidos por pesados casacos pretos ou dentro de carruagens, que na névoa pareciam puxadas por absolutamente nada. Por fantasmas. Voltei para dentro com passos pesados.

Londres não era nada que eu esperava.

Apesar de todo o terror e estranheza, havia certa paz na Casa Coldthistle. Eu acordava e encontrava um silêncio quase absoluto ou o movimento baixo dos funcionários e hóspedes despertando, e ia dormir ao som dos roncos estrondosos do cão Bartholomew, ou com a voz de Poppy entoando antigas canções de ninar, guiando-nos para o mundo dos sonhos.

Em Londres, nunca havia paz, um fato com o qual eu não me importava, visto que o tráfego dos cavalos, os gritos de gatos de rua e as animadas canções dos bêbados voltando para casa à noite eram uma companhia distrativa. O barulho me impedia de mergulhar demais em meus medos e pensamentos – e de obedecer ao número crescente de vozes na minha cabeça que tinham surgido assim que meu amigo e ex-colega Chijioke redirecionara o espírito divino do meu pai para dentro do meu corpo, salvando-me da morte.

Não – as diferenças, as mudanças, não me incomodavam até coisas mortas começarem a aparecer na minha soleira.

A primeira aparecera na semana anterior, um pequeno pássaro poeirento enrolado em um lenço. Mary o havia descoberto, gritando assim que abriu a porta para buscar nossa encomenda de lenha e combustível. O pacote estava ali, mas o pássaro jazia em cima dele, com as pernas pretas cor de carvão curvadas, as patas deformadas terrivelmente, parte do bico faltando como se tivesse sido quebrado e uma colher de prata empalada no peito.

A segunda surpresa veio apenas dois dias depois, enquanto entretínhamos nossos vizinhos, o sr. Kinton e suas filhas. Estávamos nos divertindo com uma partida amistosa de uíste, então houve uma batida na porta e Khent pediu licença para ajudar nossa criada, Agnes, a atender. Eles se ausentaram por tempo demais, o que me levou a também pedir licença e me juntar a eles no corredor de entrada. Outra coisa estranha havia aparecido – desta vez, um brinquedo infantil no formato de um cachorro preto e peludo, cuja cabeça fora arrancada e deixada junto com o corpo. Eu e Khent trocamos um olhar que Agnes não tinha como entender.

Tive a sensação de que trocaríamos esse olhar de novo naquela noite quando voltei para dentro da casa. Mas não foi Khent nem Agnes que encontrei, e sim Mary, com o cabelo castanho numa trança caprichada, puxada das orelhas e arranjada na forma de uma coroa sobre a cabeça. Ela usava um elegante vestido branco e um xale verde sobre os ombros. Correu na minha direção, entendendo imediatamente a palidez furiosa em meu rosto – eu tinha saído apenas para tomar um ar, apreensiva com meu primeiro baile social na alta sociedade londrina.

– Aconteceu de novo, não? – ela perguntou, igualmente pálida.

Khent saiu das sombras perto da escadaria, vestido para o baile em um terno preto e um capote largo que escondia suas muitas tatuagens e cicatrizes.

– O que foi dessa vez? – Sua voz baixa estremeceu de repulsa.

– Aranhas. – Meus olhos alternaram entre os dois, então fui até a escadaria e me apoiei no corrimão. Me senti fraca de repente, quando as vozes sussurrando em minha cabeça se ergueram como uma maré agitada. – Um pássaro com uma colher, um cachorro morto, aranhas… Não são alertas aleatórios, são mensagens de alguém que sabe o que estamos fazendo aqui.

— Eu não devia ter interrompido a proteção, devia estar ajudando. Talvez não devêssemos ir ao baile – Mary disse, mordendo o lábio. – Podemos estar em perigo.

— Então estaríamos mais seguros longe desta casa – sugeri. O corredor tinha um brilho agradável graças aos castiçais acesos desde o anoitecer, e um aroma de carne assada e pão persistia do jantar. Agnes e nossa governanta, Silvia, conversavam na cozinha, tendo concluído o trabalho do dia. – Vou buscar uma vassoura – acrescentei. – Elas vão se assustar com as aranhas.

— Elas têm o direito de saber que há algo errado – Mary protestou, me seguindo até um armário pequeno na despensa. – Alguém está tentando assustar você. Nos assustar.

— Eu sei, e *vou* contar para elas, mas... sem que elas tenham que pisar em um monte de aranhas mortas!

Minha voz saiu alta demais. Ela se encolheu e recuou em direção ao vestíbulo, apertando o xale em volta do corpo. Vinha acontecendo com mais frequência nos últimos tempos – meu pavio ficava cada vez mais curto, a batalha incessante para silenciar as vozes na minha cabeça me transformando numa pessoa cruel e exaurida.

— Isso foi injusto, Mary, me desculpe. Estou apenas apreensiva. – E exausta. E sobrecarregada. Encontrei a vassoura e a levei rapidamente para o lado de fora, olhando ao redor em busca de sinais de vida em nossa propriedade enquanto varria os corpinhos pretos para as sebes.

— E com razão – Khent resmungou. Durante nossas viagens e nossa mudança subsequente para Londres, seu inglês havia melhorado tanto que agora ele tinha apenas um resquício de sotaque. Sua ortografia ainda precisava de atenção, mas isso estava longe de ser prioridade. – De agora em diante, vou dormir do lado de fora. Eles não vão se sentir tão valentes e espertos quando forem pegos no flagra.

— Que absurdo – eu disse, fechando a porta de novo para fugir da névoa fria. – Podemos revezar, não? Manter turnos de vigia de algum tipo.

— Isso quase me faz sentir falta dos Residentes — Mary sussurrou, referindo-se às criaturas monstruosas de sombra que vagavam por nossa antiga casa. Eles mantinham uma vigília constante, embora por vezes eu tivesse conseguido me esquivar deles. — Tenho certeza que a sra. Haylam deve conhecer algumas magias para nos manter mais seguros... guardas ou coisa assim.

— Não precisamos de guardas — Khent respondeu, tirando a vassoura da minha mão e a guardando de volta no armário. — Nós temos... — Ele limpou a garganta, olhando por cima do ombro para conferir se Agnes e Silvia não estavam perto o suficiente para escutar. — Eu. Temos meu faro. Você fez a gentileza de me deixar ficar nesta casa, me abrigar. Me deixe fazer algo em troca. Além disso, você está...

Ele estava me encarando de maneira tão intensa que minha pele quase coçava. Seus olhos insólitos pulsavam com uma luz roxa, um efeito de sua condição — a capacidade de se transformar em um chacal gigante com garras e presas afiadas. Então me dei conta do que ele queria dizer: eu. Minhas vozes. Meu problema.

— Complete seu raciocínio, por favor.

— Não se ofenda, *eyachou*. Você tem a voz de um deus louco em você; isso colocaria à prova até o fae mais poderoso.

Mary deu um passo para trás, recuando de nossa disputa, ainda apertando o xale ao redor do corpo.

— Você sabe que odeio quando me chama assim. — Meu temperamento estava causando mais disso também: brigas e desentendimentos. Me inflamava saber que tanto Mary como Khent podiam ver que eu estava sofrendo. Era para eu ser a chefe da casa, aquela que havia herdado a fortuna que bancava nossa vida nova e reluzente em Londres, a guardiã em quem se podia confiar. Mas estava ficando claro que meu embate oculto não era mais tão oculto.

Apertei a ponta do nariz e respirei fundo, tentando afugentar as vozes — mas era como tentar pegar água com as mãos, e um ou outro sussurro sempre se libertava.

Eles questionam você. Como ousam questionar você?

As vozes, obviamente, raras vezes eram amigáveis.

Se eu quisesse que meus companheiros me considerassem capaz, era hora de agir como líder. Empertiguei os ombros e olhei calmamente para cada um, cruzando as mãos na cintura.

– Vamos ao baile hoje, para não alarmar Agnes e Silvia. À noite, Khent vai ficar de vigia na propriedade, mas amanhã vamos discutir uma solução mais permanente. Pela manhã, vou avisar nossas empregadas de que há algo errado e perguntar se elas notaram alguma coisa estranha nos últimos tempos. Mary, você pode fazer a gentileza de escrever para Chijioke? Tenho certeza de que ele pode oferecer algumas sugestões ou falar com a sra. Haylam.

Os olhos de Mary se iluminaram com essa ideia. Eu fiquei surpresa quando ela aceitou morar comigo em Londres em vez de voltar à Casa Coldthistle. Ela obviamente havia tomado a decisão com certo pesar, tendo nutrido sentimentos de afeto pelo zelador da hospedaria. Suas correspondências frequentes desde então não me passaram despercebidas.

– Diversão agora – Khent disse, me abrindo um sorriso cheio de dentes. – E libações!

– Uma ou duas – alertei o egípcio com delicadeza. – Devo lembrar que este não é um dos banquetes de Seth.

Khent havia me contado todo tipo de histórias incríveis sobre reis e rainhas cujos nomes eram tão belos como inusitados. Eu duvidava que metade delas fosse verdadeira, mas ele as recordava com tanta convicção e tantos detalhes que eu decidira acreditar. De todo modo, pareciam um segredo entre nós, essas antigas histórias de grandeza que ele havia presenciado. Eu era a única pessoa que tinha a sorte de ouvir essas narrativas cuja verdade fora perdida para o tempo e, segundo Khent, para os ventos de areia persistentes do deserto. Eu havia tentado ler *A vida de Sethos* de Terrasson com ele, mas Khent insistira que havia imprecisões demais para suportar.

Ele bufou e piscou, depois estendeu o braço para mim.

– As festas dele eram mansas comparadas às de Ramsés. Já lhe contei da vez em que comi dois escorpiões em um desafio de Sua Luminosidade?

Pegando o braço oferecido, saí com ele para a névoa fria.

– Prefiro pensar que não haverá nenhum escorpião para engolir no baile de lady Thrampton.

– Víboras?

– Nenhuma – eu disse com uma risada. Alguns cadáveres de aranha permaneciam no alpendre, mas tentei não olhar para eles. Um arrepio frio percorreu minha espinha.

Khent fez uma careta, me ajudando a descer os degraus baixos com o vestido de seda vermelho-escuro. Mary havia sido precavida e trazido um xale, e agora eu estava desejando ter trazido um também.

– Estamos indo a uma celebração ou a um funeral? – Khent se queixou. – Malditos ingleses.

Duas meninas irlandesas é que não discutiriam. Chegamos ao portão na beira do gramado e abri um sorriso para Khent, que parecia distraído rememorando festas mais grandiosas e extravagantes. Com seu vocabulário em inglês cada vez maior e seu comportamento amigável, às vezes eu me esquecia que ele tinha vivido uma eternidade e passado centenas de anos em gélido isolamento, aprisionado pelo meu pai – o deus cruel que agora habitava minha cabeça.

Ao virarmos na alameda em direção ao nosso destino, ele me notou o encarando. Mary riu baixo atrás de nós, mas eu a ignorei. Tive uma sensação incômoda de estarmos sendo observados, mas a ignorei também, atribuindo-a à estranheza de morar novamente na cidade em vez do ambiente rural afastado.

– O que foi? – ele perguntou, sorrindo. – Essa cara me deixa nervoso, *huatyeh*.

Dando de ombros, finalmente desviei o olhar.

– Estou apenas contente que você está livre. E aqui. Que estamos todos aqui.

A névoa densa parecia abafar e tragar nossas palavras. Aquela sensação de estar sendo observada não me abandonou em momento nenhum e, conforme persistia, um pavor pesado tomou conta de mim. Eu tinha chegado tão longe – tinha ido até Londres – e criado uma nova vida para mim, que talvez sempre tivesse desejado e imaginado, mas, mesmo assim, não estava a salvo. Mesmo agora, tão longe da Casa Coldthistle e de seus mistérios sombrios, eu estava sendo perseguida.

Um grupo de mulheres de vestidos brancos tão cintilantes que cortavam a névoa estava reunido nos degraus da igreja do outro lado da rua. Eu já as havia notado nas calçadas de Mayfair. O número delas vinha crescendo e mais grupos de coristas de música sacra vestidas de branco apareciam nas esquinas, tremendo juntas como ovelhas nas charnecas enquanto enfrentavam o frio e a chuva para cantar ou gritar com os transeuntes.

Não pude evitar observá-las enquanto passávamos. Talvez fosse mais elegante pegar um faetonte para o baile, mas eu preferia caminhar, e meus companheiros também. Khent sentia falta da escuridão e do ar frio em seu rosto, enquanto Mary tinha sido confinada por um longo tempo e gostava do exercício. Nenhum deles pareceu prestar atenção às coristas, mas eu sim, estreitando os olhos através da névoa, ouvindo suas vozes agudas se erguerem mais alto que o barulho dos cascos dos cavalos.

– O pastor os guia com amor! Entre para o rebanho, faça parte de nosso rebanho... O pastor, você está perdido sem ele! Você está perdido! – Então elas começaram a cantar em uníssono, uma canção pueril sobre a segurança do abraço do pastor.

Seus braços protegem contra o vento; ele perdoa todos que pecaram...

Aquele calafrio penetrante voltou e, junto com ele, uma das vozes na minha cabeça. Encontrei os olhos de uma das coristas enquanto ela erguia a voz para que nos alcançasse do outro lado da rua.

Você está perdida, criança?

O som de hinos noturnos deveria trazer conforto, mas meu estômago se revirou como se estivesse cheio de cobras. Algo estava errado, e meus instintos

– ou os instintos da alma na minha cabeça – pressentiam o perigo iminente. Comecei a andar mais rápido, como se pudesse fugir do homem na minha mente e das estranhas mulheres de branco, que observavam, vigilantes, enquanto desaparecíamos na penumbra.

Capítulo Dois

Uma aranha ainda estava grudada na barra do meu vestido feito uma continha grotesca quando fomos anunciados no baile. Fiz uma careta ao vê-la enquanto me abaixava em uma reverência para os anfitriões. Era uma tradição que eu detestava, mas Khent parecia estranhamente à vontade. Talvez toda aquela pompa e grandiosidade reacendesse uma lembrança dormente de seus tempos com a realeza egípcia. Qualquer que fosse o caso, sua mesura não passou despercebida. Lady Thrampton era uma viúva rica, alta e esbelta, com penetrantes olhos castanhos e um queixo fino. Estava usando um vestido de musselina branca e um colar cravejado de esmeraldas gordas, e se abanou mais vigorosamente quando Khent – com o cabelo preto penteado para trás da testa larga e o queixo livre dos fios curtos que haviam brotado como erva daninha – exibiu trejeitos eminentemente corteses.

Às vezes era fácil esquecer que ele era um fae das trevas como eu, capaz de se transformar num chacal gigantesco e desgrenhado a qualquer momento.

Mary, porém, refletia meu nervosismo. Ela fez uma reverência trêmula, quase deixando cair o xale. Era meu primeiro baile e meus nervos estavam à flor da pele, uma lembrança cruel de que eu havia nascido na obscuridade e na pobreza, e que meu nome – Louisa Ditton – não significava nada para a sofisticada aristocracia que dançava pelo parquete.

– Srta. Louisa, fico muito contente que você e sua família... *encantadora* tenham se juntado a nós nesta noite. – Com os lábios franzidos cobertos de batom, lady Thrampton tropeçou na palavra *encantadora*. Ela obviamente queria dizer *bizarra*. Nenhum grupo poderia ser mais dessemelhante do que nós três. – A srta. Black me falou tão bem de você. Soube que residia em Yorkshire até recentemente?

Senti o impulso de apertar as saias, mas obriguei meus punhos a se cerrarem na altura da cintura e tentei parecer firme.

— Sim! — *Bom começo, um pouco entusiasmado demais.* — Decidimos trocar a vida no campo por algo mais animado. Atirar em aves pode se tornar maçante depois de um tempo.

Khent pigarreou baixo.

— E você não é casada? — ela indagou, torcendo os lábios.

Mary se remexeu ao meu lado. Olhei de soslaio para ela, que não me ofereceu nenhuma ajuda, com os olhos arregalados de pavor, como se aquela mulher rica fosse um urso se erguendo sobre as patas traseiras, e não uma frágil viúva.

— Eu... acabei de receber uma herança. A questão do matrimônio talvez possa esperar até eu estar mais bem estabelecida.

— Uma herança! — Agora os olhos de Lady Thrampton, lustrosos como botões de vidro, cintilaram. — Que curioso. Você vai ter de me contar mais, minha cara, depois de provar o ponche e desfrutar de uma dança ou duas. É muito bem-vinda na minha casa, obviamente.

Obviamente.

Mas havia uma tensão em sua voz. Fizemos nossas reverências corteses de novo e nos viramos para a entrada arqueada. À esquerda, um lance curto de largos degraus de mármore descia até um saguão espetacular. Eu tinha pouca experiência com mansões, apesar da Casa Coldthistle, mas a de lady Thrampton era assunto de muitas fofocas entre a "elite glamorosa". Ela gostava de chitas chamativas e carpetes exóticos, e o saguão estava repleto de pedestais de pedra sobre os quais repousavam vasos e estatuetas. Sua riqueza era exibida para todos, e eu estava certa de que minha enorme herança recente era a única coisa que me permitia estar em sua companhia.

Se conhecesse minha origem verdadeira, ela me jogaria na sarjeta feito um lenço usado.

— Srta. Louisa Ditton, srta. Mary Ditton, e sr. Kent Ditton!

Nossos nomes foram praticamente berrados enquanto entrávamos no salão, então a batida de uma bengala me causou um sobressalto.

– Esse paletó coça – Khent resmungou, puxando a gola. – E não gosto de como aquela mulher fica olhando para você. Por quanto tempo devemos ficar?

– Você pareceu bem à vontade para causar uma impressão em lady Thrampton – ironizei.

– Encantar uma pessoa ridícula e tolerar este terno não são a mesma coisa.

– Pelo menos até eu falar com Justine Black – eu respondi em voz baixa. O olhar de lady Thrampton não era o único que eu recebia. Nossa presença sem dúvida causaria burburinho: três estranhos discrepantes em Mayfair, chegando à alta sociedade com poucas posses, nenhum contato, uma herança misteriosa e uma aranha rosa na gaiola, que eu também havia herdado do meu estranho pai. Estávamos fadados a causar falatório, e os convidados nem tentavam esconder sua curiosidade ou, claro, seu desdém.

– Tentem se divertir – falei para os dois com um sorriso tenso. – Afinal, é quase engraçado ver todos nos encarando porque desconfiam que sejamos pobres ou charlatões, sendo que a verdade é muito mais terrível.

– Eles não agiriam com tanta superioridade se soubessem – Khent disse com uma risada rouca. – Devo fazer uma demonstração?

– *Não. De jeito nenhum.*

Mas ele estava apenas me provocando e riu com Mary depois. Normalmente, isso não me incomodaria, e eu poderia ter compartilhado da alegria deles, mas a voz bestial na minha cabeça despertou, rosnando e vociferando. Meu pai não gostava de ser ridicularizado, e seu desprazer se espalhou feito veneno em mim.

Cerrei os punhos, nauseada ao lutar contra a voz na minha cabeça. Algo tinha de mudar. Quando entrássemos em contato com Chijioke sobre os estranhos acontecimentos em nossa casa, eu também precisava perguntar como apagar a influência tenebrosa que, dia a dia, tentava me dominar. Naturalmente, eu era grata a Chijioke por ter me salvado, e entendia o desespero do momento – minha vida escapando do corpo após um tiro e um espírito convenientemente próximo que poderia me trazer de volta. No entanto, parecia que mais uma maldição havia recaído sobre mim. Eu conseguia controlar bastante bem meus poderes de criança trocada agora, mas aquilo era completamente diferente.

O fato de que não podia controlar esse ser e que ele tão claramente ansiasse por *me* controlar enchia meu coração de um pavor constante.

Mas as velas cintilavam à nossa volta e casais de paletós pretos formais e vestidos majestosos com mangas infladas e bordados refinados rodopiavam pelo salão, belos e perfeitos como bonecas. Mary se deleitava em saber tudo sobre a última moda em Londres, e tinha dado seu melhor para que não passássemos vergonha. Infelizmente, ela não podia fazer nada quanto a meu cabelo preto sem vida e minha palidez nada natural. Além do mais, meus sonhos espasmódicos haviam me deixado com olheiras roxas sob os olhos e as bochechas descarnadas. Não, eu não encontraria nenhum pretendente no baile, embora essas coisas estivessem longe da minha cabeça.

– Como é a aparência da Justine mesmo? – Mary perguntou.

Khent tinha avistado uma mesa comprida com refrescos e nos guiou naquela direção. Eu me deixei levar, correndo os olhos ligeiramente por todos os rostos que passavam, tentando encontrar uma mulher que se assemelhasse tanto comigo quanto com meu pai, o suposto Croydon Frost.

– Nos encontramos apenas uma vez – expliquei. – Eu a visitei sem avisar e ela teve de sair para um compromisso. A maior parte da minha experiência com ela foi por correspondência. Mas ela é muito bonita, alta e graciosa, com cabelo preto e expressivos olhos castanhos.

– Foi gentil da parte dela escutar você – Mary respondeu. – Afinal, é tudo um pouco chocante, não?

– Confuso e humilhante, você quer dizer.

– N-não! – Ela pareceu pega de surpresa. – Não podemos escolher nossos pais.

Concordei com a cabeça, distraída. Nos papéis do meu pai, eu havia descoberto que ele tivera filhas por toda parte. Justine era uma delas – minha meia-irmã. Foi uma das poucas, como eu, que havia sobrevivido às maquinações mortais dele. Eu havia escrito para outros sobreviventes, mas Justine foi a única que respondeu. Sua carta era tortuosa e desconfiada, mas deixava claro que estava disposta a tentar travar uma amizade e saber mais sobre nosso estranho pai.

> *Embora sua história seja, para ser franca, grosseira e implausível, parte de mim sabe que é verdade. Perdoe-me por dizer isto, mas fico contente, ao menos, de que algo de bom possa resultar das más ações dele. Tanto tempo se passou e podemos nunca ser irmãs de verdade, mas envio esta carta com afeto e esperança de que possamos nos conhecer melhor.*

Por fim, perto de uma fileira de janelas no fim do salão, avistei minha meia-irmã.

– Lá – eu disse, apontando discretamente. – Venham comigo.

Khent hesitou, olhando com desejo para uma bandeja repleta de tortas de geleia.

Sorri e peguei Mary pela mão para puxá-la comigo. Um alerta preventivo não faria mal, considerando que eu já vira como ele comia vorazmente em casa.

– Não é educado pegar todas.

Ele entendeu a deixa e saiu em direção à comida. Enquanto eu encarava Justine, os olhos de Mary vagavam, sua boca aberta de fascínio enquanto contemplava os muitos vestidos e sapatos esplêndidos. O lugar não me afetava como eu teria esperado no passado. Nenhuma parte daquela nova vida em Londres tinha sido o que eu desejava. A herança do meu pai era para ser uma recompensa por uma vida de dificuldades, e eu pensara desejar só o conforto de uma casa quente, comida farta e meus amigos. Poderíamos visitar várias partes do país. Ou conhecer Paris! Mas nada havia me trazido alegria ainda e, até aquele momento, mesmo aquele baile me parecia um trabalho. Eu tinha vindo à procura de Justine, na esperança de estabelecer uma amizade, algo para me ancorar em Londres.

Disse a mim mesma, enquanto atravessava a multidão quente e perfumada, que aquilo era obra minha – que meu desespero em conhecer Justine Black não tinha nada a ver com o espírito sedento em minha cabeça.

– Você está bem? – Mary perguntou.

Olhei para ela e soltei um resmungo baixo.

– Por que pergunta?

– Você está praticamente esmagando minha mão, Louisa. Cuidado.

Ela estava certa. Sua pobre mãozinha tinha ficado vermelha.

– Talvez eu devesse chamar Khent de volta – sussurrei, soltando-a e parando por um momento.

A seda, a música e o som rodopiando à nossa volta eram quase estonteantes e eu balancei, sentindo o torpor de oceano profundo que sempre precedia uma crise. Será que o espírito do meu pai sentia que uma de suas outras filhas estava perto? O que ele poderia querer que eu fizesse com ela?

– Não acho que Justine vá machucar você – Mary disse, prestativa. – Você falou que ela foi simpática nas correspondências!

Suspirei e concordei com a cabeça, forçando meus olhos a se abrirem. Todas as luzes do salão de baile pareceram fortes demais de repente.

– Não é com ela que estou preocupada, Mary.

A imagem de uma das últimas hóspedes que eu havia atendido na Casa Coldthistle, Amelia, surgiu diante de meus olhos. Meu pai havia drenado a existência dela para preservar a própria vida, deixando-a seca e quebradiça como um osso branqueado. Até aquele momento, eu não havia sentido nenhuma tentação desse tipo, mas não parecia fora da esfera de possibilidades que, junto com o temperamento dele, eu pudesse ter recebido seus poderes terríveis.

No canto da multidão, alcançamos Justine, que estava oscilando elegantemente ao som da música, sua saia azul brilhante balançando de um lado para o outro. Para mim, era como olhar em um espelho bondoso e, para ela, provavelmente como olhar em um espelho demente. Ela era extremamente bela, com as bochechas rosadas e o queixo estreito de meu pai. Seu cabelo escuro e lustroso tinha curvas e movimento, enquanto o meu mais lembrava fuligem velha.

– Louisa? – Seus olhos se arregalaram de surpresa, mas então ela sorriu. – Louisa! Que bom ver você novamente!

Justine avançou, pegando minhas mãos e rodopiando comigo. A mulher ao seu lado, mais velha e sardenta, com um batom espalhafatoso e muitos colares de ouro cintilantes, fungou como se sentisse um cheiro podre.

– Esta é minha guardiã, a sra. Langford – Justine nos apresentou educadamente.

Eu apresentei Mary e depois me desculpei, explicando que o terceiro membro de nosso grupo tinha sido interceptado pelas sobremesas.

– Ah, é completamente justificado – Justine disse, pegando um leque perfumado e o apontando para o meu queixo. – Lady Thrampton tem um dos melhores cozinheiros de Londres. Eu particularmente adoro o marzipã.

– Talvez menos marzipãs desta vez, Justine – a sra. Langford sugeriu com uma voz arrastada, examinando primeiro eu e depois Justine de cima a baixo.

– Psiu, sra. Langford, vou comer quantos me apetecer. Agora, se nos der licença, eu e Louisa temos muito o que conversar. Apenas fofocas extremamente escandalosas.

Ela piscou para a guardiã, que abriu seu leque e nos deu as costas, vagando como um fantasma na direção dos coquetéis de limão. Não lamentei a partida dela, embora a força da companhia de Justine me desestabilizasse. Era acolhedora, claro, mas um choque. Antes que eu pudesse dizer qualquer coisa, ela pegou o braço de Mary e o meu e nos puxou na direção oposta de sua guardiã, nos mergulhando de volta no sufoco de convidados que riam e flertavam.

– Foi uma piada, entende, pois sou sempre perfeitamente bem-comportada, mas realmente espero que haja certa verdade no que falei. Pelas suas cartas, me parece que você levou uma vida assaz interessante. Tantas emoções! Sinto que não faço nada além de trabalhar em meus bordados e frequentar chás. – Ela soltou um suspiro dramático.

Pensei em todas as crueldades que meu pai havia dito sobre suas filhas humanas: como eram desimportantes e como suas vidas eram fúteis e breves.

Meu coração se apertou com a lembrança, pois nada poderia estar mais distante da verdade: Justine era gentil e vibrante, tudo que o pai negligente não fora.

– Certamente as coisas eram movimentadas em Yorkshire – Mary ironizou.

– Folgo em saber. Você precisa me contar como exatamente descobriu nossa conexão, Louisa. Tenho um olhar afiado para subterfúgios, sabe. Tem algo que você não está me contando sobre essa história toda, sobre nosso pai…

No começo, eu estava certa de que era apenas o calor me deixando atordoada. Todos à nossa volta pareciam usar sedas tão brilhantes que exacerbavam a luz do salão, fazendo minha cabeça doer. Mas estava piorando, um zumbido no fundo do crânio foi crescendo até que eu mal conseguia escutar o que Justine dizia. Chegamos ao canto da multidão novamente, desta vez à parede mais distante das sobremesas. O salão rodopiou, o chão ficou mole, e tropecei por alguns passos.

Mary surgiu à minha frente no mesmo instante, me amparando. Pisquei com força, seu cabelo castanho se turvando enquanto se misturava à cor do piso.

Muito bem, criança, você me trouxe a uma de minhas filhas.

Era disso que se tratava o zumbido – a voz do meu pai, sua influência aumentando até apagar meus próprios pensamentos. Parecia a fúria de uma tempestade concentrada em meu cérebro e tirou meu ar.

Consuma-a. Você consegue. Você deve. Nós vamos.

– Não – me ouvi dizer.

Meus joelhos cederam. A dor era demais – abri os olhos com força, mas descobri que não conseguia ver nada exceto um muro carmesim. Um ódio vermelho, tão vermelho. Senti meus dedos se curvarem como se estivessem se transformando em garras, afiadas e ansiosas para dilacerar.

Capítulo Três

sono caiu sobre mim de maneira súbita e inesperada, como se tomasse conta para me impedir de agir como um monstro. Como eu poderia estar andando e, tão rapidamente, pegar no sono? Mas lá estava eu, mais uma vez em um grande corredor de vidro, as paredes se enegrecendo enquanto o vermelho se apagava de minha visão, como um pôr do sol escarlate dando lugar à noite. E as estrelas surgiram, as mesmas que já tinha visto naquela visão. Eram deslumbrantes. O baile e seu calor opressivo pareciam a mil quilômetros abaixo de mim, como se eu estivesse flutuando no céu.

Com a cabeça voltada para cima, vaguei pelo caminho preto e reluzente, observando as luzes cintilantes acima começarem a se mover e dançar. Elas se refizeram para formar constelações, quatro desenhos distintos de estrelas arqueando-se sobre mim. A primeira lembrava um cervo; a segunda, uma serpente; a terceira, um cordeiro; enquanto a quarta e última constelação era inconfundivelmente uma aranha. Quando as formas se completaram, começaram uma espécie de batalha: o cervo empinou e colidiu com os outros, obliterando a serpente e o cordeiro, espalhando as estrelas como contas caídas de um vestido. Apenas a aranha permaneceu, e parecia que o cervo, cada vez maior, a pisotearia também. Mas, logo antes do impacto, a forma da aranha mudou e se tornou uma figura humana. Uma mulher.

A mulher ergueu uma mão e o cervo parou, depois se estilhaçou, e outras dezenas de estrelas foram lançadas aos céus.

O firmamento se iluminou, queimando como uma lareira, centenas de constelações diferentes pulsando com uma luz prateada. Era impossível contar todas ou lembrar das figuras e, tão rapidamente quanto haviam surgido, elas se foram, deixando um céu completamente preto e vítreo.

Então, uma mão pesada caiu sobre meu ombro. Meu coração se apertou.

Virei assustada, me deparando com o rosto fino, pálido e caveiroso de meu pai. O Pai. Seus olhos ardiam vermelhos com pontinhos de ébano; seus ombros estavam cobertos por um manto de folhas rasgadas que farfalhavam como se cheias de sussurros. Uma névoa envolvia seu pescoço e seu torso, e todo ele cheirava à podridão.

– Você não tem o direito de ver isso. – Sua voz estrondosa retornou, enchendo minha cabeça a ponto de explodir. Me crispei e tentei recuar, mas ele me segurou no lugar. – Não tem o direito de tomar isso. Vai se retirar, criança, *vai se retirar da minha cabeça.*

Era alto demais – meu crânio estava prestes a rachar. Sua mão queimava meu ombro. Eu gritei, me debati e então, em uma espiral de fumaça vermelha e prateada, ele se foi.

– Não! Você é que vai sair da minha!

Acordei com um berro, agitando os braços enquanto me sentava. Encontrei-me cara a cara com os olhos arregalados de Mary. Khent andava de um lado para o outro perto da espreguiçadeira em que haviam me deitado. Estávamos longe do baile e a sós, isolados numa biblioteca em algum lugar da mansão. Um xale fino tinha sido colocado sobre minha cintura, e um pano frio caiu com um barulho úmido da minha testa para meu colo.

– Por quanto tempo dormi? – sussurrei.

– Não muito – Khent respondeu. Um pouco de geleia manchava a manga de sua camisa. Rugas de preocupação se aliviaram em sua testa quando ele veio se ajoelhar diante de mim. – Momentos. Você está bem?

– Obviamente não – respondi.

Ele e Mary trocaram um olhar alarmado, mas fiz que não tinha importância, pegando o pano e o apertando de leve contra minha cabeça febril.

– Não fui… inteiramente franca sobre o que está acontecendo comigo. – Desviei meu olhar de suas expressões inquisitivas, me concentrando no xale bordado sobre as pernas, tentando traçar as estampas coloridas com a ponta do dedo. – O espírito dentro de mim está batendo na porta, por assim dizer, e as dobradiças estão começando a ranger.

– Ah, Deus. – Mary inspirou, fazendo o sinal da cruz por força do hábito. – Pensei que poderia ser algo assim. Então você ouviu a voz dele?

Fiz que sim e puxei um dos fios do xale; ele se soltou e o enrolei devagar em volta do dedo.

– Mais do que isso. Eu sinto o desejo dele. Sinto sua necessidade de... me controlar. Agora há pouco, acho que ele queria que eu sugasse a vida de Justine, da mesma forma como ele fez com Amelia.

Khent praguejou baixo em sua língua nativa.

– Onde ela está? – perguntei, subitamente frenética. Apertei as mãos deles. – Meu bom Deus, não me digam que...

– Ela está vivíssima – Khent me garantiu com um sorriso. – Preocupada e falante, mas viva. Foi encontrar uma carruagem para nos levar para casa.

– Deveríamos mantê-la longe de mim – eu disse, abatida. – Só para garantir.

– Ela não vai gostar nada disso. Pensei que fosse desmaiar quando você caiu – Mary acrescentou. – Mas vamos inventar alguma desculpa e, com sorte, podemos evitar ser vistos na saída. Você tem forças para se levantar?

– Tenho certeza de que nossa anfitriã está encantada – murmurei, assentindo. – Mais fofocas. – Soltando as mãos deles, girei as pernas para me levantar e deixei o pano em uma bandeja ao lado da espreguiçadeira. – Queria poder contar a verdade para ela. Toda a verdade. Esses malditos segredos não valem o trabalho, mas a coitadinha nunca acreditaria em tudo...

– Eu não acreditaria em quê?

Nós três ficamos paralisados, depois viramos para encontrar Justine nos observando da porta aberta. Observei a biblioteca estreita e aconchegante ao nosso redor, as paredes cobertas até o teto com livros conservados e desempoeirados. Justine estava segurando um pequeno decantador de vinho e deu alguns passos destemidos para dentro da sala, erguendo o queixo.

– E não gosto de ser chamada de "coitadinha", sou capaz de entender muitas coisas. Então, o que são todos esses segredos estranhos e terríveis?

– *Ey*, agora não é o momento para...

Mas Justine interrompeu Khent, abanando a cabeça e caminhando em nossa direção.

– Não faça isso. Não serei descartada tão facilmente. Não sou sua irmã?

– Meia-irmã – corrigi gentilmente, levantando-me.

Justine me encontrou no meio do caminho, depois foi até uma mesa decorativa ao lado da espreguiçadeira, onde estava disposto um jogo fino de taças de *brandy*. Mais tarde, os homens poderiam se retirar para aquela biblioteca e fumar um charuto, mas Justine fez uso do jogo, pegando duas pequenas taças de cristal. Ela serviu um pouco de vinho para nós duas e me entregou uma taça, depois brindou.

– À verdade – ela disse. – E à coragem, o que me leva a perguntar: nosso pai era um criminoso?

Atrás de nós, Khent soltou um assobio agudo.

– De certa forma... – Tomei o vinho, na esperança de que seu ardor na garganta realmente me inspirasse coragem. – Como posso começar?

Será que deveria começar?

Mas os imensos olhos castanhos de Justine estavam suplicantes e, quando olhei para ela, para o que eu poderia ter sido se tivesse nascido em circunstâncias melhores, não pude deixar de querer confiar nela. Afinal, eu não tinha vindo com o propósito de tentar forjar uma relação de irmãs? Se essa relação era importante, protegê-la também era. Me afastei dela, voltando para o sofá.

– É tão ruim que você não consegue nem me olhar nos olhos?

– Mary – murmurei, ignorando Justine por um momento. – Se algo der errado... você pode protegê-la contra mim?

Com um leve aceno de cabeça, Mary cruzou o espaço para ficar entre nós. Quando cheguei a uma distância segura, me virei e rolei a taça entre as mãos com nervosismo. Justine se inquietou e então serviu outra taça rapidamente.

– Imagino que você acredite em Deus? – perguntei.

Seus olhos se arregalaram.

– Ah! Que pergunta inusitada. Sim, é claro que acredito.

– Isso vai dificultar as coisas.

– Valha-me Deus, como pode ser algo tão terrível? – Justine exclamou. – Então ele não era uma pessoa de Deus?

Quase ri da pergunta.

– Ele era extremamente poderoso, como algo saído de um conto de fadas. Era capaz de comandar animais e insetos, e imperava sobre um reino de criaturas fantásticas. – Então olhei primeiro para Mary e depois para Khent. – Criaturas maravilhosas. E ele conseguia mudar de forma a seu bel-prazer, tornando-se qualquer pessoa ou coisa.

É assim que você me descreve? Que patético.

Irritada, abanei a cabeça e mandei que ele se calasse. A ameaça de outra dor de cabeça pulsou na base do meu pescoço, e me perguntei se seria uma tentativa de me impedir de contar a verdade à Justine. Que diferença faria agora? Ele estava preso na minha cabeça e ela era sua filha, o que lhe dava o direito à história completa.

Justine ruminou essa informação por um longo momento, sem piscar. Ela tinha ficado perigosamente pálida.

– Você só pode estar brincando! Como algo assim poderia ser verdade?

– Mas é, Justine. Não vim até aqui para lhe contar mentiras.

– Gostaria muito de acreditar em você, meia-irmã, mas contos de f-fadas... – ela balbuciou, balançando a cabeça. Ficou em silêncio de novo, depois disse devagar: – Eu... creio que minha governanta me contou histórias sobre coisas assim. Serezinhos estranhos que corriam pelas florestas, roubando bebês e objetos brilhantes, transformando-se em gatos ou pássaros para enganar as pessoas.

– Exatamente – eu disse. – Mas todas essas histórias absurdas para crianças são verdadeiras. Eu sou um desses seres também. Consigo mudar minha própria aparência. – Os detalhes sobre como não pareciam relevantes, e Justine já estava pálida o suficiente.

– Você? *Você.* Então isso significa que eu posso...

– Sinto muito, mas não – interrompi. – Pelo menos, creio que não. Nosso pai procurou suas filhas por toda parte, na esperança de que alguma de nós tivesse herdado seus poderes, desejando nos consumir e consumir nosso dom para sustentar sua vida por... bom, toda a eternidade, imagino. Ele foi enfraquecendo ao longo dos anos. – Inspirando fundo, ergui as mãos. – Perdoe-me, tem muito mais. Guerras e picuinhas. Outros seres divinos misturados nessa história.

Ela torceu um cacho preto perto da orelha e me olhou de esguelha.

– Tudo isso soa como uma piada elaborada.

– Eu sei – respondi.

– No entanto, você parece tão terrivelmente séria que me faz querer acreditar.

Peguei o xale de Mary do sofá e o devolvi para ela, depois apontei para a porta da biblioteca.

– Não há necessidade de acreditar em mim, Justine. Você me pediu toda a verdade e tentei te contar. Tudo que posso oferecer é o que sei. O que decidir fazer com isso cabe a você. – Mary colocou o xale sobre o corpo, se aproximando de mim conforme dávamos a Justine uma margem larga no caminho para a porta. – Isto não é um truque nem uma piada. Queria que você soubesse a verdade porque é sangue do meu sangue.

Khent se juntou a nós enquanto passávamos por Justine, que ergueu uma mão trêmula.

– Espere – ela murmurou. – Não me deixe agora. Eu... Pode continuar? – Ela se virou na nossa direção com aqueles enormes olhos vítreos, abrindo um sorriso vacilante. – Por favor. Não posso prometer que vou acreditar em você, mas prometo ouvir.

– *Escutem.* – Khent também ergueu a mão, mas a levou aos lábios, nos silenciando. Seus olhos roxos se estreitaram e suas orelhas se empertigaram. Nossos olhares se cruzaram e senti um calafrio passar entre nós. – *Ewhey charou. Hur seh eshest? Chapep.*

Escutem. Nenhum som. Por que tão quieto? Estranho.

Ele só falou para mim naquela língua para ser discreto. Havia algum problema e seus aguçados sentidos caninos o haviam captado. E ele tinha razão

– o salão de baile tinha ficado completamente silencioso. Antes, ouvia-se o burburinho constante de conversas e risadas animadas, mas agora? Silêncio. Nenhum tilintar de taças de ponche, nenhum som de pés dançando, nenhum quarteto de cordas animado.

– Está muito quieto – Mary murmurou, também notando o silêncio inquietante.

– Que estranho... – Justine começou.

– Não – falei para ela. – Tem algo errado. Um baile não deveria ser tão silencioso.

Seus olhos se arregalaram de pavor. Sua voz se transformou num sussurro.

– Sra. Langford! Espero que nada tenha acontecido com ela. Precisamos investigar.

– *Eu* vou averiguar – disse Khent, tirando o casaco restritivo e o deixando cair no chão. Ele arregaçou as mangas rapidamente, revelando linhas de cicatrizes e tatuagens desbotadas. – *Vocês* ficam.

Houve um estrondo súbito e um grunhido de dor na direção do salão de baile. O arrepio na minha espinha se espalhou de maneira rápida e nada natural, então percebi assustada que não era apenas medo dentro de mim, mas também um alerta. Eu já havia sentido aquele frio incômodo antes, na Casa Coldthistle, quando os Árbitros do pastor tinham começado a cair do céu.

– Acho que essa festa inglesa deprimente acabou de se tornar muito mais interessante – Khent sussurrou, então correu porta afora e saltou para o corredor.

Capítulo Quatro

Um gelo cortante e inclemente substituiu o sangue em minhas veias quando a casa estremeceu, sacudindo como se atingida por um trovão. Aí já era demais. Com um pé no corredor, virei para Mary e Justine.

– Proteja minha irmã, Mary – eu disse com firmeza. – Espero voltar em breve.

– É melhor eu ir também – Mary insistiu, soltando o xale. – Três é melhor do que dois.

– Sem dúvida, mas Justine precisa de você agora. Vou ficar bem. Existe um monstro à espreita dentro de mim, lembra?

Isso não pareceu tranquilizá-la, mas ela chamou Justine de volta à biblioteca e fechou as portas. Eu me senti um pouco melhor – a capacidade de Mary de usar sua magia como uma espécie de escudo me maravilhava em Coldthistle, e confiei que ela manteria a inocente Justine protegida do que quer que estivesse acontecendo no salão de baile. Meu estômago se revirou enquanto eu corria para a comoção, com uma gama de possibilidades terríveis de violência brotando na mente. Em primeiro lugar, é claro, estava a ideia de que aqueles alertas em nosso batente não tinham sido ameaças gratuitas. Mesmo antes de eu sair de Coldthistle, o próprio sr. Morningside havia me avisado que o anonimato era uma fantasia ridícula para uma pessoa como eu.

"Você pode fingir ser capaz de escapar de tudo, garota, mas as engrenagens de outrora têm seu próprio jeito de girar e feridas antigas e profundas têm seu próprio jeito de se reabrir."

Por um breve momento antes de chegar ao salão de baile, só me restava imaginar qual ferida antiga havia se reaberto.

Mas houve pouco tempo para me preocupar enquanto corria pelos corredores dourados de lady Thrampton; não demorei a atingir meu destino. Suas portas altas e grandiosas estavam fechadas e alguns convidados confusos se reuniam do lado de fora, as vozes agudas se erguendo em queixas. A noite tinha sido intoleravelmente arruinada. Que desperdício! Claro, tudo aquilo era muito chocante para eles, cujas mãos ricas e macias não conheciam nada mais incômodo do que um chá atrasado.

Quando me aproximei das portas, elas se abriram com uma rajada sonora. Poeira e o buquê de uma mulher voaram na minha direção com tanta força que o ar sumiu de meus pulmões. Os hóspedes gritaram e se espalharam por todos os lados, abandonando sandálias, leques e copos de ponche na pressa de fugir. Mas nem todos os convidados saíram, pois encontrei alguns remanescentes no salão de baile. Todos vestidos de branco, estavam encostados nas paredes enquanto assistiam ao conflito que se desdobrava no centro do salão, logo abaixo de um imenso lustre de cristal.

Uma camada fina de pó de gesso, branco como a neve, havia caído em volta das duas figuras que se enfrentavam. O teto tinha rachado pela força do que quer que houvesse causado aquele barulho inicial. O frio horrendo em minhas veias tinha se intensificado por um motivo – uma das Árbitras do pastor havia caído dos céus feito uma âncora no parquete. A madeira onde ela havia despencado estava lascada, quase reduzida a aparas.

– Sparrow – eu disse baixo, parando de repente.

Seu cabelo loiro estava curto e ela havia trocado o terno cinza pelo que parecia uma antiga armadura de couro. Havia uma faixa branca limpa em torno de sua garganta e um suporte envolvendo seu braço, resquícios de seu confronto com o Pai na Casa Coldthistle. Apesar dos ferimentos que havia sofrido nas mãos dele, ela parecia preparada agora. E furiosa.

– Ah! A filha pródiga está aqui. – Ela disparou na direção de Khent com uma velocidade sobrenatural, empurrando-o para fora do caminho com o quadril. – Eu sabia que esse vira-lata pulguento estava mentindo. Tenho certeza de que não pode evitar; ele mal passa de um cachorro. Ele responde quando você assobia?

Eu me peguei caminhando na direção dela. Normalmente, a visão dela – alta, dourada e imensamente forte – me faria pensar duas vezes antes de abrir confronto. Mas a única coisa que me fazia hesitar agora era o número de espectadores inocentes no salão.

– Eu não faria isso se fosse você – eu disse a ela. Ao lado de Sparrow, Khent se eriçou, e não era preciso um olhar aguçado para perceber como os músculos de seus antebraços estavam tensos sob a pele. Sua forma bestial ansiava por sair.

– Aniquilamos a espécie dele eras atrás – Sparrow disse, olhando-o com desprezo. – Pena que deixamos escapar um.

O som que saiu da garganta de Khent deixou meus cabelos em pé. Era um rosnado que nenhum homem seria capaz de emitir. A qualquer momento, ele rebentaria em sua outra forma, uma criatura canina de dois metros e meio de altura e garras afiadas. As damas nobres no canto poderiam literalmente morrer de medo.

– Não! – exclamei. – Ela quer provocar você. Quer *nos* provocar. Temos de ser superiores a ela.

– Improvável – Sparrow disse, revirando os olhos azuis e brilhantes. – Um vira-lata e uma camareira.

Ela se empertigou, deixando sua forma humana derreter como cera de vela e revelando o fulgurante corpo dourado por baixo. Suas feições se tornaram difíceis de distinguir, a pele e os ossos transformando-se em ouro derretido. Um braço, o que não estava ferido, cintilou enquanto se transformava em uma lança comprida e pontiaguda.

Pensei que ouviria exclamações de espanto dos convidados remanescentes, mas não houve nenhuma. Cerrei os dentes; o pavor frio na minha barriga não vinha mais apenas de Sparrow. Sua presença era assustadora, sim, mas havia outra coisa errada. Khent também pareceu notar, olhando ao redor em todas as direções. Enquanto isso, os homens e mulheres que esperavam perto das paredes começaram a nos cercar. O que estaria acontecendo? Por que não tinham medo dela?

Sparrow riu diante de nossa confusão, arrogante e irritante como sempre.

– Você achou que tudo simplesmente ficaria para trás? – ela provocou, acenando a lança dourada em que seu braço havia se tornado. – Engoliu a alma do Pai das Trevas. O livro... todo aquele conhecimento fae patético... está dentro de você. Não recebeu meus avisos, minha cara? Achei que as aranhas foram um belo toque, considerando que você está a momentos de também se tornar um insetinho morto e patético.

Ela avançou, sua pele dourada brilhando tão forte que faziam meus olhos doer. Eu tinha de me defender. Recuei cambaleante, mas descobri que uma fileira de convidados estava andando lentamente na minha direção. Todos os rostos tinham expressões semelhantes de impavidez; um cavalheiro bigodudo até chegava a sorrir. Senti o calor do corpo de Sparrow enquanto ela corria para mim, mas desviei no último segundo, lançando-me para fora do caminho. Ela parou, girando graciosamente enquanto asas brilhantes brotavam das costas por um instante, então pousou em uma postura defensiva, com a lança abaixada diante do corpo. A ponta da arma, cintilante e letal, quase havia perfurado a barriga do homem de bigode.

– Pare com isso! – gritei. – Você vai acabar matando alguém!

Sparrow riu de novo e se atirou como uma flecha na minha direção.

– É essa a intenção, minha querida!

Ela estava furiosa – mais do que de costume – e, enquanto avançava contra mim como uma arma feita de carne e osso, ouvi os homens e mulheres ao redor começarem a cantar. Deus, eles eram todos coristas do pastor, idênticos aos grupos bizarros que eu havia notado se espalhando por Londres como uma urticária pálida.

O pastor guiará, o pastor provê, por ele viveremos e por ele morreremos...

Eles entoavam o cântico sem parar, baixo e retumbante, mas crescendo em volume. Sparrow balançou a cabeça no ritmo lento, erguendo a lança como se os conduzisse com uma batuta.

Cerrei os dentes, me obrigando a lembrar que eles podiam ter diversos motivos para seguir o pastor. Talvez realmente estivessem perdidos e precisassem de algo para confortar seus corações. Ou talvez Árbitros como Sparrow tivessem encontrado um jeito de convertê-los contra sua vontade. Eu não sabia o suficiente, então não tinha provas de que aqueles humanos mereciam ser feridos.

– Eu não vou feri-los – eu disse a Sparrow, mas ela não conteve o ataque.

Sua lança cortou o ar, tão perto que a ponta rasgou o ombro do meu vestido. O contato me sobressaltou e caí para o lado, rolando para fugir da arma que atacou outra vez, cravando-se fundo no chão. Sparrow teve dificuldade para tirá-la e usei esse tempo para voltar a me levantar e me juntar a Khent no canto oposto da forma oval que se estreitava a cada segundo. O canto era quase hipnótico, mas me obriguei a me concentrar.

– Alguma ideia? – ele sussurrou. – Porque *eles* certamente vão *nos* ferir.

Seus braços protegem do frio, ele perdoa todos que pecaram...

– Me deixe pensar – sussurrei em resposta.

Mas sabíamos que não havia tempo para hesitar. Uma tensão familiar em meu crânio significava que Sparrow e seu círculo de fiéis não eram nossos únicos problemas. Assim como Khent, o Pai estava disposto a retaliar.

O canto continuou, mas um dos convidados avançou em alta velocidade, tentando agarrar meus braços. Eu me defendi gritando e esperneando, mas Sparrow aproveitou a oportunidade para se jogar na minha direção com a lança erguida.

– *Agora* – eu disse a Khent.

Ele não precisou de mais instruções. Enquanto eu me debatia contra o humano que segurava meus braços, ouvi a camisa elegante dele se rasgar conforme sua forma bestial emergia da pele. Isso assustou Sparrow, mas apenas por um instante, que aproveitei obrigando a minha mente pensar em defesas possíveis. Não tinha mais minha querida colher, mas a lembrança dela me deu uma ideia. Metal. Armadura. Fechando os olhos com força, fiquei em silêncio, todos os pensamentos concentrados em alterar o estado de meu vestido. O desespero do momento deve ter ajudado, pois imediatamente senti a seda ficar pesada, e no momento seguinte a lança de Sparrow raspou contra um peitoral. Centelhas se ergueram diante dos meus olhos com o impacto, vermelhas e douradas, me cobrindo em um calor resplandecente. Ouvi o homem que segurava meus braços exclamar, espantado, e pisei no pé dele com força, não mais calçando uma sandália fina de couro, mas sim aço.

Girando para longe dos dois, observei a multidão se dispersar para os cantos, mas Sparrow não se deixou abalar. Ela girou a lança uma vez e a segurou diante do peito, seus olhos cor de safira alternando entre o corpo gigantesco de Khent e minha armadura.

– Amigos – ela gritou, erguendo o braço com a lança para reanimá-los. – Seguidores do grandioso pastor, não temam! Arranquem o medo de seus corações feito ervas daninhas de um jardim. Venham comigo! Com tudo que consigam encontrar, venham comigo!

Observamos enquanto os convidados – os seguidores –, com seus trajes drapeados e belos ternos cobertos de mantos brancos, se espalharam à procura de facas e utensílios. Garrafas abandonadas pelos mordomos transtornados foram pegas e quebradas, suas pontas úmidas e afiadas cintilando sob a luz do lustre. Então eles fizeram o que Sparrow ordenou e correram até nós, substituindo seu canto monótono por gritos.

Tarde demais, senti a presença do Pai crescer dentro de mim. Talvez fosse meu medo, que eu nem havia tentado arrancar do coração, que permitiu a sua chegada. Ou talvez eu tivesse ansiado por esse momento desde que sobrevivera ao tormento de Sparrow na Casa Coldthistle. Se era minha fraqueza ou meu desejo de vingança, não saberia dizer, mas ouvi o som de roupas pesadas se rasgando dentro de mim. A armadura ficou apertada, pois os limites do meu corpo se expandiram rapidamente, girando e tomando uma nova forma, até minhas pernas estarem mais fortes e compridas e vinhas de folhas escuras se contorcerem em volta dos meus braços enquanto meus dedos se transformavam em afiadas garras negras.

O que quer que eu tivesse me tornado fez Sparrow parar, mas seu grito de surpresa logo se transformou em um rosnado de determinação. Ela e seus seguidores partiram para cima de nós, uma dezena ou mais de mãos atacando de todas as direções. Peguei uma faca cega derrubada por um dos convidados e a transformei em uma espada, golpeando cegamente para manter os seguidores do pastor à distância. A espada não os deteve, então imaginei a faquinha se transformando em um escudo enorme, grande o bastante para afastar os humanos e criar certo espaço. Nada parecia assustá-los. Eu só queria que eles recuassem, mas algo no comando de Sparrow os deixara ensandecidos.

Ouvi o barulho de Khent lançando um dos hóspedes para longe, o corpo rolando como se não passasse de um boneco de criança. Algumas daquelas facas e garrafas quebradas conseguiram ferir a esmo, e o chão ao nosso redor ficou escorregadio de sangue – parte meu, parte de Khent, mas a maioria de Sparrow.

Estendi o braço na direção dela. Minha cabeça se encheu de fumaça carmesim e minha visão se concentrou apenas em sua figura dourada e reluzente e na lança que apontava para mim. Sem pensar, meu braço se esticou cada vez mais, feio e antinatural, mas útil em sua estranheza. Eu a peguei pelo pescoço, vendo o terror súbito em seus olhos enquanto apertava a faixa que o envolvia e a pele por baixo. Sua lança cortou minha barriga, encontrando uma brecha na armadura, mas mal senti a dor. Outros seguidores do pastor entraram correndo no salão, mas já era tarde demais. O Pai havia tomado conta de mim completamente, e seu desejo me dominou como se eu não passasse de uma fantasia que ele tinha vestido. Vi com seus olhos cruéis e bati com sua mão impiedosa, derrubando Sparrow no chão e fazendo a casa inteira chacoalhar mais uma vez. As cadeiras e mesas perto do canto do salão tombaram; o salão de baile todo estava em ruínas. As velas de seus candelabros e pequenas chamas ameaçaram se espalhar. Um convidado lançado por Khent voou por cima da minha cabeça. Raízes da largura de um homem se ergueram da terra, como no pavilhão quando nos unimos contra o Pai. Agora, aqueles tentáculos negros estavam do meu lado. Do nosso lado.

– O teto! – Khent grunhiu entre os dentes afiados. – *Mahar!*

Olhe.

Khent pulou para trás, cortando caminho pela multidão de convidados, e tive o bom senso de acompanhá-lo. Olhei para o teto: o enorme tremor e a vibração da casa rachavam o gesso ornamentado. O lustre balançava, rangendo perigosamente nos suportes frouxos. O empurrão final de que precisava veio quando Mary e Justine abriram as portas do salão. Seus rostos se encheram de choque e pavor, mas Mary deu um passo à frente, protegendo Justine quando os parafusos do lustre cederam e seus enfeites dourados e prateados caíram, respingando cera de vela sobre nós. Uma reverberação tênue cercou as duas meninas – a magia do escudo de Mary, que surgiu como uma onda de seus braços.

Quis desviar os olhos, mas o Pai não permitiu. Khent se crispou ao meu lado quando o lustre se estilhaçou em cima de Sparrow, em meio às raízes e lascas de madeira. Ela soltou um grito baixo e espantado, seguido por um silêncio longo e arrepiante. Observei uma vela derreter no piso destroçado e toquei minha barriga – que tinha começado a doer muito. Minha mão voltou encharcada de sangue.

Finalmente, senti a influência do Pai diminuir e desviei o olhar, entendendo enfim o que eu havia feito. Sparrow tinha nos atacado, sim, mas agora ela estava gravemente ferida. Não, pensei com um calafrio: estava morta. Havia outros corpos também, e meu estômago se revirou à visão. Minhas pernas ficaram bambas e cambaleei para trás até me recostar na mesa do bufê – antes bela e festiva, agora coberta de sangue. Arfando, arrisquei um olhar para meu reflexo em uma bandeja de prata. O que vi tirou meu ar – olhos vermelhos fumegantes, um rosto de caveira chamuscada, uma coroa de galhadas tortuosas...

Um monstro. Um monstro. Então meu próprio rosto começou a surgir, a fera que eu havia me tornado desaparecendo até o reflexo exibir apenas uma menina assustada, com o rosto manchado de sangue e uma faca de jantar cega na mão trêmula.

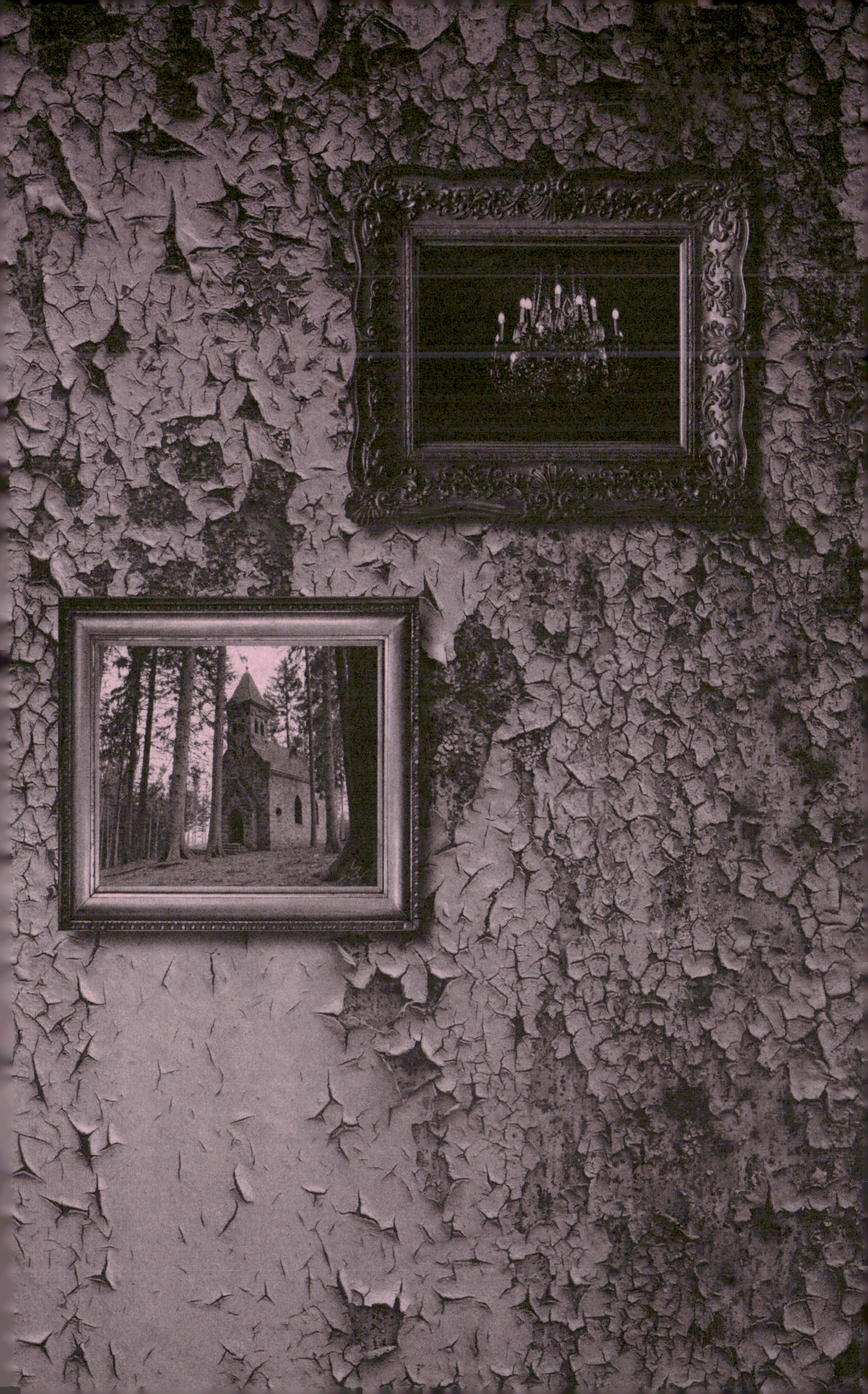

Capítulo Cinco

A queda do candelabro e a morte de Sparrow pareceram tirar os seguidores de seu transe. Aqueles que conseguiram saíram correndo do salão de baile, as caudas brancas dos mantos se erguendo como bandeiras de rendição.

Meu coração continuou apertado. Khent respirava com dificuldade ao meu lado, seu pelo cinza-escuro empapado com todo tipo de sangue. Seus astutos olhos caninos, de um roxo vibrante, me seguiram enquanto eu andava devagar da mesa até Mary e Justine.

Eu não conseguia me obrigar a olhar para o lustre. Para Sparrow. Ela tinha sido uma pedra infeliz no meu sapato desde o momento em que nos conhecemos, mas eu me recusava a acreditar que merecia um fim como aquele.

– Meu bom Deus, Louisa, que desastre! Você está bem? – Mary ofegou, cobrindo a distância e me envolvendo em seus braços. – Ouvimos barulhos tão terríveis...

– Precisamos ir para algum lugar seguro – respondi, soltando-me rapidamente e caminhando para a porta. Justine estava paralisada, cobrindo a boca. – Onde está sua guardiã?

– E-ela deve estar em algum lugar da casa – Justine conseguiu balbuciar. – Eu não a vi na multidão, e ela sem dúvida não estava entre os... os...

– Precisamos encontrá-la – eu disse. Embora soasse lúcida, não me sentia nem um pouco assim. Vozes abafadas vinham do outro lado do vestíbulo, além das portas. Passando por Justine, fiz um sinal para Mary e Khent, que havia retornado à forma humana e usava roupas rasgadas, e apertamos o passo em direção à comoção.

Encontramos a guardiã de Justine, a sra. Langford, se abanando em pânico no gramado da casa, junto com os convidados que haviam fugido imediatamente e os que haviam sobrevivido à batalha. Os sobreviventes pareciam atordoados, cobertos de sangue; a luta se esvaíra deles agora que sua líder jazia morta embaixo de um lustre. Todos pareciam estar olhando para algo do outro lado do gramado. Atravessamos a multidão sem dificuldade – dos que me notaram, ninguém queria estar perto da garota com um vestido manchado de sangue e uma faca. Uma senhora de vestido de cetim laranja soltou um gritinho e desmaiou na relva quando passei por ela.

Encontramos um homem sozinho na frente da multidão. Ele não devia ser mais velho do que eu, com a pele avermelhada e cabelo ruivo brilhante. Seu terno era muito simples, remendado em algumas partes, e um curativo claro cobria seus olhos como se estivessem feridos. Ainda assim, ele parecia nos ver claramente, e assentiu com a cabeça quando nos aproximamos.

O jovem observava a multidão quando uma mão pequena e forte apertou meu cotovelo.

– Louisa! Meu Deus, Louisa, você estava falando a verdade!

Era Justine, com o cabelo emaranhado e os belos olhos arregalados de pavor. Eu me voltei para ela, sem saber o que dizer ou como explicar o que ela tinha acabado de presenciar. Eu esperara encontrar uma amiga nela, algum tipo de normalidade, mas agora, ao ver o que a verdade tinha feito com ela, me arrependi de ter vindo ao baile. Suas mãos tremiam tanto que senti vontade de apertá-las nas minhas. O Pai bramiu dentro de mim, ainda acalorado pela batalha e sem dúvida querendo mais. Mais, no caso, seria consumir essa filha, por mais que ela não tivesse nenhum poder de fae.

Eu tinha de me distanciar de Justine – e logo, antes que ele pudesse feri-la através de mim. Ela estava chorando, com o queixo abaixado junto ao peito. Suspirei. A única diferença entre nós era um acaso da natureza. Se as coisas tivessem sido diferentes, poderia ter sido ela a ser amaldiçoada pelo espírito do Pai, e eu seria a dama privilegiada e confiante da cidade grande. A mera sorte a havia protegido da fúria do Pai, cujo caminho o guiara até mim antes de chegar a Justine. E era terrível vê-la tão abalada. Concluí que talvez fosse melhor ser eu quem tivesse de carregar aquele fardo.

– Vai levar um tempo para você realmente entender – eu disse com carinho.

– E...

Mas não consegui dizer mais nada, pois o jovem na frente da multidão se dirigiu a mim.

– Imagino que essa bagunça ensanguentada seja obra sua. – Ele soltou um suspiro que fez seu corpo todo estremecer e tirou a franja da testa. Tinha mais sardas até do que Mary. – Vocês são amigos de Henry, então faz sentido.

– Não somos amigos. Nós... – Antes que eu pudesse terminar, ele me empurrou para o lado, abrindo os braços para os hóspedes reunidos que tremiam sob a névoa em seus xales finos. Justine continuou chorando contra o vestido.

– Queridos amigos, vocês estão todos exaustos e confusos, então permitam-me ajudar. – Ele abriu um sorriso sincero e inspirou, então uma suave luz amarela surgiu de seu peito e foi crescendo até cobrir os convidados e fiéis como se um raio de sol tivesse cortado a noite e acalentado a todos.

Os olhos deles ficaram vítreos; suas bocas se abriram um pouco. Até Justine pareceu completamente arrebatada. Então, tão rapidamente quanto surgiu, a luz desapareceu. O jovem tirou o paletó e o colocou sobre mim, escondendo os arranhões e o sangue.

Soltei as mãos de Justine. Elas haviam parado de tremer. Agora ela olhava para mim como se eu fosse uma estranha. Por mais que doesse, deixei estar, sabendo o quanto a descoberta e a carnificina a haviam perturbado.

– Agora – ele falou suavemente para a multidão, olhando para eles com a expressão serena. – Que festa escandalosamente ruim foi essa! Vocês todos devem brigar com lady Thrampton por seu ponche medíocre e reclamar incessantemente do violoncelo monótono do quarteto. E lady Thrampton, a senhora deve levar sua família para o interior por um tempo, a fim de se recuperar da vergonha desse espetáculo triste.

Lady Thrampton, que eu não tinha visto entre os seguidores, mas agora via entre os convidados que nos atacaram, levou a mão ensanguentada aos lábios e franziu a testa.

— Isso deve me dar tempo para arrumar essa sua desventura — ele disse, depois fez uma reverência breve e descontraída. — Dalton Spicer, o único tolo idiota o bastante para ajudar você esta noite.

— Spicer — repeti, seguindo-o até os portões da propriedade. Era minha vez de sentir que estava entorpecida. A multidão se misturou por um momento atrás de nós e então gradualmente começou a se dispersar. Justine havia encontrado sua guardiã, mas só me restava imaginar o quanto ela se lembraria daquela noite. Nossa conversa na biblioteca, por exemplo... Ela não se recordaria de nada, se o destino fosse bondoso. — Eu conheço esse nome — acrescentei. — Por que me soa familiar?

— Porque sou um velho amigo de Henry — ele disse alegremente. — E um Árbitro. O dente perdido do tridente de Sparrow e Finch.

Fiquei paralisada ao escutar isso, cercada por Khent e Mary. Dalton Spicer fez um sinal para continuarmos.

— Não há motivo para espanto. Não sou seu inimigo. Faz muito tempo que parei de julgar e fazer a vontade do pastor. Portanto... — Ele apontou para os curativos que cobriam seus olhos, então tirou a faixa, revelando órbitas vazias onde deveriam estar os olhos. — Começamos a ficar cegos quando damos as costas para eles.

Ele recolocou a faixa no lugar e saiu pelos portões, continuando rapidamente na direção oposta de nossa casa.

— Cegos? — perguntei.

— Não poderia julgá-la nem se quisesse. Meus talentos agora são limitados... e diminuem a cada dia. Mas vale o preço. Prefiro me tornar um ouriço a me tornar Sparrow.

Ele ficou em silêncio, e eu também, ambos avaliando o peso da morte dela. Parecia impossível que alguém tão poderosa e mágica como ela pudesse simplesmente *morrer*. E por minha causa.

— Queria que você a tivesse conhecido em tempos melhores — Dalton disse, como se lesse meus pensamentos sombrios. — Ela mudou depois que fui embora. Se eu soubesse que minha partida a deixaria tão furiosa, tão cruel, talvez tivesse agido de forma diferente. Em muitas coisas. Mas isso e sua relação com Henry são assunto para outro momento. Agora precisamos levar todos vocês para um lugar seguro.

Uma carruagem modesta com dois cavalos brancos imaculados esperava ao fim da rua, bem longe das candeias reveladoras e do gramado lotado de lady Thrampton. Ele nos guiou até ela com propósito, mas hesitei quando abriu a porta. Notei que não havia cocheiro.

– Espere – eu disse. – Obrigada pela sua intervenção, acho, mas isso é tudo muito repentino.

Khent concordou.

– Como podemos confiar em você? Você é um deles. Não gosto nada disso.

Ele estava certo. Dalton me dava a mesma sensação gélida nas veias que Sparrow e Finch, embora fosse muito menos perceptível. Observei o jovem com atenção, mas seu rosto era indecifrável.

– Sparrow e os seguidores dela sabem onde moramos – Mary apontou. – Eles estavam deixando bichos mortos fora da nossa porta para nos alertar. Também não gosto disso, mas acho que devemos evitar aquela casa por enquanto.

– Finalmente um pouco de bom senso – Dalton bufou. – Olha, não preciso que vocês confiem em mim, mas preciso que me escutem. Esses seguidores não vão continuar confusos para sempre. Sparrow sem dúvida os estava usando para seus próprios objetivos e, sem ela, outra pessoa vai assumir seu lugar e os controlar. Eles vão voltar a si e retomar sua lealdade, e sua primeira inclinação será seguir quem quer que seja enviado, provavelmente Finch ou outro subordinado do pastor. Eu ganhei tempo para vocês, mas apenas um pouco.

Fiquei virando a faca nas mãos, passando-a para trás e para a frente sob o casaco.

– Mas todas as nossas coisas! Agnes e Silvia vão ficar preocupadas se desaparecermos completamente. Não deveríamos deixá-las naquela casa se for perigoso.

– Eu vou – Khent disse, com um aceno decidido. – Agnes e Silvia podem ser dispensadas, e vou colocar o que conseguir juntar das nossas coisas no faetonte. Onde encontro vocês?

A prontidão dele pareceu agradar a Dalton, que aprovou com um sorriso e apontou com a cabeça para a carruagem.

– Deptford. Não é longe. Há uma igrejinha de São Nicolau. Você vai reconhecê-la pela caveira e pelos ossos nos portões.

Parecia sinistro, mas Khent simplesmente tocou meu ombro e o de Mary, esperando nossas respostas.

– Claro, claro – eu disse apressadamente. – Vá. Acho que a noite de hoje provou que sou capaz de me virar.

– Nunca duvidei, *eyachou*. – Então, mais sério, ele disse a Mary: – Mas você tome conta dela mesmo assim.

– Vamos tomar conta uma da outra – Mary disse. – Prometo.

Com isso, Khent desapareceu na noite. Ele era incrivelmente veloz quando queria, e me perguntei se talvez fosse assumir sua outra forma para atravessar a escuridão ainda mais rápido. Dalton não esperou que ele desaparecesse, subindo na carruagem e nos apressando com um som impaciente.

– Precisamos chegar a Deptford antes do amanhecer. Quanto menos esta cidade vir vocês, melhor.

A névoa sobre as ruas de Londres diminuía conforme nos aproximávamos de Deptford. Eu nunca tinha visto aquela parte da cidade, e deixei as fileiras ordenadas de casas e canteiros me distraírem da apreensão que permanecia em meu peito. Exausta, Mary pegou no sono com a cabeça no meu ombro. A carruagem se dirigia sozinha, os cavalos percorrendo a cidade como se tivessem sido treinados exatamente para esse propósito.

– Lembro do seu nome agora – falei baixo para Dalton Spicer, tentando não acordar Mary. – Em Coldthistle havia uma cópia antiga do livro de Henry. A dedicatória foi escrita para você.

– Tenho certeza de que ele ficou furioso por eu ter deixado o volume para trás.

Sua voz tinha uma nota de arrependimento.

– Vocês dois eram próximos – continuei. – Ele falou de você.

Ele se remexeu no banco, afastando-se de mim e virando-se para a janela.

– Não vou fingir interesse no que ele tinha a dizer. Mas sim, fomos amigos por um tempo. Ele foi parte do motivo por que abandonei o serviço do pastor. Tinha essas ideias grandiosas sobre mudar as coisas, colocar um fim nas picuinhas eternas entre os deuses. Agora vejo o que isso realmente era – ele murmurou. – Uma mentira.

– Ele é bom nisso – respondi secamente. – Em mentir.

– Chegamos.

Pude ver que ele ficou contente por isso, pois praticamente pulou da carruagem ainda em movimento. A parada repentina fez Mary acordar assustada, mas a tranquilizei com uma mão em seu braço. Do lado de fora, ainda na penumbra da noite, uma coruja nos observava do alto de uma caveira esculpida de pedra. Como Dalton havia dito, dois pilares de caveira e ossos marcavam a entrada da capela, um acréscimo macabro a um lugar que poderia ter sido pitoresco. A capela em si assomava sobre os portões, pálida e quadrada, e uma árvore esguia balançava no lado direito do gramado.

Dalton abriu a porta e descemos para o frio. A carruagem saiu sozinha e virou a esquina, o barulho dos cascos se afastando no frio. Eu me aconcheguei dentro do casaco emprestado, ainda apertando a faca cega com força. Não tinha como saber se precisaria dela, mas já havia sido imprudente o bastante para confiar em um servo do povo do pastor no passado e, dessa vez, estaria preparada. Quando os sobreterrenos apareceram pela primeira vez, Chijioke me alertou que nunca seriam meus amigos, mas teimei em acreditar que os mais gentis, como Finch, seguiriam suas consciências e não obedeceriam a ordens cegamente. No fim, ele havia escolhido o pastor, horrorizado pelo que tinha presenciado na Casa Coldthistle. Mas eu acreditava em Dalton Spicer, e minha intuição me dizia que ele era uma alma boa – ou, pelo menos, bem-intencionada.

Mas o Pai tinha uma ideia diferente.

Assassino. Traidor. Mentiroso dourado.

– Já chega, muito obrigada – murmurei.

– Como é? – Dalton se virou para mim enquanto atravessávamos o portão marcado por caveiras.

– Nada – respondi. – Vamos ficar na capela?

Atravessamos o gramado em direção à porta, mas viramos no último momento, dando a volta pela igreja. Estendi a mão para tocar nas pedras frias, sentindo um arrepio se transferir da capela para minha pele. Ergui os olhos para as janelas no alto, mas não notei nenhuma vela nem nenhum olhar vigilante.

– Este lugar tem sido um abrigo para os extraviados desde... bom, desde muito, muito tempo atrás. Não apenas para a minha espécie e a sua, mas para os humanos também. Sobreviveu a incêndios, a guerras, aos Tudors e Stuarts, aos Guilhermes e Jorges... – Dalton soltou um riso baixo. – Imagino que vá durar até muito depois de Henry, o pastor e você serem esquecidos.

Era estranho ser colocada no mesmo grupo que aqueles dois, mas não discuti. Na parte de trás da capela, perto de um amontoado de lápides em ruínas, ficava uma porta pesada de porão separada do edifício principal. Um arco de pedra irregular encimava a porta, gravado com símbolos que não representavam nada para mim. Mary pareceu igualmente confusa. Com a ponta da bota, Dalton bateu três vezes.

Uma voz de mulher respondeu de dentro. Tinha um sotaque estranho e melodioso, mesmo através da madeira.

– Qual é a recompensa do pecado? – a voz perguntou.

– Morte.

Houve um som de seis fechaduras sendo destrancadas. As dobradiças rangeram, então a porta se abriu lentamente na nossa direção. O espírito que se abrigava em minha cabeça resistiu, mas ignorei seus protestos, sabendo que provavelmente pagaria por minha petulância com uma dor de cabeça mais tarde. Eu queria apenas sair do frio e vestir roupas limpas, tomar uma xícara de chá e decidir o que faríamos agora como fugitivos.

Praticamente no instante em que pisamos nos degraus que desciam ao porão, nos deparamos com um calor surpreendente. Eu esperava a frieza úmida de rochas, mas o covil subterrâneo era fortificado por madeiras antigas e coberto por um carpete felpudo que amaciava nossos passos. Lamparinas grandes feitas com barris antigos pendiam do teto, ao alcance do braço. Um aroma de ervas pairava no ar – hortelã, lavanda e alecrim –, limpo e fragrante como a maleta de um boticário.

Ao pé da longuíssima escada, esperava a mulher que ouvimos antes. Negra e baixa, ela usava uma camisa masculina larga, cinturada por uma faixa, e uma saia rodada e listrada. Seu cabelo preto estava coberto de óleo e amarrado em uma trança holandesa que caía sobre um ombro.

– Fathom Lewis – ela se apresentou, estendendo a mão.

– Desculpe, minhas mãos estão... elas não estão em um bom estado para cumprimentá-la. Você aceitaria uma reverência?

– Se você insiste – Fathom respondeu casualmente. Eu, Mary e ela trocamos reverências, o que pareceu ridiculamente formal, considerando as circunstâncias.

– Americanos e seus modos – Dalton zombou. – Ela é de um lugar chamado Pensilvânia. Só Deus sabe como é.

– Até que é agradável – ela me disse com um sorriso. Isso explicava o sotaque diferente. – Dalton não gostaria; não tem tantos esnobes como ele.

– Rá, rá.

– Ele me disse que poderia haver problemas esta noite – Fathom acrescentou, ignorando-o e continuando para dentro do abrigo enquanto seguíamos logo atrás de Dalton. – Pelo visto, ele estava certo.

– Sparrow agiu – ele explicou. – Eu me recusava a acreditar que ela atacaria tão rapidamente... e com tanta violência. Não acabou bem para ela, nem para os seus seguidores.

O porão se abriu para um aposento maior revestido de estantes que não combinavam, todas transbordando de papéis, caixinhas de quinquilharias e curiosidades. A sala me lembrava um pouco a biblioteca que Henry me deixara usar enquanto eu traduzia o diário de Bennu para ele, mas os objetos pareciam longe de ser tão valiosos. Mesmo assim, a lembrança me encheu de uma nostalgia momentânea. Era chocante me lembrar de qualquer parte da Casa Coldthistle com carinho – e a própria casa e as lembranças pareciam impossivelmente distantes. Eu não estivera a salvo na época, mas definitivamente não era tão ruim quanto tudo o que acontecia agora.

Fathom desapareceu em um corredor lateral, depois voltou com uma bandeja cheia de xícaras e, graças aos céus, uma chaleira. Ela arrumou uma mesinha antiga e instável para quatro enquanto Mary se afundava com gratidão em uma das cadeiras acolchoadas.

– Mais uma, por favor – Dalton instruiu. – Um cavalheiro ainda vai se juntar a nós. Um filho da realeza egípcia de dia e, se não estou enganado, um *cão lunar* à noite.

– Um Abediew – corrigi, sentindo-me ofendida por Khent. Cão lunar não parecia capturar exatamente o que ele era.

– Perdão. Sim, é isso, e chegará em breve com as posses delas. Não acho que seja sensato voltarem agora que Sparrow atacou de forma aberta. Outros vão querer imitá-la, e Finch virá à procura da irmã.

Estremeci. Podíamos não ter nos despedido como amigos, mas eu sabia que a morte de Sparrow o faria entrar em desespero. Eles eram irmãos, afinal, ainda que estranhos, e eu não sentia nenhum prazer em imaginar o sofrimento dele nem sua possível retaliação. Não queria lutar contra ele, nem contra ninguém – só queria fugir –, mas mesmo escapar e ter uma vida normal eram pedir demais, pelo visto.

– Então você é... sabe, uma de nós? Uma pixie, um demônio ou algo assim? – perguntei devagar. Era inútil me preocupar com Finch. Tudo que eu podia fazer era dar meu melhor para escapar dele e de outro confronto.

Fathom balançou a cabeça.

– Ah, não, sou algo muito pior: uma poetisa.

– Uma poeta *americana*. Meu bom Deus.

Ela e Dalton riram, e olhei de esguelha para Mary, que apenas encolheu os ombros e tomou seu chá. Eles não pareciam estar tramando contra nós nem trocando olhares furtivos, e tinham nos oferecido chá e um lugar quentinho para nos esconder, mas eu ainda tinha minhas dúvidas. O riso deles arranhou algo dentro de mim. Uma sobreterrena, por mais cruel que fosse, havia acabado de morrer. Muitas *pessoas* haviam acabado de morrer. Como eles conseguiam rir? Não entendiam o peso nas minhas costas agora, com a evidência vermelha da morte secando sobre todo o meu corpo?

Foi o poder do Pai que respondeu; minha cabeça subitamente se encheu daquela névoa carmesim de novo, meus pensamentos diminuindo até que eu não ouvia nem sentia nada além do crescente constante de um rufo de tambores. Apertei a xícara até ela rachar. Uma gota quente de chá escorreu em minha mão, me surpreendendo e quebrando o feitiço.

Quando abri os olhos, os três estavam me encarando.

Uma camada fina de reboco caía do teto sobre nós. Minha raiva devia ter feito todo o porão tremer também.

– Perdoem-me – sussurrei, rouca. – Tem alguma coisa errada comigo.

Ninguém disse nada. Mary estendeu o braço e apertou minha mão.

– Imagino que vocês não saibam da *coisa* que divide a minha alma.

Dalton balançou a cabeça devagar, e limpei um pouco de poeira imaginária da mesa com o polegar. Fathom saiu por um breve momento e, quando voltou, me entregou um pano quente e úmido. Limpei as mãos e inspirei, trêmula.

– Vou começar pelo começo – eu disse.

E assim contei para eles; parte por parte, confiando em estranhos, revelando toda a história fantástica, na esperança de que houvesse uma solução para o perigo que espreitava em mim, sabendo que eu provavelmente ficaria presa à maldição de meu pai para sempre.

Capítulo Seis

Dalton e Fathom escutaram. Com uma santa paciência, eles escutaram.

— Sparrow deve ter ficado sabendo sobre o transportador de almas, Chijioke. Isso deve tê-la irritado — Dalton disse, sério, quando terminei de descrever o processo de ter uma alma antiga alojada em meu corpo.

— Não é culpa dele — Mary retrucou. — Ele só fez o que podia para salvar Louisa!

— Não estou culpando ninguém — ele a tranquilizou, servindo mais chá para todos. Minha xícara havia sofrido apenas uma rachadura pequena, mas eles me deram uma nova mesmo assim. — Acontece que Finch nunca esconderia isso. O pastor deve ter ficado lívido e, agora, está buscando o poder com aqueles seus fanáticos. Ele tem medo do que quer que Henry tenha se tornado, do que quer que ele esteja tramando naquela casa.

Seus olhos se voltaram rapidamente para mim. Franzi a testa.

— Se pretende perguntar qual é o plano dele, não faço ideia — eu disse. — Mary?

Ela mordeu o lábio, balançando o rosto de um lado para o outro enquanto pensava.

— Só fazíamos o que ele pedia, eliminando as pessoas más que vinham se hospedar em Coldthistle, e Chijioke o ajudava a manter as almas deles em uma espécie de zoológico. Em aves, centenas delas. Ele guardava todas, isso eu sei, mas nunca revelou os motivos.

— Quantas aves? — Foi Fathom quem perguntou, debruçando-se sobre a mesa estreita.

— Centenas — Mary respondeu. — Acho que... acho que centenas.

— Centenas de almas aprisionadas? Isso não parece um exército para você? Porque para mim parece um exército. — Fathom assobiou e cutucou Dalton.

— Isso é a cara do Henry, sempre pensando em si mesmo e nunca em como as consequências podem prejudicar os outros. Não é de admirar que o pastor esteja desesperado por seguidores. – Dalton se afastou da mesa e, sem dizer uma palavra, pegou uma pequena garrafa de uma estante próxima. Ela estava ao lado de um jarro cheio do que pareciam ser patas de porco em conserva. O que quer que estivesse na garrafa foi adicionado generosamente ao chá dele.

– Só quero ficar fora disso – eu disse, impaciente por... algo. Respostas. Qualquer coisa. Mesmo se as respostas fossem difíceis de ouvir. – Henry, o pastor... Essa luta é deles, não minha. A única coisa que quero é tirar esse *monstro* da minha cabeça.

Dalton assentiu, batendo os dedos pensativamente na lateral da xícara.

– Isso está fora do meu alcance, mas sei quem pode ajudar.

– Por favor, não diga Henry.

Ele limpou a garganta.

– É o Henry.

– *Óbvio que é.* – Apontei para a garrafa. Dalton hesitou, então encolheu os ombros e a empurrou pela mesa na minha direção.

– Louisa... – Mary parecia sonolenta, mas esfregou o cansaço dos olhos e se sentou na cadeira. – Pretendíamos escrever para Chijioke em breve, não? É tão diferente assim?

– Eu torcia para manter o sr. Morningside fora disso – eu disse apenas. – Você sabe que não morro de vontade de voltar para Coldthistle.

Na realidade, eu tinha esperanças de nunca voltar. Tinha dito a mim mesma que, se nossa vida nova em Londres se revelasse impossível, eu tentaria qualquer outro lugar antes de voltar para Yorkshire. Até a Primeira Cidade, com todos os seus fantasmas antigos, me agradava mais. Mas agora olhei para Mary e notei uma leve torção em seu braço. Voltei os olhos para baixo da mesa e vi que ela tinha pegado o peixinho que Chijioke havia feito para ela e esfregava o polegar nele.

– O que lhe garante que Henry pode me ajudar? – perguntei a Dalton, que tinha se levantado de novo para revirar as estantes cheias. Se fosse para ceder e voltar para Coldthistle, correndo o risco de me meter no conflito entre Henry e o pastor, eu queria ter um motivo muito bom. Olhei para Mary e, embora não pudesse ter certeza, podia jurar que ela parecia um tanto esperançosa, com um brilho nos olhos.

– Vivo lembrando você de organizar toda essa bagunça – Fathom murmurou, roubando um gole da garrafa para si.

– Você mesma pode fazer isso, *poeta*.

– *Poetisa*, muito obrigada.

– Ah! Lá vamos nós... – Algo na postura e nos maneirismos de Dalton me lembrava muito do sr. Morningside. Fiquei me perguntando o quanto eles tinham sido próximos, considerando que pareciam se portar e gesticular quase da mesma forma. Eram até similares em altura e constituição física, embora opostos nos tons de cabelo. Era natural imaginá-los como um par; eram contrastantes, mas tinham uma semelhança espantosa.

Dalton voltou com um diário escrito à mão e me encolhi, a memória de cãibras no punho emergindo enquanto me lembrava de traduzir vigorosamente o diário de Bennu para o sr. Morningside. No fim das contas, talvez eu não tivesse tanta nostalgia secreta pela biblioteca. Esse novo diário, porém, parecia estar em inglês, e Dalton o entregou para mim com cautela, como se fosse feito de algodão doce em vez de pergaminho duro. Estava coberto de poeira e um cheiro de mofo subia das páginas gastas e queridas. A capa de couro gravada estava amarrada com um fio de lã, e dizia apenas: *1248-1247 a.C.*

– Você parece uma pessoa que gosta de livros, então provavelmente não preciso avisar que esta é a única cópia – Dalton disse, parecendo tenso enquanto eu pegava o diário com as duas mãos e observava a capa. – Quando eu e Henry viajamos juntos, descobrimos algumas coisas impressionantes sobre nossa origem. – Ele apontou para mim, depois para Mary e para si mesmo. – Sobre de onde todos viemos. Henry ficou obcecado pelo Elbion Negro, por todos os livros. Ele queria saber como eles tinham surgido. Era... uma fixação. Ele buscou respostas incessantemente.

— E? – perguntei, genuinamente empolgada com a possibilidade de saber mais sobre livros divinos e misteriosos. Minha própria experiência havia me amarrado à Casa Coldthistle depois de meramente encostar no Elbion Negro, e meu amigo Lee ficou ligado a ele graças à vontade sombria da governanta. Ela havia usado sombras e feitiços para trazê-lo de volta à vida, mas era apenas uma vida de sombras, sustentada pelo livro em si.

— Não gosta de surpresas? – ele ironizou.

— Adoraria ouvir a história inteira, mas estou um tanto ansiosa para me livrar da perversa criatura divina deturpando todos os meus pensamentos e sentimentos – retruquei com igual acidez.

— Certo. Enfim, só queria dizer que, se alguém for capaz de ajudá-la, certamente são os seres que criaram os livros de poder. Henry está convencido de que sabe onde esses seres estão e como se infiltrar no lugar, mas, até onde sei, ele se recusa a fazer isso. Ou não pode. Está tudo aí – Dalton acrescentou, apontando para o diário. – Talvez você possa entender melhor o que aconteceu conosco. Você disse que seu pai consumiu de alguma forma o livro dos faes das trevas, certo? A oficina de encadernação de onde ele veio pode ser interessante, então.

— E Henry sabe onde fica – murmurei. – Ele nunca falou para você?

Dalton sorriu, mas não pareceu sincero. Desviou o olhar de mim e voltou-se para o diário por um longo momento. Estava escuro no porão, mas pude jurar que lágrimas encheram seus olhos.

— Você o conhece, não, Louisa? Ele é um homem que gosta de manter segredos. Até mesmo de... – Suspirando, ele secou a boca e pegou a garrafa. – Bom. Não importa. O diário é seu agora. Leia-o com atenção. Contudo, receio que a solução para o seu problema resida na Casa Coldthistle.

Capítulo Sete

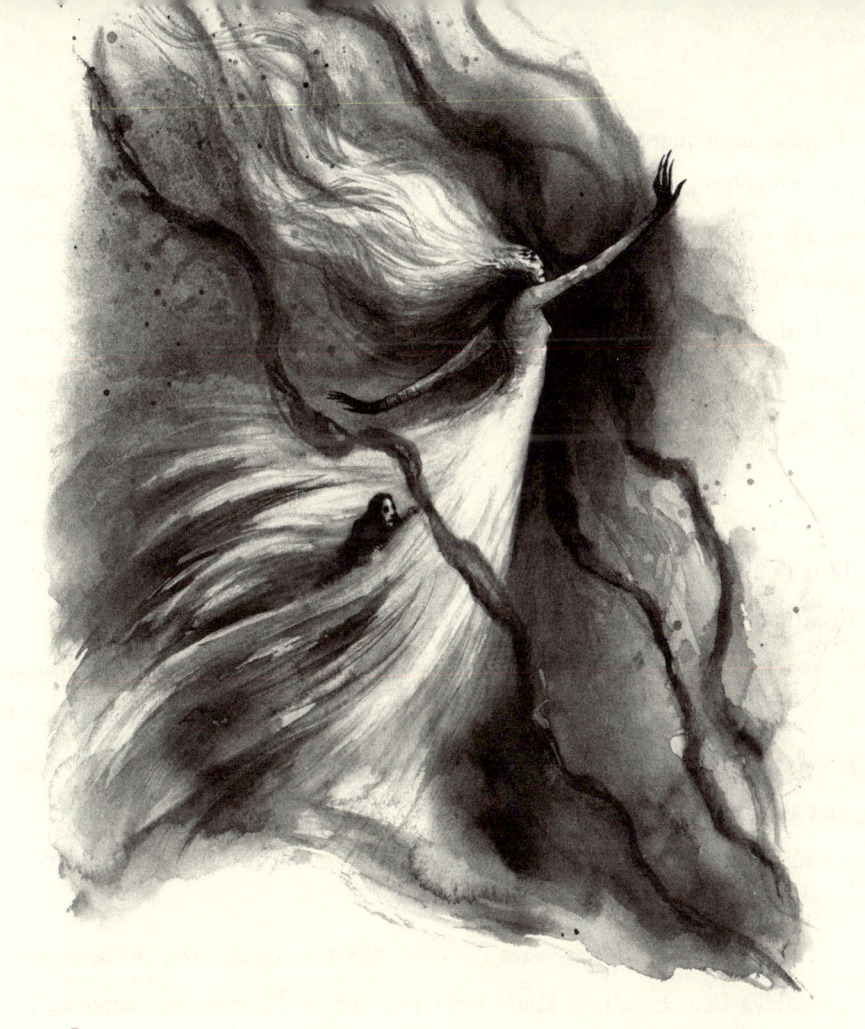

Mary se acomodou para dormir pouco depois que Dalton pegou o diário. O porão continha uma série labiríntica de corredores estreitos e um número improvável de portas levando a depósitos, despensas, um banheiro e alguns quartos aconchegantes com beliches e colchonetes. Eu havia seguido Fathom e Mary por um túnel serpenteante, mas, quando cheguei aos beliches, percebi que não tinha a menor vontade de dormir. Estava completamente desperta; o diário embaixo do braço era tentador demais para ser trocado por sonhos.

Desejei boa-noite a Mary e esperei enquanto ela se aconchegava em um colchonete macio. Fathom fez a gentileza de me arranjar algumas roupas antigas, pois meu vestido era um emaranhado de fios e sangue seco. O vestidinho que ela me deu me manteria aquecida; era largo e tinha mangas de veludo marrom com caras franjas rendadas que tinham amarelado com o tempo. Mary pegou no sono quase imediatamente, deitada de lado, com o peixe de Chijioke escondido na mão sob a bochecha.

Fathom e Dalton haviam desaparecido em um dos outros quartos. Enquanto eu voltava para a sala principal, ouvi suas vozes abafadas e parei diante da porta deles.

– Preciso de um pouco de ar – falei para eles de fora.

– Certo. Bata na porta do porão para deixarmos você entrar de novo. Tenha cuidado, Louisa. Seu amigo metamorfo não é o único à espreita em Londres esta noite.

Isso não me dissuadiu. Refiz meus passos pelo abrigo, depois subi a escada, abrindo a porta pesada com o ombro e a fechando com um baque baixo. O frio da madrugada me envolveu imediatamente, mas recebi o choque térmico com alegria. O porão estava sufocante – ou talvez fosse algo dentro de mim, um medo crescente que se intensificava a cada hora conforme meu retorno a Coldthistle se tornava certo.

Todos os caminhos pareciam me levar de volta àquela casa, vez após vez. Eu odiava isso. E odiava ainda mais por Henry Morningside estar certo. Aquele cretino presunçoso ficaria exultante em saber que eu não consegui me manter longe, que precisava da sua ajuda de novo. A lua, de um branco deslumbrante, surgiu de trás de nuvens finas e inundou o pátio da igreja com sua luz. Dei alguns passos para longe do porão e segui um caminho vago por entre a grama alta e as lápides. Um grande muro de tijolos cercava o pátio, coberto de tabuletas claras pregadas como marcos daqueles que haviam falecido.

Desamarrei o fio em torno do diário de Dalton e abri a capa, então me detive. Nos últimos tempos, ler livros misteriosos só havia criado problemas. Mais do que isso, eu temia que o que encontrasse ali mudasse meus sentimentos pelo sr. Morningside. Não tinha vontade de conhecê-lo melhor. Só precisava da ajuda dele, e um conhecimento mais profundo da sua vida não era necessário para isso.

Uma chuva fina começou a cair e um grupo de nuvens cobriu a lua cheia, embora sua luz não enfraquecesse. Eu me aconcheguei perto de uma das paredes de tijolos embaixo de uma árvore, na esperança de proteger o diário e não ter que voltar para dentro. Meu ombro encostou na parede e, através do veludo do vestido, senti a ressonância fria da pedra. Ainda estava claro o bastante para ler a tabuleta na qual estava apoiada: PERTO DESTE LOCAL JAZEM OS RESTOS MORTAIS DE CHRISTOPHER MARLOWE.

Eu me peguei rindo, não da morte dele, mas da ironia de um dia ter recebido o broche do homem das mãos do sr. Morningside e o usado para me libertar da magia vinculativa da Casa Coldthistle. Eu tinha devolvido o broche e, mesmo assim, teria de voltar àquela casa outra vez. Não havia broche nem desejo sufocante de liberdade capaz de me manter longe, pelo visto.

Houve um leve farfalhar de grama atrás de mim e, ao me virar, encontrei Khent atravessando o cemitério na minha direção. Seus braços estavam cheios com nossas posses e ele levava uma mochila pesada nas costas transbordando de roupas e livros. Na mão direita, trazia uma gaiola pequena. Mab, nossa aranha rosa e roxa, espreitava por entre as grades.

– Você lembrou dela – sussurrei quando ele se juntou a mim sob a cobertura da árvore. Seu cabelo estava lambido pela chuva, e ele o sacudiu feito um cachorro molhado. – Como Agnes e Silvia reagiram?

– Até que bem – ele disse. – Falei que você tinha sido pisoteada por um cavalo e que os serviços delas não eram mais necessários.

– *Khent*. – Suspirei, então ri de novo. – Você poderia ter sido mais gentil.

Ele encolheu os ombros, parecendo não se importar com todo aquele peso amarrado no corpo.

– Elas aceitaram algumas moedas e foram embora. Não era isso que você queria? Por que está na chuva?

– Só achei o abrigo um pouco sufocante. E eu não... acho que não vou conseguir pegar no sono.

— Não, não, você precisa descansar. Foi um dia exaustivo. — Ele se virou em um círculo, olhando para cima e para baixo. — Aonde levo essas coisas?

— Para o porão — eu disse a ele. — Venha, eu mostro para você.

Khent me seguiu sob a garoa constante até a porta. Bati três vezes, dei a resposta certa e ela se abriu. Fiz sinal para ele ir na frente e tirei a gaiola da aranha de sua mão, segurando-a com o braço estendido enquanto descíamos. Algo naquela tarântula gorda de pelos coloridos sempre havia me perturbado; olhar para ela me causava uma coceira no fundo da mente que sempre acabava se tornando um latejar. O animal era ao mesmo tempo repulsivo e familiar.

Fathom nos recebeu calorosamente, com uma coberta de lã sobre os ombros, e nos ofereceu mais chá e comida, que Khent recusou. Ele piscou com os olhos pesados, ansioso para dormir.

— Os beliches são por aqui — expliquei, guiando-o pelo labirinto de corredores.

— É quente e seco aqui, *eyachou*. Por que não consegue dormir?

Respondi com um dar de ombros, relutante. Quando chegamos ao quarto onde Mary dormia, ele tirou as malas e os baús das costas com cuidado, mas nossa companheira nem fez menção de despertar com o barulho. Eu me sentei no beliche do outro lado daquele onde Mary descansava, colocando a gaiola de Mab em cima de um engradado que fazia as vezes de mesa. Uma única vela iluminava o quarto, e observei a criatura rosa e roxa andar de um lado para o outro, agitada. Khent se sentou ao meu lado, depois caiu para trás, as pernas balançando pela beira do beliche enquanto ele usava as palmas abertas como travesseiro.

— Se você teme que o povo do pastor nos encontre, vou vigiar este lugar — ele disse. — Ou não confia em nossos estranhos amigos novos? Não farejei magia nenhuma na menina, apenas nanquim e bondade.

Eu não os teria chamado de amigos. Ainda.

— Eles teriam nos feito mal antes de chegarmos aqui, se essa fosse sua intenção. Não é deles que tenho medo, mas dos meus pesadelos.

Khent se sentou, abaixando a cabeça para tirar o que restava de sua camisa.

– O que está fazendo? – perguntei, sentindo um rubor quente encher minhas bochechas.

– Tenho pesadelos também – ele explicou, sem notar meu constrangimento. Apontou para seu braço direito, onde havia um cruzamento de marcas e cicatrizes. Elas pareciam doloridas. Algumas não haviam sarado bem. – Essa foi da criatura que me mordeu. E essas... – Ele passou o dedo ao longo de uma linha que cruzava seu ombro. – Meu pai achou que podia tirar a maldição de mim a pancadas. Ele deu tudo de si. Eu era filho de um nobre, não um monstro, e ele não aceitava que eu tivesse sido mordido. Mas não havia chicotadas que fizessem o tempo voltar atrás.

– E essas marcas? – perguntei.

– Estas eu pedi. Estas foram escolha minha. À meia-noite de uma lua cheia, pedi a um sacerdote de Anúbis e a um escriba para esculpirem a tinta em minha pele. Eu não tinha vergonha da minha natureza, então decidi deixar isso claro para o mundo. Minha família ficou furiosa, mas eu sabia que os havia perdido assim que a criatura me escolheu. Eles não precisavam ficar felizes, só precisavam me aceitar, mas até isso era pedir demais. Felizmente, eu tinha uma família nova, aquela que eu e você temos.

As fileiras de desenhos em seu braço estavam cobertas por cicatrizes, mas se assemelhavam à taquigrafia que Bennu havia usado em seus diários. Eram um tanto difíceis de ler, mas consegui decifrar alguns caracteres.

Filho ancião, o que pertence à Lua.

– Sinto muito – eu disse baixo. – Nem consigo imaginar.

– É claro que consegue. – Ele riu baixo, os olhos roxos semicerrados e sonolentos. – Viver é ser amaldiçoado, muitas vezes por coisas que não temos como mudar. Cicatrizes e pesadelos são o que temos em comum, *eyachou*. Você acha que Mary habita em sonhos ideais? O amor dela está distante, talvez em perigo. Ela foi aprisionada pelo seu pai por meses. Não, Louisa, os pesadelos vêm para todos nós.

Eu me senti envergonhada por ter pensado que era a única que sofria quando fechava os olhos. Nunca recebi qualquer solidariedade dos meus pais nem dos meus avós, e certamente nenhuma na horrenda Escola Pitney.

– Tão poucas memórias são reconfortantes. Mesmo na infância, não conheci nada além de negligência e repreensão. Meus pais não me queriam e meus avós me mandaram embora. E agora sei que meu verdadeiro pai é ainda pior do que o bêbado que cresci tentando amar – acrescentei com um suspiro. – Então, o que faço?

Khent se deitou de novo no beliche, pegando um cobertor e o enrolando para usar como travesseiro.

– Você enfrenta o pesadelo, *eyteht*. Você chuta os dentes dele.

Sorri e balancei a cabeça. Por um breve momento, eu havia pensado que meu coração pertencia ao tímido e atencioso Lee. Nossa ruptura havia me deixado com uma sensação dura e confusa, mas agora encontrava consolo na sinceridade de Khent, mesmo que parecesse assustadora. E arriscada. Arriscada demais, vulnerável demais para alguém na minha situação.

– Esses apelidos estão ficando cansativos.

Ele bocejou.

– Eu nunca sou cansativo.

– De fato, se enfrenta seus pesadelos tão bravamente, não é cansativo, mas *valente*. Se ao menos eu tivesse essa coragem. Em vez disso, sinto apenas trepidação.

O polegar dele apertou minhas costas, bem entre os ombros.

– *Eyem*. – Pronto. – Agora você pode dormir. Eu lhe dei toda a minha coragem.

De alguma forma, funcionou – ou eu só não conseguia mais adiar o impacto do dia. Da batalha. Eu me deitei no colchão e coloquei o diário embaixo do travesseiro, piscando pela última vez naquela noite enquanto Mab, a aranha, dançava sob a luz da vela.

Não demorou até eu acordar em meus sonhos. Não era um mistério por que eu raramente me sentia desperta – eu vivia uma vida durante o dia e outra à noite, trocando um mundo pelo outro. Não havia descanso para mim, nem mesmo dormindo. E agora me encontrava vagando pelo corredor de estrelas novamente, desta vez completamente cercada por elas, como se atravessasse um túnel de céu.

Não senti o pavor habitual dessa vez, embora um vulto escuro como um emaranhado de sombras me aguardasse ao fim do corredor. Em cima e ao redor de mim, as estrelas se agitavam, formando constelações que giravam lentamente, numa dança esplêndida de luzes cintilantes. A massa de sombras cresceu e cresceu, seu centro irradiando mal. *Lá* estava o pavor que eu havia previsto e temido; *lá* estava o pesadelo que me procurava.

Primeiro sangue, ele sussurrava. *Primeiro sangue.*

Era a voz do Pai, claro, cuja vibração sombria e familiar me envolveu feito uma corda. De repente, eu fiquei sem ar e arfei, levando a mão à garganta. Parecia que meu peito se comprimiria de tanta pressão.

Provamos o gosto do sangue agora, o sangue deles. *Como se sente?*

Ele não tinha nenhuma forma exceto pelas sombras, mas eu o sentia ao meu redor, aquela corda fria e tensa me paralisando. Minha visão ficou vermelha e tudo que consegui ver era o corpo rígido de Sparrow, seu sangue escorrendo sobre o piso de parquete estilhaçado. Eu havia tentado não olhar para o cadáver, mas o Pai havia visto. O Pai havia olhado. Agora eu era obrigada a confrontar o que tinha feito. Não, não, o que ela tinha feito. O que todos nós tínhamos feito.

– Eu não pretendia machucá-la – eu disse com a voz rouca.

Pretendia, sim. O primeiro sangue foi derramado, mas agora ele vai correr abundante como um rio.

Eu conseguia ver os olhos frios e vazios dela, com uma única gota de sangue escorrendo no meio. Eles estavam olhando fixamente para mim. Sua boca estava aberta e um caco de cristal do candelabro a trespassava, tão afiado e cintilante quanto sua lança dourada. O corpo sob o vidro e o metal que o havia perfurado estava retorcido e estranho, com uma mão aberta estendida na minha direção, os dedos em ângulos errados. *Socorro*, seu grito permanente parecia dizer, *me ajude*.

O remorso é inútil na guerra. A voz do Pai me sufocava agora e, por mais que eu me esforçasse, não conseguia desviar dos olhos inertes de Sparrow. *Chega de remorso. Arranque esse sentimento pela raiz. Primeiro sangue, mais sangue. Pelo que eles fizeram com nosso povo:* mais sangue.

– Acho que não.

As sombras me apertando se afrouxaram, e ouvi um ofegar baixo e antigo. O Pai tinha sido pego de surpresa. Minha visão voltou a ser minha de novo, minha respiração também, e tentei ver quem havia chegado. Era a voz de uma mulher que flutuava na minha direção, dissolvendo as sombras como uma aurora que se espalha suavemente pelo céu.

Caí no chão, liberta, então observei a massa de sombras negras serpenteantes assumir uma forma – o Pai. Ele se assomou sobre mim com seu manto retalhado e seu rosto caveiroso, os olhos ardendo vermelho-vivos e as galhadas quase alcançando o teto de estrelas.

– Você atormentou essa criança por tempo demais. Ela não está perdida. Seus pés sempre estiveram no caminho, é você quem tenta desviá-la. – Ao me virar, vi uma figura alta e graciosa planar em nossa direção. Ela estava vestida com penas magenta e sua pele era de um roxo escuro, muito escuro. Oito olhos rosa piscaram para mim em uníssono, os cílios longos e tão finos quanto o vestido luminoso com suas incontáveis plumas.

Eu a conhecia, mas minha cabeça queimava quando eu olhava para ela.

O rugido do Pai encheu o espaço ao nosso redor. As constelações desapareceram por um instante, como se assustadas, mas então voltaram gradualmente, e senti a mulher se aproximar de mim, as franjas leves de seu vestido roçando em minhas mãos. Pela primeira vez, me senti mais segura. Mais valente.

– Vou protegê-la de todas as formas que puder. Meus filhos farão o mesmo. Ela é sua apenas pelo sangue, mas seu coração é bom. Você me aprisionou com feitiço e sálvia, sangue e tinta, vinho e água, mas a crueldade pode ser desfeita por uma pessoa disposta, e uma pessoa disposta eu encontrei.

– Ela nunca será sua serva. – As palavras do Pai saíram num rosnado baixo.

– Não minha serva, mas uma *amiga*.

Ela se colocou na minha frente, me protegendo do Pai. Enquanto ele vociferava seus protestos e sacudia as estrelas, pude sentir que seu poder era ameaçado pela presença dela. De joelhos, me aproximei dela, pegando sua saia com as duas mãos. Ela sorriu para mim, bela e serena.

– Gostaria que me deixasse protegê-la, criança – ela murmurou.

O Pai e seu manto de sombras estavam desaparecendo no fim do túnel, embora o brilho de seus olhos vermelhos pudesse ser visto por muito, muito tempo. Estremeci.

– Como? – implorei. – Como?

– Você há de me conhecer – ela disse. – Há de me conhecer pelo nome quando acordar. *Mab*.

Essa única palavra foi como um martelo que estilhaçou o pesadelo. Fui envolta por uma escuridão tranquila e sem sonhos, com esse único nome ecoando repetidamente até de manhã.

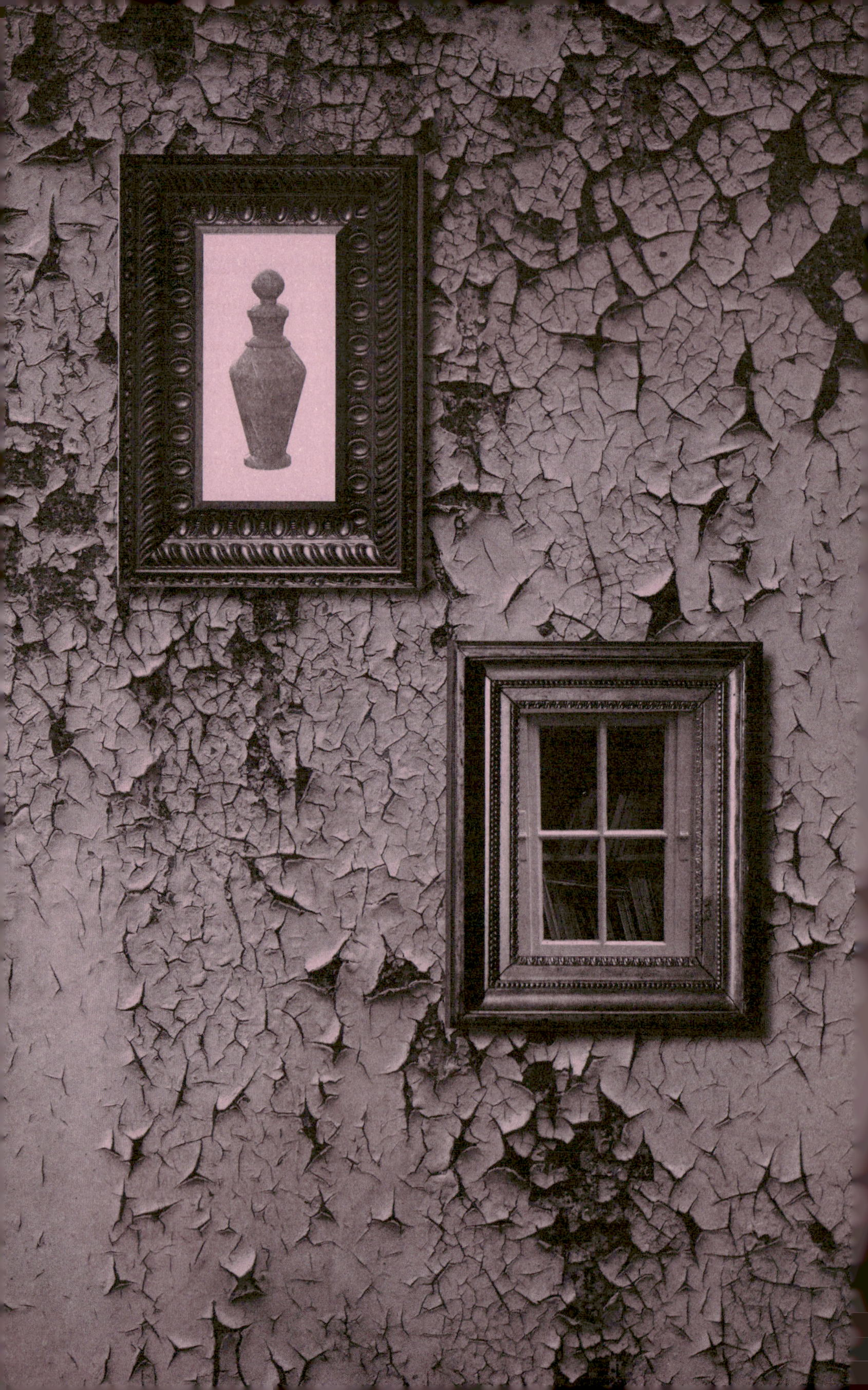

Capítulo Oito

uando acordei, estava diante de oito olhinhos curiosos e uma patinha curva, erguida como se fosse me despertar a sacudidas. Uma aranha. Minha aranha. Minha aranha tocando meu rosto. Sua pata tocou meu nariz e gritei, recuando na cama freneticamente até me chocar contra Khent. Ele gritou ao acordar, lançando as mãos em todas as direções contra uma ameaça imaginária.

As blasfêmias que saíram de sua boca eram criativas até para ele.

– Desculpa! Ah! Desculpa! – Mary disparou, aparentemente do nada. Foi um caos. Enquanto meu coração se acalmava, me dei conta de que ela tinha vindo do corredor e, pela chaleira aninhada cuidadosamente em suas mãos, tinha ido buscar nosso café da manhã.

A aranha me observava, imóvel, com a pata peluda ainda erguida.

– Achei que ela estava tão sufocada ali dentro – Mary balbuciou, cobrindo a boca com as duas mãos. – Talvez tenha sido um descuido abrir a gaiola...

A picada não cicatrizada na minha mão começou a coçar. Coloquei a outra mão sobre ela.

– Não, você estava certa em lhe dar essa liberdade. Ela não é uma aranha, afinal.

Mary me encarou, deixando a chaleira de lado, depois vi seus olhos passarem lentamente para Khent atrás de mim.

Levantei e me ajoelhei em frente à cama, com o rosto na altura da aranha. Ela não tentou mais me tocar, mas eu conseguia sentir a inteligência escondida ali.

– Foi como ter uma palavra na ponta da língua por meses e meses, mas eu a reconheço agora – eu disse a eles, ignorando seus olhares tensos. – O nome dela não é Mab, mas Mãe. A alma de um deus antigo não pode ser morta, certo? Mas pode ser escondida. O Pai a aprisionou nessa forma quando conseguiu o livro dos faes das trevas. Eu a vi quando morri, e a vi hoje em meus sonhos.

Mary veio se ajoelhar perto de mim, examinando a criatura tão de perto quanto eu, e Khent fez o mesmo no beliche. Como devia ser estranho para a Mãe ver os três a encarando tão atentamente. Mas ela pareceu não se incomodar, avançando para encostar a patinha estranhamente macia na mão que havia picado.

– Sim, você me mordeu – eu disse, lembrando de como a aranha havia saltado do ombro do meu pai para me picar quando ele ainda estava tentando se passar por um humano na Casa Coldthistle. – Estava tentando me alertar, não é?

A aranha dançou para trás e para a frente, ainda tocando minha mão.

– Que extraordinário – Mary sussurrou. – E que terrível ficar preso nessa forma por tanto tempo.

Khent interveio também, mas seus pensamentos estavam no Pai, e suas palavras foram tão incisivas que cortariam aço. Fiquei grata que Mary não conseguisse entendê-lo.

– Mas como desfazer isso? – pensei alto.

– Deve estar no fundo da sua mente em algum lugar, não? Se o Pai a colocou no corpo dessa criatura, então essa memória simplesmente precisa ser encontrada – Mary disse. Ela se apoiou nos tornozelos e sugou os lábios. – Arre, tenho certeza que é mais fácil falar do que fazer.

Eu me levantei e revirei o baú que Khent tinha trazido de nossa casa, desesperada para encontrar tinta e pergaminho. Lembranças vagas do sonho remanesciam na minha mente, e eu precisava anotá-las antes que desaparecessem. Encontrei uma folha de papel dobrada e um pedaço de carvão velho de desenhar. Teriam de servir.

– Ela disse algo sobre a maldição naquele pesadelo – eu contei enquanto escrevia. – Ele a prendeu com feitiço e sálvia, sangue e tinta, vinho e água. Só me resta torcer para que o mesmo tipo de ritual possa desfazer isso tudo.

– Brilhante – Mary murmurou. – O que isso significa?

– Talvez Dalton ou Fathon saibam – arrisquei, sentindo-me desesperançada. Parecia improvável que o Pai revelasse de bom grado o meio de reverter seu feitiço. Sempre que eu descobria algo de que ele desgostava, sua raiva ressurgia, e tentar ajudar a Mãe sem dúvida o deixaria furioso. Minhas mãos tremeram com essa ideia. Ele estava com sede de mais violência, e eu temia voltar a ser o instrumento de sua vontade.

– Talvez eu saiba o quê?

Dalton nos observava do batente – ou talvez observar fosse a palavra errada, considerando a faixa de tecido que cobria seus olhos machucados. Mas sua atenção estava fixada em nossa direção, e ele bebia tranquilamente de uma xícara lascada, vestido num terno matinal branco, remendado.

– Talvez soe um pouco maluco...

– Então estou definitivamente interessado – ele disse com um sorriso.

– Essa criatura foi recuperada do Pai. Ela tem a alma de uma antiga deusa fae aprisionada dentro dela. A Mãe, a bem dizer. A contraparte do Pai. Tudo isso me veio em um sonho, mas tenho apenas algumas pistas.

– Que são?

Recitei o trecho da fala da Mãe que lembrava e encontrei outras lembranças ao fazer isso.

– É muito parecido com o que a sra. Haylam usa em sua vinculação de sombras, ao fazer um homem de sombras ou preservar uma pessoa dessa forma. Chijioke conseguia transferir uma alma humana inteira para uma ave pequena! Será que pode ser uma magia semelhante?

– Isso só me deixa mais certa de que devo escrever para ele imediatamente – Mary disse, se levantando. – Pode me ajudar com isso, Dalton?

– Fathom pode lhe emprestar Wings, nossa coruja. Ele é muito mais rápido do que os correios.

Com isso, Mary nos abriu um sorriso acanhado e saiu do quarto. Eu não tinha dúvidas de que ela estava muito ansiosa para escrever para Chijioke e fazer com que ele recebesse a carta com uma pressa mágica.

– E acho que você pode estar no caminho certo, Louisa – Dalton acrescentou, se juntando a nós perto da aranha. Seu chá tinha um cheiro forte de bergamota e lavanda, e o aroma fez meu estômago roncar. – Será difícil encontrar alguém com mesmo uma fração do poder da sra. Haylam na cidade, mas talvez eu conheça uma pessoa na região. Precisamos levar os cavalos a St. Albans de qualquer maneira, e será no caminho. Aliás, o que é isso?

Ele havia pegado da minha mão o pequeno pedaço de pergaminho com as anotações rabiscadas. Ao virá-lo, encontrou a carta que Henry havia me dado séculos antes, destinada à livraria que havia obtido os diários de Bennu. Eu tinha prometido entregá-la quando chegasse a Londres e, por raiva, nunca me dera ao trabalho de fazer isso.

– Esse pode ser um bom lugar para conseguir ajuda – ele disse, passando o polegar no endereço. – Faz muito tempo que não converso com um vinculador de sombras, mas os rapazes da Cadwallader's são perfeitos para começar.

Éramos um grupo estranho, sem dúvida. Eu e Mary usávamos vestidos velhos emprestados que não pareceriam deslocados em um palco de Covent Garden. Khent também tinha emprestado algo apropriado de Dalton, embora felizmente conseguisse disfarçar as roupas mal ajustadas com um casaco preto e pesado de gola larga, perfeito para a chuva insistente. Dalton se escondia sob um capuz e Fathom suportava a umidade sob um casaco de couro pesado que parecia feito para cruzar o Atlântico Norte.

E, claro, havia Mab. *Mãe*.

Agora que as lembranças dela haviam retornado, parecia deselegante deixá-la para trás no porão. Por isso, ela nos acompanhou em sua gaiola até a Cadwallader's, que não era longe: um breve trajeto de carruagem até Greenwich, a um passo do grande Observatório Real com seus domos de vidro. As ruas estavam praticamente vazias sob a chuva torrencial, porém, mesmo com as nuvens ameaçadoras pairando no alto, grupos de seguidores do pastor assombravam as esquinas, aglomerados sob coberturas com suas roupas brancas encharcadas e pingando. Cada um de nós se crispava sempre que passávamos por mais um grupo de coristas brancos.

– É impressão minha ou tem mais deles hoje? – sussurrei.

– Precisamos tomar cuidado – Dalton recomendou enquanto a carruagem balançava de um lado para o outro. Tínhamos contratado um cabriolé em vez de tomar a carruagem mais chamativa, com cavalos brancos encantados. – Cadwallader's é seguro para nós, mas nas ruas há olhos por toda parte.

Apertei o nó de um dedo contra os lábios, me abaixando para longe da janela.

– Talvez devêssemos apenas insistir em Coldthistle.

– Wings vai voltar em breve com notícias – Dalton me garantiu, com o rosto sombreado pelo capuz. – Eu gostaria de saber qual é a situação antes de avançar. Seja como for, se realmente conseguirmos libertar a Mãe e colocá-la de volta no poder, seria prudente ter mais um antigo do nosso lado. Sparrow não será o último dos nossos problemas.

– *Nossos* problemas – Mary o corrigiu, apontando para mim, para si mesma e Khent. – Você é um dos sobreterrenos. Por que deveria se preocupar?

É claro, eu sabia perfeitamente que ela queria voltar a Coldthistle e ver com seus próprios olhos que Chijioke e Poppy estavam a salvo.

– *Por quê?* Porque abrigamos vocês. Porque virei as costas para o pastor há muito tempo. Porque não fiz nada para ajudar Sparrow. Porque ainda auxilio vocês. A estrada para Coldthistle será perigosa, e a Mãe pode melhorar substancialmente nossas chances.

– Acalmem-se – eu disse, sentindo os princípios incômodos e espasmódicos de uma dor de cabeça, que eu podia facilmente atribuir ao Pai. Ele se deliciava com a discórdia, sem dúvida querendo que eu rasgasse Dalton em pedacinhos ali mesmo por sua origem. – Não vamos discutir. Vamos fazer o possível para ajudar a Mãe e decidir como agir quando Wings voltar.

Mas Dalton notou que eu estava massageando a testa. Eu nem havia tentado esconder minha agitação.

– Você está bem? – ele perguntou.

– Por enquanto. Quanto antes estivermos longe desses coristas, melhor. Não confio em mim mesma, no Pai, perto deles.

Eu não tinha dito nada a ninguém sobre o desejo crescente do Pai por sangue, mas Dalton me observava com atenção. Me examinava. Tentei abrir um sorriso reconfortante para ele, mas até eu sabia que saiu fraco e pouco convincente. Qualquer perigo poderia soltar o Pai de novo, e fiz uma oração silenciosa a quem quer que estivesse ouvindo para que a tarde corresse bem.

A carruagem parou. Fathom saiu primeiro, examinando o beco em busca de qualquer coisa suspeita, mas não havia nada. Pagamos o cocheiro e saímos um de cada vez sob um toldo baixo de lona. Água lamacenta corria nas ruas e o cheiro de vermes e urina fazia meu estômago se revirar. Acima de nós, o domo do Observatório estava cintilando, liso e verde como uma cebola lavada. Dalton nos guiou por uma passagem comprida e estreita de pedras pretas, na direção oposta do Observatório, para dentro de uma espécie de mercado fechado. As baias estavam praticamente vazias, cobertas de teias de aranha, com gotas de chuva brilhando sob a luz de candeeiros. Aos poucos, foram ficando extremamente decrépitas, até repulsivas. Passou pela minha cabeça que ninguém avançaria tanto naquele lugar, temendo uma emboscada de bandidos ou coisa pior.

Por fim, chegamos a uma porta sem nada de especial, com uma maçaneta suja e enferrujada. O chilrar distinto de camundongos podia ser ouvido pelas paredes.

– Que charmoso – ouvi Khent murmurar.

– Um pouco de paciência, por favor – Dalton respondeu.

O interior da Cadwallader's não podia ser mais diferente do exterior, cintilando com fileiras e mais fileiras de vitrines. Embora uma poeira agradável pairasse no ar, não consegui ver uma mancha sequer de sujeira em lugar nenhum. Os tapetes eram confortavelmente repisados, estampados em caxemira ocre. Pisos de madeira preta e painéis de carvalho nas paredes conferiam ao lugar uma atmosfera aconchegante e isolada, como a sala de chá de uma avó. Só que ali não havia chá, apenas livros de todos os formatos, tamanhos e origens. Lanternas de papel construídas com páginas de livros brilhavam sobre nós, e barbantes com papéis recortados pendiam de parede a parede como bandeirinhas.

— Eu podia morar aqui — sussurrei, parando sobre um tapete e girando em um círculo lento. Uma escada de cada lado do amplo salão levava a um segundo piso, embora também desse para entrever uma passagem para um terceiro andar.

— Por curiosidade — Dalton perguntou, parando ao meu lado com as mãos nos bolsos –, o que exatamente Henry queria que você fizesse aqui?

— Entregar esta carta — eu disse, tirando o pergaminho de baixo do capote. — Ele queria saber como o diário de Bennu veio parar aqui.

Dalton desatou a rir, ajustando a faixa de tecido sobre os olhos para que não caísse. Se já não tivesse abaixado o capuz, ele teria escapado de sua cabeça com a gargalhada súbita.

— Não precisa. Eu o trouxe para cá. Imaginei que iria parar na biblioteca de Henry em algum momento.

— Você queria que ele ficasse com o diário?

— Sim. — Ele encolheu os ombros. — Mas não tinha nenhum desejo de entregá-lo pessoalmente e, além do mais, ele é péssimo em aceitar presentes. Eu sabia que, se os contatos dele encontrassem um artefato promissor, ele se sentiria muito mais inteligente e o levaria mais a sério.

Eu o encarei boquiaberta enquanto os outros começavam a explorar a loja.

— Mas como ele foi parar nas suas mãos?

— Eu fui até lá, à Primeira Cidade, procurando uma maneira de consertar meus crimes do passado. O que encontrei foi o diário de um homem morto. — Ele baixou a voz, esperando Khent se afastar o suficiente. — Havia alguma coisa nele, algo estranho, e o tirei dos braços do esqueleto porque sabia na alma que era uma chave. Pobre coitado. Passei séculos caçando o rapaz, mas nunca consegui encontrá-lo por causa de um maldito erro de tradução. Me falaram para encontrar Bennu, o Escritor, não Bennu, o *Corredor*. Que vergonha.

Dalton soltou uma risada, mas não vi graça.

— Quando o peguei, um de seus ossos se quebrou. Foi como se um graveto se partisse em um cemitério, acordando os mortos. As coisas começaram a despertar, o Pai das Trevas também, e eu fugi. Trouxe o diário para onde sabia que Henry pudesse encontrá-lo, como um último favor, como um último ramo de oliveira, então disse a mim mesmo que tinha acabado. Chega. Não mais. Eu encontraria um lugar pacato para me esconder e deixar que os séculos me desgastassem até não restar nada além de remorso e lembranças.

— E deu certo para você? — suspirei.

— Henry... Meus sentimentos por ele sempre me trazem de volta. — Ele não soava nada feliz com isso. — Um dia, vou desatar a corda invisível de meu dedo, mas aparentemente esse dia não é hoje. Não consigo enfrentá-lo sozinho, mas consigo ajudar você. Esse é meu ramo de oliveira desta vez.

Eu assenti, tentando absorver tudo que ele estava dizendo e encaixar com o que eu ficara sabendo por Khent e Mary.

— O pastor queria saber onde estava o livro. O nosso livro. O livro dos faes das trevas. Mas o Pai o consumiu, então ele não tinha como encontrá-lo, tinha? — Vaguei mais para dentro da loja, deslumbrada com tudo que havia para olhar. Um balcão ocupado por uma única pessoa ficava no extremo oposto à porta.

— Eu não tinha como traduzir aquele diário — Dalton explicou. — Mas tinha o pressentimento de que Henry o decifraria. Enfim, se realmente revelava onde seu livro estava escondido, não queria que o pastor colocasse as mãos nele.

— Mas em Henry você confia — murmurei.

— Sim. — Ele suspirou. — Às vezes. Quer dizer, não. Mas ele tem seus momentos.

Olhei para o pergaminho dobrado que eu segurava. Parte do carvão das anotações tinha borrado minha mão, e a limpei no vestido.

— Então não tem por que entregar isto. Mas o que digo ao sr. Morningside caso nossos caminhos se cruzem novamente?

— Diga a verdade — Dalton disse com um sorriso de viés. — Só espero estar lá para ver. Ah! Lá está Niles.

— Apenas um homem cuida de todos esses livros? — perguntei. Mary e Khent haviam encontrado um canto com uma seleção de romances, e Mary estava lendo os títulos para ele, ajudando-o com seu inglês. A gaiola da Mãe tinha sido colocada sobre uma das pilhas.

– Nem sempre, mas o movimento parece bastante devagar hoje – Dalton disse. – Todos aqui são versados no assunto em questão. Existe um motivo para Henry confiar que eles separem qualquer coisa perigosa ou arcana que venha parar nesta loja.

– E qualquer pessoa pode entrar aqui?

– Sem dúvida. Por que não? Eles apenas se esforçam para dissuadir... amadores. É preciso ter certa paixão pelo oculto e pelo inexplicável para acabar aqui. Você viu aquele beco, não são muitas as damas que entram atrás de uma cópia de *Castle Rackrent*.

– Se eu encontrasse este lugar por acaso, nunca sairia dele – eu disse.

– Entendo – ele disse. – Compartilho desse apreço.

Fathom esperava por nós no balcão, apoiada nele como uma freguesa regular. Ela tinha distraído o livreiro de seu trabalho, e ele olhava para nós com os óculos enormes apoiados na testa. Eu achei que o homem se apresentaria como Cadwallader, o dono, mas havia algo irritantemente familiar no rosto dele.

– Niles! Como está? Como vão os negócios? – Dalton deu um tapinha no ombro dele, fazendo o velho magrela chacoalhar.

– Hunf. Bem. Devagar, mas bem. Quem é essa? – Ele recolocou os óculos, observando-me com os olhos arregalados e turvos pelo vidro.

– Permita-me apresentar Louisa Ditton. Ela foi empregada até recentemente do sr. Morningside na Casa Coldthistle.

A menção de Henry ou da casa mudou a atitude do homem em relação a mim no mesmo instante. Ele se derreteu em um sorriso bajulador, fazendo uma reverência tão grande que quase bateu a cabeça no tampo da bancada.

– Que prazer – ele disse. – Que enorme prazer. Niles St. Giles, mas, por favor, sem formalidades aqui.

Bufei baixo, ficando corada.

– Niles St. Giles? Alguma relação com Giles St. Giles de Derridon?

Seus olhos se arregalaram ainda mais, se é que era possível.

– Giles seria meu irmão, que escolheu o nobre ofício do embalsamento e... afins. – Os afins, claro, se referiam à sua predileção por ajudar o sr. Morningside a se livrar das almas e dos corpos que morriam em Coldthistle. – Mas, claro, faria todo sentido que vocês se conhecessem, tendo o mesmo empregador tão singular.

– Que descrição caridosa – murmurei.

– Como ele está, meu irmão? E o gato dele?

Sorri com a lembrança agora distante de me sentar no salão de Giles logo depois de escapar da morte nas mãos de um médico maluco. Mary tinha falado com carinho do gato dele, e eu o observara relaxar como uma bola gigante de pelos perto da lareira.

– Francis estava bem, da última vez que o vi, mas aparentemente não ganha mais biscoitos.

– Sim, Giles tinha um péssimo hábito de alimentar demais seus bichinhos. Um pecado pequeno, creio eu – Niles acrescentou com um riso amável. Agora que eu estava buscando comparações, me dei conta de que ele e Giles eram praticamente gêmeos: altos, magros, com cara de pássaro e braços tão finos que uma brisa forte poderia quebrá-los. – Então, o que traz esse pessoal ilustre à minha loja na tarde de hoje?

Dalton pareceu encantado pela efusão do homem, enquanto Fathom revirava os olhos descaradamente. Não pude evitar sentir uma simpatia imediata por ele – qualquer conexão, qualquer toque de familiaridade naquele mundo cada vez mais sombrio, era como um farol nas trevas. Dalton reproduziu a postura relaxada de Fathom, apoiando um cotovelo na vitrine, que abrigava livros tão antigos que poderiam explodir como pólvora fina ao mais leve toque.

– Considerando a clientela que passa por aqui, pensamos que você ou Cadwallader pudessem conhecer alguém útil. Um vinculador de sombras ou alguém com habilidades parecidas. Creio que encontramos uma maldição poderosa, que não conseguimos desfazer sozinhos.

Niles ouviu isso como se simplesmente estivesse escutando as notícias mais recentes da Guerra Peninsular. Com uma careta, assentiu a cada palavra, ajeitando os óculos com movimentos curtos e rápidos. Coloquei a carta destinada ao proprietário no balcão, mostrando as anotações que tinha feito.

– Hmmm, hmmmm. Sim, muito interessante. Fascinante. A bem da verdade, conheço o tipo certo. Vocês conhecem o Vidoeiro e Raposa? A botequineira de lá tem um talento *ilimitado*. Tirou uma ninfa de uma árvore em Kensington Gardens há menos de três semanas.

Niles sorriu para nós, astuto e satisfeito, mas Dalton balançou a cabeça, franzindo a testa sobre os olhos enfaixados.

– Não podemos fazer a jornada, amigo. As ruas estão repletas de inimigos. Se o tempo não fosse tão curto, eu explicaria melhor – ele disse. Então apontou para Fathom. – Essa botequineira poderia ser trazida para cá? Fathom é menos conhecida pelos sobreterrenos, e uma mulher no dorso de um cavalo é leve e rápida.

Ela ergueu o capuz de seu casaco, já decidida.

– Diga-me o que procurar – ela disse, guardando o pergaminho no casaco.

– Claro, claro – Niles concordou alegremente, desaparecendo atrás do balcão para revirar prateleiras ocultas ali. – Vou fazer os preparativos. Uma maldição desfeita na Cadwallader's! Que eletrizante. Que verdadeira *maravilha*.

Capítulo Nove

1248. Constantinopla

Eu tinha me esquecido dos ventos fortes e cortantes de areia que varrem a cidade no auge do verão. O lugar onde nasci era temperado, nunca quente nem frio demais, e todo o meu ser está derretendo sob a implacável umidade. Mas Henry adora. Ele adora tudo, me parece, ou mascara sua indiferença com um entusiasmo ilimitado tão indistinguível do entusiasmo verdadeiro que é impossível não acreditar.

Ele está quase insano devido a uma nova obsessão. O livro que Ara carrega (ela o chama de Elbion Negro, o que certamente tem a intenção de me ofender, mas me recuso a morder a isca) é tudo de que Henry consegue falar agora. Eu o escuto sussurrar sobre o livro durante o sono. Ela diz que ele veio das profundezas do oceano e que seus poderes não podem ser estudados nem entendidos. Enquanto eles dormiam ontem à noite, tentei lê-lo, mas a capa queimou meus dedos e as marcas se recusam a sumir. Ara ainda não notou os curativos, mas sem dúvida há de me questionar quando notar.

Por causa da fixação de Henry, viemos parar em Constantinopla. Eu adoraria esse lugar se não fosse tão insuportavelmente quente. Ara nos faz cobrir o rosto com finos xales pretos que envolvem nossa cabeça e se prendem a nossas túnicas. Ela nos diz que vai ser mais fácil fazer perguntas se estivermos escondidos dessa forma, vestidos como os outros cidadãos, nossos cintos pesados com contas e metais, nossos olhos o único indício de nosso estado de espírito. Tomamos um chá forte e ácido à sombra da Basílica de Santa Sofia, e só consegui suportar um ou dois goles. Como alguém consegue beber algo escaldante em um dia já árido eu não consigo entender. Não, ignorei o chá, preferindo olhar para Henry, admirando-o enquanto ele contemplava o esplendor sobre nós.

Acho que a melhor maneira de amar algo é através dos olhos de outra pessoa. Ele vê coisas que não enxergo, ama as coisas com tanto afeto que sinto o eco dessa paixão e dor no meu peito. Sei que Ara me pegou encarando, e suportei seus risinhos com um bom humor que não sinto. Henry pode adorar esta cidade, mas sou um estranho aqui, e sinto o agitar de deuses antigos e desconhecidos que me apavoram. Queria estar com meu irmão e minha irmã. Sinto falta deles constantemente e fico acordado à noite temendo o que dirão quando eu voltar. Sparrow me implorou para não partir, mas eu tinha uma desculpa, claro. A missão. O escritor misterioso deve ser encontrado, e os rumores de suas idas e vindas eram tão erráticos que até esse desvio poderia ser perdoado. O que me leva de volta aos livros.

Os livros. Existem mais deles agora, mais do que apenas os nossos e a coisa escondida na sacola de Ara. Enquanto os dois bebiam seus chás, Ara repreendeu Henry por nos trazer nessa busca vã.

— Quantas vezes devo lhe dizer? — ela ralhou com ele. — Os livros aparecem quando querem. Tire essa ideia de nossa cabeça, Henry. Não haverá respostas ao fim de sua busca.

Ela falou com muita autoridade. Notei isso e, naturalmente, Henry também. Ele a fitou por um longo momento, os olhos refletindo os ladrilhos cintilantes ao nosso lado enquanto o vapor subia continuamente de sua xícara.

— Como você sabe? Como pode ter tanta certeza?

Ara puxou as mangas com nervosismo, e não pude deixar de notar as marcas em seus braços. Ela não era uma mulher velha, mas algo a havia abatido tanto que rugas fundas já estavam entalhadas em sua testa e seu queixo, enquanto mechas cinzentas se espalhavam por seu cabelo escuro. Mas era uma mulher bonita, majestosa em suas pregas de linho cor de trigo.

— Só quero proteger você da decepção — ela disse, com um ar distante. — Há segredos neste mundo sepultados muito tempo atrás e é melhor que sejam esquecidos.

Ela estendeu a mão açoitada pelo sol sobre a mesa e tocou o punho de Henry. Desviei os olhos, envergonhado pelo gesto maternal e sentindo como se estivesse invadindo um momento ao qual não pertencia.

Então Henry puxou a mão de volta, erguendo os olhos maravilhado para a obra-prima que nos oferecia sombra. O templo se erguia tão alto que não conseguíamos ver onde terminava.

– Nada vai me impedir de falar com esse tal Faraday. Já marquei a reunião e, além do mais, são apenas algumas perguntas. Que mal há nisso?

Ara não teve tempo para responder, pois a mochila de Henry havia se aberto e uma bola inquieta de pelo saltara para as pedras empoeiradas da rua. Henry deu um grito de alegria e pegou o filhote, colocando-o no colo com uma palmadinha carinhosa.

– Não acredito que você insiste em trazer essa coisa – Ara murmurou, voltando a puxar as mangas.

– Essa coisa é essencial para qualquer aventureiro – Henry respondeu com um riso, erguendo a bolinha amarronzada de pelo e beijando seu focinho preto. Ele deu uma patada em seu queixo e soltou rosnados brincalhões. – Afinal, o que é um homem sem seu cão? Enfim, esse rapazinho consegue sentir as verdadeiras emoções de uma pessoa. Ele será de extrema importância esta noite.

– Que bobagem – eu disse, ecoando o descontentamento de Ara. Talvez fosse a única coisa em que concordávamos; eu sempre havia preferido gatos. Até essa aventura, só sabia que Henry tinha pássaros, mas, ao que parecia, seus interesses tinham se expandido.

– Diga-me, Bartholomew, Spicer está irritado comigo sem motivo agora?

O filhotinho soltou um uivo breve e agudo, dando patadas no ar.

Henry soltou um riso agudo, abraçando o animal junto ao peito.

– Viu? Ele é perfeito.

Assim como você, pensei, quando não é insuportável.

– Bah, ele vai ficar enorme – murmurei, cruzando os braços e cozinhando no calor. – Eu é que não vou limpar a sujeira dele.

– Vai demorar séculos para isso – Henry corrigiu, seu conhecimento de todas as coisas mágicas e faes incontestável. Bom, talvez contestáveis apenas por Ara. – Ele vai caber na minha bolsa por anos ainda, depois vou encontrar um lugar onde possa crescer. Agora, terminem seu chá, quero explorar o templo antes de escurecer.

Um trovão fez as bases da Cadwallader's tremerem enquanto a tarde dava lugar à noite. A chuva açoitava as paredes da loja, embora sem janelas fosse quase impossível saber a hora naquele lugar, a luz constante das velas e lamparinas nunca ultrapassando um brilho leve. Com o desaparecer do dia, minha paciência também foi sumindo. Eu não conseguia evitar o pensamento de que nosso tempo seria mais bem gasto na estrada, abandonando Londres e seus perigos. Mas a Cadwallader's ficava entre Deptford e o amigo de Dalton com os cavalos, o que nos oferecia uma chance de levar a Mãe conosco e, com ela, nossas defesas aumentavam.

Além disso, quando olhei para a aranha em sua gaiola, lembrei que havia mais em jogo do que o que estava preso dentro de *mim*. Se aquela era a opção mais rápida, ela merecia ser liberta o quanto antes.

A porta da loja se escancarou enquanto eu virava uma página do diário de Dalton. Eu havia encontrado um canto isolado e me acomodado enquanto Khent rondava perto da entrada e Mary conversava com Niles. Todos nos levantamos com um salto quando Fathom voltou, acompanhada por um vento estranho que virou as páginas e chacoalhou as estantes. Dalton a tinha enviado na missão porque uma humana percorrendo a cidade sozinha chamaria menos atenção. Agora um cheiro salgado e lamacento encheu a loja, um aroma que eu conhecia bem, um aviso das nuvens de que uma tempestade cruel estava em andamento.

Velas tremeluziram e vacilaram quando uma figura de manto entrou, apertando um pacote junto ao peito. Fechei o diário e me juntei aos outros, descendo a escada rapidamente até o balcão. Nos reunimos ali, esperando que Fathom e a estranha se aproximassem. Eu só conseguia ver as mãos que seguravam o pacote, brancas como ossos.

– É essa a botequineira? – Dalton perguntou, tamborilando os dedos no balcão de vidro. – Do Vidoeiro e Raposa? Então os boatos são verdadeiros...

– Entendo sua pressa, mas não devemos cometer nenhum erro. – Era uma mulher pequena e quase frágil, que tirou o capuz para revelar a pele e o cabelo completamente pálidos. Seus olhinhos sagazes eram de um verde-água primaveril, mas seus lábios e bochechas não exibiam cor alguma. O cabelo branco como a neve estava amarrado em um único laço preto, alguns cachos rebeldes caindo sobre o queixo. Mais intrigante era o talismã em torno do seu pescoço, um broche esmaltado em forma de estrela com uma joia que nunca se cristalizava em um único tipo de pedra. Em um instante, tinha se tornado um rubi; no outro, uma ametista.

– E você é? – Dalton perguntou, lançando um olhar esperançoso de esguelha para Niles, que se ocupou imediatamente com algo embaixo do balcão.

– Isso não tem importância – ela respondeu. Sua voz, baixa e imperiosa, carregava o leve indício de uma infância nas docas. Seu vestido me surpreendeu, áspero e muito diferente do seu cabelo e sua pele delicados feito porcelana. – Eu sei como desfazer essa maldição. Ao menos, em teoria.

– Muito tranquilizador – Khent disse com a voz arrastada, sem nunca tirar os olhos da mulher.

Sua idade era impossível de determinar, embora suas mãos fortes fossem desgastadas.

A estranha fixou um olhar de desprezo nele. Em seguida, abriu seu pacote e retirou um feixe de folhas, um pedaço de madeira lisa, um osso de ponta afiada e uma garrafa tampada com uma rolha.

– A tempestade se agrava. Nosso tempo é curto. Se tiverem perguntas, façam agora, mas prefiro começar logo o feitiço. Pode levar a noite toda.

Khent abriu a boca para responder, mas me posicionei entre eles, apoiando a gaiola de Mab sobre o vidro, perto da garrafa que ela tinha acabado de tirar do pacote.

– Quero apenas que me prometa que não vai machucar este animal. A criatura aprisionada dentro dele é... preciosa. Muito preciosa. Faça o possível, mas, por favor, esse ser é inocente – eu disse, olhando nos seus olhos verdes e astutos.

Ela inclinou a cabeça para o lado e sorriu como se eu fosse uma simples criança.

– Você tem um coração sentimental. Minhas condolências, isso vai tornar o feitiço deveras difícil.

– C-como é? – balbuciei. – Em que sentido?

– Mais algum de vocês viu a verdadeira forma da criatura? – ela perguntou, ainda olhando nos meus olhos.

Silêncio. Eu esperava por isso, mas meu sangue gelou mesmo assim. Embora estivéssemos cercados por pessoas afáveis e pelo consolo reconfortante de tantos livros, eu me senti terrivelmente sozinha, sugada para um mundo onde apenas eu e aquela estranha existíamos e ela enxergava dentro do meu coração. E meu coração se apertou. Não gostei nada daquele utensílio comprido de osso. Afinal, eu não havia esquecido as anotações.

Feitiço e sálvia, sangue e tinta, vinho e água...

Sangue. Minhas mãos haviam ficado escorregadias de suor e as sequei nas saias, torcendo para a desconhecida não notar. Mas ela notou, claro, e ergueu uma sobrancelha branca.

– Cabe a você. Espero que seja feita de algo mais forte do que um coração sensível e mãos suadas – ela alertou, voltando-se para seu conjunto de instrumentos sobre o balcão.

– Escute aqui – eu falei, irritada –, o Diabo foi meu tutor, e lhe digo agora: não me subestime, pois ele me ensinou bem.

Ela apenas riu.

– Estou extremamente impressionada. Agora, as preparações não levarão muito tempo. Essa área aberta nos tapetes vai servir. Cerque-a com oito velas pretas, se tiver. Coloque a criatura no meio e depois se ajoelhe ao lado dela.

Dalton e Niles começaram a agir de imediato, Niles sumindo em um quarto dos fundos enquanto Dalton abria mais espaço perto dos tapetes sob as lanternas de papel. A tempestade sacudiu a loja novamente e esfreguei os braços, dando passos lentos e relutantes em direção ao centro da loja. Mary e Khent se aproximaram e, embora não falassem nada, senti sua trepidação, pois refletia a minha.

– Ah, Louisa, talvez tudo acabe rápido – Mary disse com um calafrio na voz. – Como um dos gritos de Poppy. Quem sabe eu não posso proteger você? Vou perguntar à botequineira, mas, para dizer a verdade, não fui com a cara dela.

Khent se revelou muito menos otimista.

– Ela fede a cerveja velha e vômito. E feitiçaria... feitiçaria antiga, terrível. Não confio nela.

– Que escolha eu tenho? Não podemos manter a Mãe presa ali para sempre.

Podia ser egoísta, mas meus medos tinham pouco a ver com a dor ou o temor que o ritual poderia trazer, e sim com a reação do Pai. Eu já sentia algo ferver dentro de mim, como uma chaleira se aquecendo ao toque, ferro em fogo esquentando até queimar. Aquilo era obra dele, afinal, e, embora sua interação com a Mãe em meus sonhos – ou simplesmente em minha mente – o houvesse intimidado até ele se calar, eu sabia que esse alívio não podia durar. A areia estava escorrendo pela ampulheta e restavam apenas alguns grãos – minhas mãos já se cerravam como se eu tivesse o poder de impedir que uma onda se quebrasse com um baixo e sussurrado "por favor".

Talvez o descontentamento do Pai estivesse caindo do céu, uma torrente de chuva contra tijolos tão ruidosa que parecia que toda a cidade de Londres estava afundando sob a água. Tentei ignorar o dilúvio e os trovões, cada estrondo inesperado me causando um sobressalto.

Como a Mãe havia me chamado? Uma pessoa disposta? Sim, eu estava disposta, mas também muito temerosa.

Precisávamos de aliados. Precisávamos de ajuda. Eu temia que nossa fuga de Londres não fosse fácil, e que algo ainda mais difícil nos aguardasse em Coldthistle. Lembrei da sensação de segurança e calor que tinha sentido no sonho quando a Mãe se aproximara de mim, e ganhei alento ao pensar que poderia carregar esse mesmo sentimento para confrontar Henry e pedir sua ajuda para tirar o Pai da minha mente. Ou, melhor ainda, talvez a própria Mãe soubesse como bani-lo sem me transformar em uma casca sem alma.

O clima ficou sombrio, como em uma procissão funérea. Sobre os tapetes suntuosos que eu tanto admirei, Dalton havia colocado Mab fora de sua gaiola. A aranha de pelos rosa não se moveu, embora tivesse se virado para ver nossa aproximação. Niles passou por nós um instante depois, murmurando consigo mesmo enquanto posicionava desajeitadamente os oito tocos de velas pretas em um círculo. Então, estávamos todos reunidos: Fathom e Dalton mais perto da entrada, Khent e Mary perto do balcão, e Niles encolhido atrás deles. A estranha alisou com cuidado um pano de aniagem perto de Mab e dispôs seus instrumentos sobre ela.

Erguendo as saias, passei por cima de uma das velas, sentindo seu calor lamber meu tornozelo enquanto me juntava a Mab e à estranha.

– O que é você? – perguntei, zonza de nervosismo.

Em suas lãs ásperas de botequineira, ela se levantou e me encarou com um leve sorriso.

– Muitos me chamariam de bruxa. Estudei com a última verdadeira *Da'mbaeru* de Londres, que desapareceu alguns anos atrás. Ela me ensinou sua arte, embora, no fundo, eu sinta que ela tenha escondido muita coisa.

Ergui as sobrancelhas e não disse nada. Na realidade, eu tinha uma forte suspeita de onde essa última *Da'mbaeru* havia acabado e qual tinha se tornado sua profissão. Estranho que as duas tivessem ido parar em profissões de serviço. O fato de essa mulher ter conhecido e sido ensinada pela sra. Haylam quase me deixava aliviada. Quase.

– Nada bom vem das *artes deles* – eu disse por fim, pensando em Lee e na maldição que eu havia imposto sobre ele na morte.

– Não estamos fazendo as artes deles – ela respondeu, ácida. – Estamos as desfazendo.

– Essa não me parece uma das magias do Pai – pensei alto.

A estranha assentiu.

– A forma de vinculação que Fathom descreveu não me é conhecida, mas o conceito de vinculação é a base de nosso trabalho. Se você não tivesse me dado a lista de passos do feitiço, eu não teria aceitado vir – ela completou. Em seguida, apontou para a aranha e se ajoelhou ao lado dela.

– O que devo esperar? – Minha voz tremia agora, e o calor das velas nos cercando pesou sobre mim como oito mãos escaldantes.

– Primeiro, um cântico – a estranha murmurou. – Segundo, uma queima de sálvia. Depois, vou pedir sua palma e a picar com agulha e tinta, o que é um regalo comum aos espíritos das trevas. Por fim, um batismo e um sacramento. Não haverá como voltar atrás depois que começarmos, você entende?

Eu já previa isso pelo que havia testemunhado entre os extraterrenos e os sobreterrenos – depois de iniciado, um pacto perigoso precisava ser levado até o fim.

A estranha limpou a garganta uma vez, se agachou ao meu lado e colocou a ponta dos dedos em meus ombros. Tive tempo suficiente para olhar para Khent e Mary, que agora estavam praticamente abraçados para se tranquilizarem. Khent fez alguma coisa com a boca para mim e demorei um momento para entender o que estava dizendo.

– Coragem.

Então a estranha falou diretamente em meu ouvido. Sua voz tinha mudado, se tornando mais líquida, mais perigosa.

– Feche os olhos – ela disse. – E, se estiver disposta, vamos começar. Depois que o ritual iniciar, não poderemos voltar atrás. Você *precisa* suportar.

Eu obedeci, embora não fizesse a menor ideia se estava disposta ou não. Essa única palavra – *coragem* – se repetiu sem parar enquanto eu inspirava fracamente. A estranha começou a cantarolar, um zumbido baixo que se erguia e baixava até soar como o lamento de uma viúva de luto. O pranto entrou em mim e serpenteou por meu sangue, então de repente pareceu que minha pele estava em chamas. Eu queria abrir os olhos; em vez disso, tomei ar, absorvendo mais do lamento e tragando o som penetrante.

De repente, fui mergulhada em uma escuridão mais profunda que aquela atrás das pálpebras. Era um poço do qual não havia escapatória, no qual nenhuma luz penetrava. Minha respiração se tornou breve e ansiosa, então uma única vela começou a brilhar na minha frente e todo o meu corpo começou a estremecer com um pavor primordial. *Eu* não sabia o que estava diante de mim, mas meus ossos e meu sangue sabiam. Qualquer que fosse a intuição antiga que tinha sido conferida aos humanos e animais, ganhou vida e vibrou em alerta.

Coragem, lembrei a mim mesma em desespero.

Uma voz emergiu da escuridão venenosa.

– Ah, mas você vai precisar de muito mais do que coragem aqui, Filha das Árvores.

Capítulo Dez

O lugar onde caí não tinha o ar enevoado dos sonhos, nem tampouco o reconheci. Sonho ou esfera sobrenatural, eu não sabia dizer. Meus olhos nunca se ajustariam a tanta escuridão, pois aquelas não eram trevas naturais, mas as próprias trevas do inferno. Havia uma mesa entre mim e a voz, e até a vela que queimava sobre ela ardia com uma vaga chama roxa, que não iluminava nada. Eu não teria visto minhas próprias mãos se as tivesse estendido.

A cabeça do homem – não, da *coisa* – sentado diante de mim quase parecia estar flutuando na escuridão à nossa volta. Mas, quando se virou, vi que usava um manto de seiva serosa cor de ébano, como se uma espessa areia preta estivesse sendo continuamente entornada sobre seus ombros. Nada fazia sentido; eu não conseguia ver meu próprio corpo, mas enxergava aquela entidade à minha frente. Dedos longos e brancos surgiram de algum lugar dentro do manto e se tocaram, embora fossem dedos apenas em um sentido amplo, pois sua mão possuía três deles e cada um era uma criatura serpenteante com uma boca de ventosa aberta. No silêncio vasto, eu conseguia ouvir aquelas criaturas horrendas mordendo o ar suavemente.

Isso se respirássemos ar ali. Talvez eu estivesse inspirando o próprio terror.

E a cabeça da coisa, ah, sua cabeça. Eu não desejava nada além de arrancar meus próprios olhos, mas meu olhar permanecia sempre fixado em seu crânio branco erguido, estreito demais e nada natural, como cera ou uma superfície viscosa que fazia meus pelos se arrepiarem. Ele tinha duas fendas estreitas e pretas no lugar de olhos, e um nariz de serpente em forma de diamante. Sua boca nunca se fechava direito, pendendo como se o maxilar tivesse sido quebrado em centenas de lugares e nunca houvesse se recuperado.

Ele se inclinou para frente de súbito, trazendo consigo um cheiro que eu só conhecia como morte. Podridão. Ele estava me observando, me examinando, arrancando carne e osso para que pudesse ver facilmente por baixo de tudo, e perdi o ar de novo, sentindo o peito queimar de dor, latejando como se a criatura tivesse aberto minha caixa torácica para espiar dentro dela.

– Filha das Árvores, das Trevas – ele murmurou, a boca sempre se movendo de um lado para o outro, exalando um fedor de cadáveres de uma doçura repugnante. – A Disposta, Criança Trocada, Serva do Diabo, Companheira do Filho da Lua, você vem com uma *súplica*.

Não era uma pergunta. A maneira como ele arrastou a sibilação em súplica me causou um arrepio na espinha.

– Sim – eu disse, sem saber se devia entoar alguma fala definida. – Quem é você?

Embora as fibras antigas de vida em mim soubessem a resposta, eu queria ouvir em voz alta. Todo o meu eu gritava é *o Mal em Si*, mas esperei, apertando as mãos suadas. Ele pendulou, considerando a pergunta, deliciando-se com ela e abrindo o que presumi ser um sorriso.

– Eu... sou um Vinculador. Oito somos nós que criamos o mundo. Você conhece nossa obra, pequena subterrena. Sinto o toque dela em você. – Então o Vinculador contorceu uma de suas mãos de enguia, mostrando-me de novo as bocas ondulantes de seus "dedos".

Senti um ardor na ponta dos meus próprios dedos e franzi a testa, oprimida pela descoberta e pelo pavor.

– Você fez os livros – eu disse. – O Elbion Negro... toquei nele uma vez e ele me marcou.

– A marca foi confiscada pela morte, mas ainda a reconheço em você. – O Vinculador parecia... orgulhoso. Presunçoso. Essa expressão contorceu sua boca líquida em uma forma horrenda. – Mas eu não faço os livros, Aquela que Busca Liberdade. Oito somos nós, e apenas um encaderna livros. Eu encaderno *almas*.

– É por isso que estou aqui – eu disse, trêmula. Era melhor me apressar. Eu sabia que nada que dissesse surpreenderia o Vinculador; ele já me entendia completamente. – Vim para libertar a Mãe. A alma dela está presa no corpo de uma aranha, posta ali pelo meu pai há séculos.

O Vinculador inspirou como se sentisse o buquê de um vinho fino, alargando suas narinas de fendas e revelando o preto movediço por trás delas.

– Sim, eu me lembro bem. Não foi um pacto que aceitei levianamente e *não será* uma vinculação fácil de desfazer. – Ele se debruçou na mesa e o cheiro quase me fez vomitar. – Isso não vai ser bom para você, Filha de Fae.

– E-eu estou disposta – balbuciei. Coragem. Lembrei do *frisson* de bravura que havia sentido quando Khent apertou o polegar entre minhas escápulas. – O que devo fazer?

Ele balançou um dedo verminoso na minha direção, abanando a cabeça branca.

– O cântico já começou. Agora – ele inspirou de novo, o corpo todo se contorcendo de prazer –, agora vem a ssssálvia.

Senti o aroma também. O cheiro acre de sálvia queimando encheu o ar e uma auréola de fumaça se ergueu do chão ao nosso redor. Ela subiu e subiu até começar a me sufocar. O Vinculador não pareceu se afetar, sorrindo macabramente enquanto eu tossia e batia na garganta, com a boca inflamada pelo ardor. Estava inspirando fogo, percebi, e ele me queimava até o estômago. Então vieram as chamas, irrompendo rápido, me cercando e saltando em meu vestido. Tentei apagá-las em vão, mas não havia nada que pudesse fazer. A saia se incendiou com vorazes chamas vermelhas que subiam pelo meu corpo, a dor em minhas pernas era tão excruciante que elas logo ficaram dormentes. Não, não dormentes – consumidas pelo fogo. Consegui ver o osso então, e o músculo fluido, e a gordura derretendo na labareda que crepitava e acelerava a morte.

Meus gritos devem ter sido horríveis, mas não consegui escutá-los de tão altos que eram os estalos e chiados das chamas. Observei desamparada enquanto o resto do meu vestido pegava fogo e a carne de meus dedos era consumida, não restando nada além de ossos quentes como uma fornalha para agarrar a carne de meu pescoço que borbulhava e escorria como cera. Os gritos cessaram; devem ter cessado, pois eu não possuía mais boca, apenas uma ferida aberta que inspirava fogo sem fim, me cozinhando por dentro e por fora.

Senti um latejar fundo em meu rosto, então uma umidade súbita, um choque que veio com o som de um tiro de fuzil. Meus olhos estouraram.

Estava tudo acabado. Eu devia estar morta, pois a dor fora insana e o fogo me havia consumido inteiramente. No entanto... no entanto, minha visão retornou e, com ela, o Vinculador. Era como se nada tivesse acontecido. As chamas haviam se apagado e eu sentia apenas um leve gosto carbonizado na garganta. Mas meu alívio não durou muito. Quando olhei para o outro lado da mesa e vi o sorriso que me aguardava, tive certeza de que minhas provações haviam apenas começado.

– Ainda está disposta?

Com o calor do fogo tendo passado de maneira tão abrupta, senti meu corpo úmido e frio, como se estivesse experimentando os alertas de uma doença iminente. Eu me abracei com firmeza e desviei os olhos do Vinculador, sabendo que tinha passado por algum tipo de teste ou jogo. A estranha tinha me alertado que não haveria como voltar atrás – depois que o ritual começasse, ele precisava chegar ao fim.

– Sim – sussurrei. – Ainda estou disposta. Foi isso o que meu pai sofreu? Para fazer o feitiço?

O Vinculador recuou, os olhos estreitos arregalados como se estivesse surpreso.

– Depois de sangrar a Mãe até um estado de morte, ele capturou oito humanos e entalhou a disposição em seus peitos, então queimou um campo de sálvia. A chuva levou dias para apagar as chamas. Quando restaram apenas cinzas, ele as misturou no vinho e se banqueteou.

– Então outros sofreram em seu lugar? Tão típico dele. – Balancei a cabeça.

– Há mais de uma maneira de chamar a atenção de um Vinculador – ele disse. – O seu coração é sensível. O dele é de pedra. Agora dê-me sua mão, tola destemida. Um sacrifício se pede.

Eu já não havia sacrificado o bastante? No entanto, esse era o passo da vinculação que eu mais temia. *Sangue e tinta.* O único caminho, concluí, era continuar respirando. Nada naquela estranha terra de sombras era real, mesmo se a dor do fogo tivesse sido sentida profundamente. Mesmo que meu medo fosse inegavelmente real.

Estendi a mão direita sobre a pequena mesa circular, mostrando a palma erguida para o Vinculador. Ao fechar os olhos, ele parou de se debruçar na minha direção. Foi apenas quando os abri de novo que ele voltou a se mover. Meu Deus, ele estava me obrigando a ver a coisa sinistra que tinha em mente. Engoli em seco o nó na garganta e me endireitei na cadeira, determinada a seguir em frente. Uma respiração atrás da outra. Eu simplesmente precisava continuar respirando e lembrar que estava em uma esfera de truques.

A mão esquerda do Vinculador pairou sobre a minha palma, com seus três dedos serpenteantes baixando centímetro a centímetro assustadoramente. As pequenas bocas se abriam e se fechavam rapidamente, cada vez mais velozes conforme se aproximavam da minha pele, famintas. Contive uma tosse quando meu estômago se revirou, como se estivesse cheio daquelas cobras que se contorciam. Eu podia ver que ele não estava observando nossas mãos, mas sim meu rosto, desfrutando de todos os tremores de desconforto que contraíam meus lábios.

Os dedos do Vinculador encontraram minha mão e, no mesmo instante, seus longos tubos ficaram rígidos, se fixando em minha carne. A sensação foi suave no começo, apenas uma leve pressão, como se alguém estivesse beliscando a parte carnuda de minha palma de brincadeira, mas o puxão não parou e o beliscar deixou de ser brincalhão. Meus olhos se voltaram para os do Vinculador, e as respirações relaxantes que eu havia me obrigado a fazer ficaram ruidosas e dissonantes.

– Devo parar? – Ele estava me provocando, quase rindo baixo.

– Não – gritei. – Não, estou *disposta*!

– Mas está verdadeiramente disposta? Está disposta na mente, mas e no espírito? Vejamos.

Eu odiava sua voz, sinistra e fria, e odiava o quanto ela me apavorava. Seus dedos puxaram e puxaram, erguendo-se agora, embora minha mão, imobilizada por uma força invisível, estivesse contra a mesa. Observei com a boca aberta de horror a carne da minha mão ficar tensa, então a senti começar a se rasgar. A ferida foi pequena no começo, mas logo o sangue escorreu, transbordando pelas fendas onde minha pele havia cedido. Sangue quente se acumulou, quase abrasador contra o ar frio e os dedos do Vinculador, que estranhamente não tinham temperatura, como se o monstro não fosse nem quente o suficiente para estar vivo nem frio o suficiente para estar morto.

Rangi os dentes, mas a dor não era uma ilusão, não era um truque; minha mente se revoltava contra o que meus olhos viam. Um tremor começou em meu peito e logo se moveu para meu estômago. Sei que devo ter vomitado em algum lugar na escuridão ao nosso redor. Sei que gritei, mas não por misericórdia, pois me recusava a ficar presa naquele vazio para sempre. Praguejei a criatura. Encontrei palavras feias que nunca havia pronunciado em voz alta. Gritei com ele em uma língua incoerente que não era a minha, que eu não seria capaz de decifrar nem se fosse obrigada, mas que parecia verdadeira e perversa o suficiente para puni-lo por esfolar minha palma diante dos meus olhos. A pele descarnada e sangrenta se abriu, revelando a carne úmida e rosada da minha mão.

Talvez tenha sido a surpresa que fez a dor desaparecer por um instante. O sangue jorrou de minha mão, correndo em rios espessos sobre a mesa. Os dedos do Vinculador permaneceram ali, mantendo minha pele erguida para que pudéssemos ver o que havia por baixo.

Uma palavra. De alguma forma, uma única palavra estava escrita ali em tendões úmidos e brilhantes.

Disposta

Eu estava zonza e fraca, rouca de tanto gritar, mas a visão me deu certo conforto: eu tinha passado por ao menos um teste para o qual não sabia se estava preparada. O Vinculador riu com escárnio, mas seus dedos cruéis soltaram minha pele. Cambaleei para trás, passando os olhos pelo sangue que havia perdido e se derramava ao nosso redor. Minha mão ardia constantemente e pontos de luz vermelha dançavam diante dos meus olhos. O demônio à minha frente girava e balançava. Minha boca ficou seca como ossos; eu ia desmaiar.

Então estava caindo, mergulhando desamparada em um poço escuro, o ardor concentrado na mão, a única coisa que realmente conseguia sentir e à qual podia me ater. Sobre mim, bem acima, ouvi o Vinculador murmurar:

Feitiço e sálvia, sangue e tinta, água e vinho. Essas vinculações estão desfeitas.

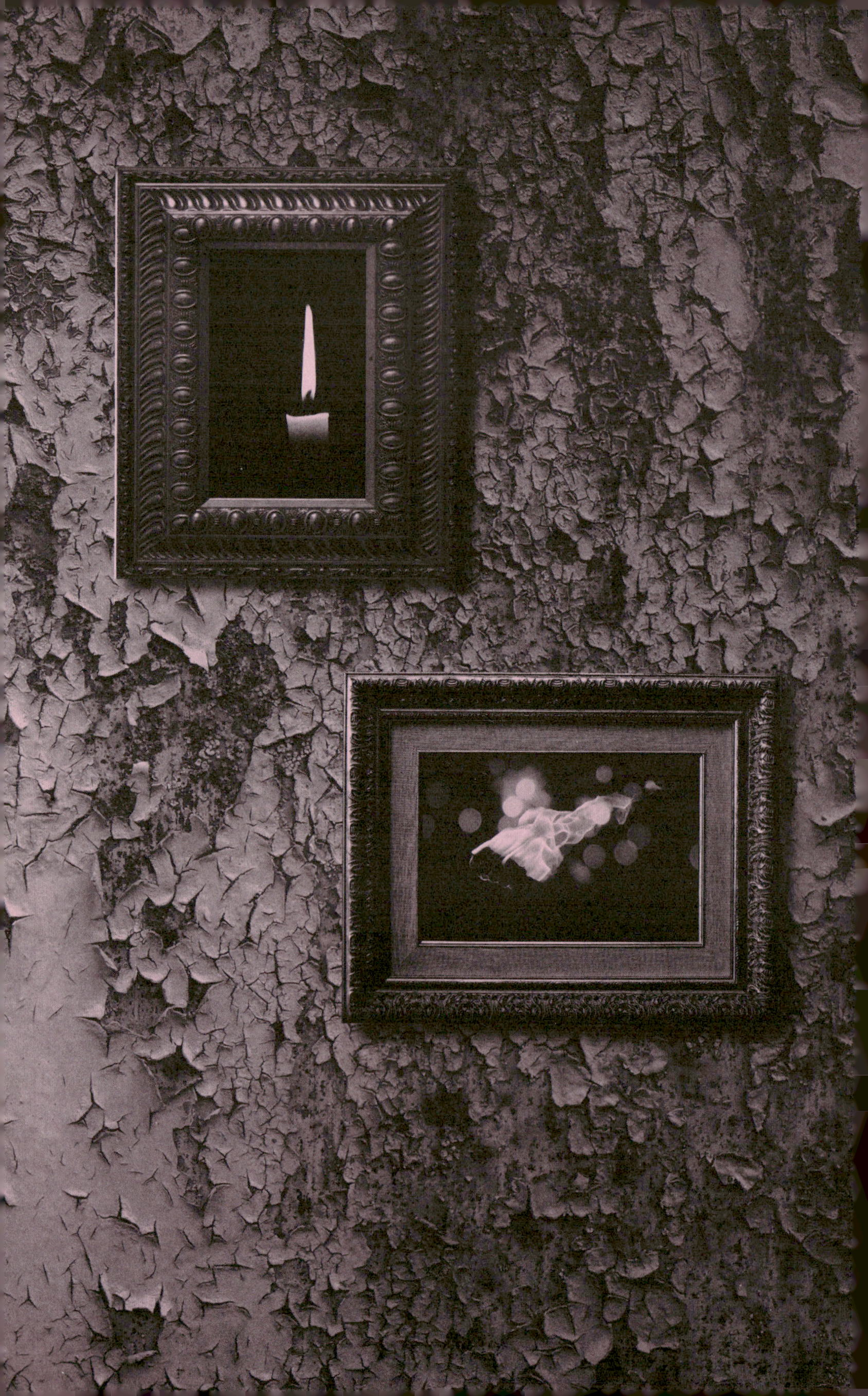

Capítulo Onze

Como se despertasse de um sono profundo, senti ao longe alguém me levantar. Água fria e limpa pingou em minha boca e fui forçada a engoli-la. Depois veio o gosto de algo amargo, e lá fui eu de novo – não para a esfera do Vinculador, mas para um descanso ininterrupto e bem-vindo.

Quando acordei completamente, foi com a sensação de um pano pressionado na testa. Mary estava lá, fitando-me com os olhos arregalados de preocupação.

– Ah, graças a todas as estrelas do firmamento! – ela gritou. – Ela está acordada! Gente! Louisa está acordada!

Minha cabeça parecia ter sido empalhada numa estaca; meu pescoço estava tenso e dolorido. Tentei me levantar, mas, enfraquecida, caí de volta no travesseiro. Olhando ao redor, não reconheci o ambiente, mas o cheiro leve e empoeirado no ar me era familiar. Tinham me colocado em um quarto pequeno, cujo ambiente brega e aconchegante me lembrava a casa de Giles St. Giles em Derridon. Havia poltronas acolchoadas e tapetes felpudos, com uma lareira acesa e dois gatos laranja cochilando na sua frente.

– Cadê eles? – Mary se inquietou, levantando-se e correndo até a porta aberta.

Em resposta, vozes ribombaram sob as tábuas do assoalho, depois houve uma série de estalos bruscos como batidas febris em uma porta. Eu me forcei a me sentar, ignorando a tontura que ainda fazia minha cabeça girar. Minha mão direita ardeu assim que encostei nas cobertas e silvei de dor, puxando-a para descobrir que não havia escapado do poço escuro intacta. Vermelha de irritação, ela exibia uma escrita preta ilegível, em uma língua que nem eu nem o Pai, aparentemente, falávamos. Mas eu sabia, claro, o que devia significar.

– Como fiquei com isso? – perguntei quando Mary correu de volta à cama.

— Louisa, explico tudo para você mais tarde. Tem algo errado lá embaixo. Rápido!

Ela tinha razão. Havia gritos agora e mais batidas, e deixei que Mary me tirasse das cobertas e me levantasse da cama com cuidado.

— Espere — eu disse, vacilante. — O diário...

— Está com Dalton — ela me tranquilizou. — Venha!

Eu sentia como se meu corpo tivesse rolado montanha abaixo, mas a segui, apoiando todo o meu peso em seu ombro enquanto deixávamos os gatos, que não pareciam nem um pouco incomodados. Saímos em uma passarela no quarto andar da loja; suas muitas prateleiras e lanternas se espalhavam sob nós. Daquele ângulo, eu conseguia ver Fathom e Khent encostados à porta da frente, com as costas pressionadas contra ela e as pernas tensas.

Dalton gritou para Niles, que, do outro lado do piso, havia conseguido encontrar várias pistolas escondidas sob o balcão. Mas, enquanto Mary me arrastava em direção à escada, eu só conseguia me focar na mulher no meio da loja, deitada de lado em um vestido escuro de penas, imóvel. *Mãe*. Não havia sinal da bruxa.

— Funcionou? Ou ela está... Por favor, me diga que funcionou — murmurei.

— Ficamos com medo de movê-la, Louisa. Ela nem respirou depois do ritual. Você estava gemendo e se lamentando, então achamos que seria mais seguro levá-la para a cama. Ah, mas isso faz horas e horas. Fiquei com medo que nunca se recuperasse.

Meu coração se apertou. O Vinculador tinha dito que os laços haviam se partido. Por que a Mãe estava imóvel? Será que o ritual a havia matado de alguma forma? Será que eu tinha feito algo errado?

A cada passo, eu me sentia um pouco mais forte e, finalmente, consegui andar sozinha e me apressei pela passarela. Paramos por um momento quando Fathom gritou algo incoerente e a porta se contorceu atrás dela, cedendo para dentro, antes de estourar em chamas. Era loucura avançar em direção ao fogo, mas nossos amigos estavam em perigo e eu não podia simplesmente ficar parada assistindo.

— Vem, Mary — chamei, puxando-a.

— Você ainda está muito fraca — ela insistiu.

Mas eu já estava correndo.

— Vamos encontrar algum jeito de ajudar.

— Tochas! — ouvi Khent gritar. — São tochas demais!

Eram muitas, e a lua não estaria cheia de novo — isso se fosse noite. Olhei freneticamente para Mary enquanto seguidores do pastor carregando velas entravam na loja, balançando seus bastões acesos à frente do corpo. Khent e Fathom recuaram, e Niles e Dalton pararam na frente da Mãe nos tapetes, mirando e atirando da melhor maneira que conseguiam.

— Mary! — gritei. — Você não consegue fazer alguma coisa?

— Ainda estou fraca pelo baile, mas farei o possível — ela disse, sugando os lábios com firmeza e erguendo as mãos. Seus poderes de escudo saíram do peito cintilantes como sempre, embora o brilho parecesse um tanto enfraquecido. Dei a volta por ela, descendo dois e depois três degraus de cada vez, desatando a correr pelo térreo da loja a tempo de ver as prateleiras mais perto da porta pegarem fogo. Foi tudo rápido demais — o gosto de fumaça encheu minha boca novamente e contive uma onda de náusea. Dessa vez era real. Dessa vez meus amigos poderiam morrer se o fogo fugisse do controle.

Coragem.

O escudo de Mary nos cercou, abafando o ardor da fumaça e o calor das chamas, mas o fogo já estava subindo pelas paredes: as páginas velhas e frágeis dos livros eram o combustível perfeito, uma lenha de partir o coração. Seria o mesmo que tentar nos defender dos agressores sobre uma pilha de gravetos secos. Khent recuou para dentro da bolha, pegando uma pistola de Niles, mas, sem saber o que fazer com ela, simplesmente a bateu na pessoa de branco mais próxima, derrubando a tocha de sua mão e apagando o fogo com a bota. Fathom carregou rapidamente a pistola que havia recebido de Niles e provou ser uma excelente atiradora, mas simplesmente havia alvos demais.

E pior: mais ameaçador que suas clavas balançando era o fogo que agora corria pelo piso de madeira em nossa direção.

– Eles devem ter me seguido da taverna – Fathom murmurou. Eu mal consegui escutá-la em meio ao tumulto e ao crepitar das chamas.

– Nunca pensei que diria isso – Dalton começou, atirando cegamente na multidão de corpos avançando contra nós –, mas agora seria uma boa hora para seu pai sair para brincar!

Fiquei tensa, encarando-o magoada. Mas ele tinha razão. Estávamos sendo dominados, e eu definitivamente não era a exímia atiradora de que precisávamos. Os poderes de Mary estavam vacilando, a superfície tênue de sua bolha perdia força e cada vez mais fumaça subia em nossa direção. E o fogo? Não havia como detê-lo agora – ele consumia tudo sem parar, faminto, engolindo estantes inteiras, cercando-nos dos três lados com paredes de chamas trepadeiras. Mary gritou quando uma viga não muito longe de nós se quebrou e espatifou-se no chão, estilhaçando vidraças no caminho. Seu escudo se esgotou completamente e ouvi seus passos enquanto ela abandonava o sótão e se juntava a nós.

Khent sofreu um golpe feio no antebraço e cambaleou para trás contra mim. Eu o segurei pelo ombro e vi o sangue encharcar sua camisa. Fechei os olhos, deixando o caos e a fumaça me preencherem, permitindo que o sangue fosse tudo que eu via. *Primeiro sangue. Mais sangue.*

O Pai despertou, quase ansioso demais. Estivera esperando por esse momento. Meus olhos se turvaram de vermelho e senti o agitar estranho e febril de seu poder enquanto ele tomava conta de meus pensamentos. Tremi, sem querer perder o controle, sem querer libertá-lo outra vez. Não havia como saber quem seria apanhado na carnificina.

Eu não conseguia ver nada, mas ouvi o rugido do fogo e os gritos de fúria virtuosa dos seguidores enquanto nos empurravam mais para o fundo da loja. Estávamos perdendo terreno e o tempo estava acabando. Então uma mão leve pousou em meu ombro, suave e reconfortante, tão reconfortante que senti a influência do Pai diminuir até desaparecer por completo. Ergui os olhos para a esquerda e encontrei a Mãe me olhando, com a boca entreaberta em um sorriso melancólico.

– Não – ela disse. – Você nunca deve deixá-lo sair.

– Mas...

Ela me silenciou com um abanar de cabeça. Todos os seus oito delicados olhos roxos se fecharam e a bainha de seu vestido de plumas tremulou sob a rajada do fogo. Apertando meu ombro, ela se moveu à frente, parecendo deslizar sobre os tapetes chamuscados na direção do confronto. Estava indefesa e não carregava nenhuma arma. Corri atrás dela – não podia deixá-la morrer nas mãos daquelas pessoas, não depois do tormento por que havia passado para salvá-la. Ela foi recebida por gritos alarmados de Khent, Dalton e Fathom, que tentaram convencê-la a voltar para um lugar seguro, mas não se deixou deter.

– Paz – eu a ouvi dizer mais alto que o alvoroço. Depois, mais alto ainda:
– *Paz*.

Imediatamente, como se um feitiço cobrisse todos, os seguidores baixaram seus bastões e tochas, um pouco boquiabertos de espanto. Ela havia prendido toda sua atenção com duas palavras, ditas como se em uma conversa casual. Abrindo os braços, ela olhou ao redor, sem parecer se preocupar com a fumaça ou o fogo que corria em sua direção.

– Eu conheço seus corações – ela disse. – Sei que, quando acordarem amanhã, cansados e com medo, vão relembrar este momento e sentir apenas uma coisa: *remorso*. Deem as costas para isso. Deem as costas para essa violência e esse ódio. Deem as costas para este lugar. Alguém espera por vocês. Vocês o cumprimentarão com alívio ou remorso?

Um silêncio caiu sobre todos. A multidão se moveu, então consegui distinguir cada rosto. Homens e mulheres, velhos e jovens, com os olhos arregalados como se nos vissem e vissem uns os outros pela primeira vez. Um bastão caiu no chão, depois outro, e vi uma dupla improvável dar as mãos e se virar para a porta quebrada. Eles estavam *indo embora*. Estavam se retirando.

– Esta é a nossa chance – Dalton sussurrou, fazendo sinal para o seguirmos.
– Existe uma saída pelos fundos. Rápido. Queria poder salvar os livros, mas não temos escolha.

Deixei que Mary e Khent fossem à frente, empurrando os dois, depois observei a Mãe ficar parada nos tapetes em chamas até o último seguidor do pastor se dispersar. Então ela se virou e veio até mim, com as mãos entrelaçadas na cintura e a cauda emplumada se arrastando atrás do corpo, varrendo os restos carbonizados de livros e prateleiras.

– Aquilo... – Eu estava espantada, quase sem palavras. – Como você fez aquilo?

Ela olhou para mim com uma covinha funda na bochecha.

– Só foi possível porque eles não tinham nenhum ódio verdadeiro contra nós em seu coração. Eu queria lhes dar uma chance. A paz é sempre preferível.

– Agora sei por que o Pai queria tanto se livrar de você – murmurei, seguindo os outros para trás do balcão até um quarto nos fundos e uma porta baixa bloqueada por uma estante. Niles a empurrou de lado e abriu a porta, deixando entrar o ar abençoado pela umidade da chuva.

– Ele nem sempre foi como é agora – ela me disse com um suspiro pesaroso. – Mas viu muitos de nós morrer. Quando perde seus filhos, algo dentro de você muda para sempre.

– Eram seus filhos também – observei.

– A perda deles partiu meu coração – ela disse. – Mas reduziu o dele a cinzas.

Capítulo Doze

1248, Constantinopla

— *Vocês não sabem onde comer, meus amigos. Vocês não sabem! Baki vai mostrar a vocês. Baki conhece todas as baias e açougues desde Galata até o porto. Aquela casa de chá perto do templo serve mijo. O que você tinha na cabeça, Senhor das Trevas?*

Meu grego, muito melhor do que o de Henry, estava se revelando útil ao tratar com Baki. Eu o conhecia apenas tangencialmente através de Finch, que falara muito bem do homem. Baki ocupava quase o beco inteiro à nossa frente, sua barriga imensa aparecendo sob um colete bordado e a túnica curta. Sua cabeça e seus ombros estavam cobertos por um xale de listras fantásticas que mal conseguia esconder seus chifres e orelhas pontudas.

— Não estamos aqui pela comida — eu disse a ele, bufando.

— Mas vamos lembrar de experimentar a rabada — Henry brincou.

Baki roncou de tanto rir, batendo no estômago e piscando para nós. Seus olhos eram de cores diferentes, um azul e um amarelo, como um gato.

— Muito bem, meus amigos. Eu particularmente não compartilho de carne de vaca, mas Baki vai olhar para o outro lado se tiverem essa inclinação. Talvez possamos discutir a busca de seu amigo pelo escritor com um pudim de mel amanhã. Existem boatos de uma grande batalha em Henge, e Baki está sempre disposto a falar de batalha!

Só mesmo Henry para fazer amizade com outro sobreterreno antes de mim. A passagem estreita que descemos era iluminada pelos lampiões das casas acima de nós. Eu desconhecia o nome do bairro, algum lugar ao sudoeste do coliseu e das mansões e jardins dos ricos. Os muros tinham sido pintados um dia, mas estavam negligenciados havia muito tempo. Olhos de ratos brilhavam de todas as fendas enquanto moscas se reuniam sobre pilhas de refugo e ossos podres, seus enxames densos o bastante para sufocar uma pessoa.

Dentro da bolsa de Henry, o filhotinho de cão do inferno soltou um ganido.

Eu sentia o mesmo que ele. Deixamos Baki ir à frente enquanto Ara assumia a retaguarda. Seus resmungos indistintos se juntaram às lamúrias do cão.

– Não estou gostando nada disso – eu a ouvi dizer. Era uma frase que já devia ter proferido umas vinte vezes naquele dia.

– Tente impedi-lo para ver o que acontece – respondi. – Você sabe como ele fica quando coloca uma ideia na cabeça.

– Eu? – Ara riu, embora seu riso nunca soasse inocente ou alegre. – Tente você. Você sabe que ele o venera.

Revirei os olhos, observando Baki tirar um varal molhado do caminho. A escuridão era densa e pastosa, as paredes se cerrando cada vez mais enquanto seguíamos um trajeto que apenas Baki conhecia. Repeti a mim mesmo que podíamos confiar nele. Finch era boa em julgar o caráter das pessoas e Baki era um dos nossos. Sob seu xale, perto da cintura, dava para ver um rabinho mal escondido balançando sob o tecido. Ele era um Re'em, forte como uma manada de touros, com chifres e dentes que poderiam estraçalhar carne. Talvez apenas Golias e Nefilins fossem mais fortes, ou o que quer que fosse Ara, mas ela não era um dos nossos.

– Estamos perto, meus amigos. Apenas sussurros agora, e apenas se estritamente necessário.

O silêncio me permitiu ouvir o arrastar de patas de ratos invisíveis e uma ou outra voz grave emudecida pelo gesso e pelo tijolo. Fomos entrando mais fundo, como se nos embrenhássemos por uma selva e não pelas ruas de uma cidade. O que eu não teria dado para estar de volta naquela casa de chá medíocre, tomando uma bebida à base de ervas e me queixando do calor. Eu não tinha estômago para essas aventuras tenebrosas, mas Henry, fosse por causa de sua natureza sombria ou sua curiosidade, não se cansava delas.

Um dia eu aprenderia a dizer não para ele. Um dia…

– E você tem certeza de que esse tal Faraday pode nos ajudar? – Henry sussurrou. – Estou gastando muitas moedas com você, amigo, espero que não seja em vão.

– Eu levaria vocês até ele em troca apenas desse cachorrinho – Baki

respondeu, suas orelhas pontudas se eriçando sob o xale. Sob a túnica, seu rabo balançou mais.

— Rá. Improvável. Esse animal vale mais do que qualquer informação que você ou esse estranho possam ter. Além disso — Henry acrescentou —, me apeguei a ele.

— Claro, claro. Agora, amigos, fiquem em silêncio, chegamos.

Murmurei uma oração de agradecimento ao pastor, me aproximando de Henry e Baki enquanto Re'em, alto e redondo, se aproximou de uma porta escondida atrás de uma cortina velha de aniagem. Ele abriu a coberta e deu algumas batidas em uma ordem estranha, depois esperou. Algo roçou meu cotovelo e levei um susto, quase pulando nos braços de Henry de pavor.

— Fique calmo — ele sussurrou. — É apenas um camundongo.

— Camundongos não são frios e úmidos.

A porta se abriu, revelando uma choupana de pé-direito baixo. Uma mulher corcunda nos esperava ali, com cabelos e olhos brancos e um traje todo preto. Ninguém a chamaria de agradável aos olhos; sua boca era nada mais do que um corte sobre o queixo.

— Ah, Guardiã Branca, você está radiante hoje — Baki elogiou.

Guardiã Branca. Isso fazia sentido. Mas o restante? Henry e eu trocamos um olhar. Ela estendeu um braço torto de dentro do manto negro, a pele branca e enrugada coberta por marcas desbotadas de tinta. Afagando a bochecha de Baki, bufou um riso seco.

— Do que precisa, meu rapaz? — ela perguntou em grego. — Imagino que esta não seja uma visita social. Que decepção. Você nunca vem me ver a menos que precise de algo.

Baki encolheu os ombros e bateu no estômago.

— Você e eu vamos botar a conversa em dia enquanto esses outros tratam com Faraday, que tal? Talvez você ainda tenha um resto de janta no fogão...

Os olhos da velha se estreitaram e ela se voltou para nós com uma careta perversa.

– O mestre? Ah, não. Ah, não, não, não. Vocês não o verão. Não hoje. Ele está de péssimo humor e não dá para saber se vai atirá-los pelo telhado ou servir-lhes chá. Ele não é o mesmo desde que voltou do sal.

– Por favor, senhora – Henry pleiteou, jogando charme. Ele se apoiou languidamente no batente, abriu seu sorriso mais juvenil e tirou o cabelo escuro da frente dos olhos antes de baixar o capuz para que ela pudesse vê-lo completamente. – Percorremos um caminho tão longo. Seria uma pena se fosse tudo em vão.

Ele olhou para dentro da choupana atrás dela. A vela que ela trazia iluminava uma série de marcas estranhas nas paredes de gesso. Eu não sabia o significado delas, mas meu estômago se revirou só de olhar. Todas as estrelas e os caracteres rústicos eram desenhados em sangue.

– Não temo o que há aí dentro – Henry lhe assegurou. – E não seremos um incômodo para seu mestre. Desejamos apenas fazer algumas perguntas.

A Guardiã Branca o encarou por um longo tempo, depois voltou seu olhar para mim e finalmente para Ara, que se inquietava e murmurava de tédio enquanto a decisão era tomada. Então, acenou uma vez com a cabeça e Baki segurou a cortina de tecido enquanto entrávamos.

A choupana tinha um cheiro opressivo de incenso, um aroma silvestre e roxo que só podia ter um objetivo: esconder o verdadeiro odor do lugar, o fedor de ossos velhos e deterioração humana. O sangue nas paredes era fresco, embora marcas secas espreitassem por baixo dos símbolos mais novos, aplicados recentemente. Eles cintilavam à luz de velas, exalando um cheiro de moeda úmida que apertava o nó em minhas tripas.

Confesso que quis fugir. Henry seguiu a velha quase saltitante, mas eu não conseguia compartilhar do seu entusiasmo. Havia algo muito errado naquele lugar – eu sentia isso no fundo do meu ser, e não era apenas minha aversão sobreterrena aos hábitos do povo de Henry.

Aquele era um lugar de perdição.

Não havia quase nada na choupana, apenas um assador para cozinhar e algumas almofadas granuladas. O chão estava coberto de areia e manchas secas de sangue, e todos tivemos de nos abaixar para não bater a cabeça no teto. A Guardiã Branca nos guiou por uma passagem no fundo da casa, cuja escadaria de argila construída no chão talvez precedesse o bairro ou até a própria cidade. O ar deveria ter ficado mais frio enquanto descíamos; contudo, logo me vi tirando o capuz, enfrentando um calor abafado que se tornava quase intolerável.

– Por que é tão quente? – murmurei.

Foi então que notei que Baki havia ficado para trás. Com aquela altura, talvez nem coubesse na passagem, mas sua ausência me encheu de inquietação. Ele conhecia aquelas pessoas melhor do que nós. Por que teria ficado do lado de fora?

Por fim, a Guardiã Branca parou. Logo à frente, havia o arco largo de um batente, esculpido na rocha pálida sob a cidade, e uma cortina diáfana balançando de um lado para o outro diante dele. A luz de cem ou mais velas brilhava do outro lado. Algo suave fez cócegas em meu pé quando caiu sobre minha sandália. Eu a peguei e a virei em frente à cortina iluminada. Era uma pena comprida, marrom e pontiaguda.

– Que peculiar – sussurrei.

– O mestre está aí dentro – a Guardiã Branca nos disse com a voz rouca. – Não testem a paciência dele.

Então ela se foi, deixando-nos com o mau cheiro e o calor daquele covil profano. Olhei para Henry, mas seus olhos estavam arregalados de um prazer infantil e ele avançou em direção à cortina. Nem se quisesse eu poderia impedi-lo de puxar o tecido. Até Ara parecia fascinada, parando ao lado dele e prendendo a respiração. Dentro da bolsa de Henry, o filhote soltou um uivo baixo e entristecido.

Esse uivo assustou a criatura. Ela tinha construído uma espécie de pequena cidadela para si, uma igreja sinistra de velas e palha. O piso era coberto de penas como as que eu havia encontrado. Ela tinha grandes asas fulvas com garras curvas nas pontas. E era uma espécie de homem, de constituição magra e musculosa, usando a túnica rasgada e ensanguentada de um adversário muito maior. Correntes grossas de contas pretas pendiam de seu pescoço, e sua pele brilhava com fissuras, rachaduras irregulares na carne, das quais brotava uma luz vermelho-dourada.

Doía olhar para ele e meu estômago se apertou.

– Šulmu, Gallû – Henry disse, dando um passo para dentro do covil da criatura e fazendo uma reverência. Saudações, Demônio. *Ele soava definitivamente animado.* – Faraday, presumo? Embora, pelo visto, não me pareça correto. Mais provavelmente Faraz'ai, o nome perdido no tempo. Ou Furcalor ou Focalor… Vamos ficar com este. Focalor, Grande Duque, o Abandonador, Líder das Trinta Legiões e, o que é mais importante, morto até onde eu saiba. Como chegou até aqui e o que sabe sobre os livros, sobre a vinculação?

Faraday – ou Focalor, como Henry o havia chamado – se virou para nos encarar completamente. Seu rosto poderia ser incrivelmente belo não fossem as rachaduras de luz se abrindo em formas estranhas. Ele abriu as asas largas de grifo e estendeu as mãos para nós, com lágrimas escorrendo pelas bochechas. Faltavam dois dedos em sua mão direita; a outra havia perdido o mindinho.

A voz de Focalor era como a fumaça de um cachimbo, forte e inebriante, a voz de um cantor jovem, mas triste, uma voz feita para cantos fúnebres.

– Ah, sim, Senhor das Trevas, eu fui até as planícies brancas. Fui até o sal para encontrar um Vinculador, e a jornada tirou tudo de mim.

Quatro, então cinco dias se passaram sem sinal da coruja Wings. Havia poucas distrações no abrigo de Deptford e não nos restava nada além de lamber nossas feridas e esperar. Niles havia decidido se juntar a nós, visto que estava sem emprego agora que a Cadwallader's havia pegado fogo, e concordamos em levá-lo conosco até a Casa Coldthistle. De lá, ele continuaria até Derridon a fim de encontrar o irmão.

Em circunstâncias normais, uma demora dessas não seria inquietante, mas Dalton havia nos assegurado que a coruja já estaria de volta com uma resposta àquela altura, se houvesse uma a ser enviada.

— Arre, Louisa, há algo terrivelmente errado.

Teoricamente, eu e Mary estávamos jogando uíste, mas toda a atenção dela estava em tirar do bolso o peixe esculpido em madeira por Chijioke e brincar com ele, pensando que eu não sabia o que ela estava fazendo embaixo da mesa. A tensão no porão era sufocante. Fathom tinha medo de que seríamos seguidos e encontrados outra vez, por isso passávamos a maior parte do tempo no subsolo.

— Você acha que eles podem estar nos ignorando de propósito? – perguntei a Mary. – Talvez estejam bravos conosco por termos partido.

Eu tinha ganhado a última vaza e era a vez de Mary, mas ela não percebeu. Balançou a cabeça, olhando desatenta para suas cartas.

— Chijioke me escreveu durante todo o verão. Eu saberia se ele estivesse bravo.

— O que acha que vamos encontrar lá? – perguntei. Eu tinha lhe contado pouco sobre o diário de Dalton, mas o que havia lido até o momento parecia promissor. Talvez o sr. Morningside tivesse descoberto uma maneira de invocar os Vinculadores a partir das experiências de Focalor. Eles vinham seguindo os caprichos do sr. Morningside ao buscar a origem dos estranhos livros e, agora que eu tinha encontrado um Vinculador, sabia que eles detinham um grande poder, suficiente até para tirar o Pai do meu espírito sem me matar.

— Sofro só em especular – ela murmurou. – Meu coração dói sempre que me permito imaginar...

Eu a observei formar um par, então estendi o braço para pegar uma carta da pilha, inspirando entre dentes quando a borda da carta raspou a marca inflamada na palma da minha mão. Mary havia me contado o que exatamente havia acontecido de sua perspectiva durante o ritual. Aos seus olhos, eu não tinha ido a lugar algum – simplesmente ficara ajoelhada nos tapetes com a estranha. Então, de repente, havia começado a gritar, me jogando no chão, rolando e debatendo os braços. Ela não havia entendido por que eu tivera uma reação tão bizarra a um pouco de sálvia sendo queimada. E eu estava falando em uma língua terrível, ela disse, mal parecia minha voz, gritando coisas que não faziam sentido para ela nem para ninguém na sala. Eram palavras tenebrosas, perversas – disso não havia dúvida.

Ficou pior quando a estranha pegou minha mão e começou a pôr tinta nela com a agulha de osso. A mulher falava na mesma língua aterrorizante e seus olhos tinham se revirado para trás, o branco cintilando enquanto gravava minha pele cegamente.

Virei a mão e observei as letras escuras que permaneciam ali. Pareciam mudar cada vez que eu olhava, escrevendo numa língua tenebrosa e perversa. Embora eu soubesse graças ao Vinculador que a marca significava "disposta", ela parecia terrivelmente sinistra.

– Ainda dói? – Mary perguntou gentilmente. – Posso buscar mais bálsamo.

– A dor está diminuindo – eu disse. – Bem que eu queria que a marca diminuísse também.

– Pelo menos funcionou. Mas não faço ideia do que pensar da *Mãe*.

Eu sentia a mesma confusão. Fathom e Dalton haviam arranjado roupas mais mundanas para ela se disfarçar e lhe dado um véu preto de viúva para esconder o cabelo, a pele e os olhos incomuns quando não estávamos escondidos no abrigo. Ela era reservada na maior parte do tempo – lia vorazmente, estudava todas as bugigangas que encontrava ali e passava longas horas nos observando, como se tentasse memorizar todos os nossos gestos. Todos os insetos errantes que se infiltravam no porão voavam na sua direção, zumbindo aos seus pés como pequenos servos disponíveis.

– Louisa...

Mary me observava enquanto mordia os lábios, as bochechas coradas em um tom rosa-escuro.

– Sim?

– Louisa, acho que deveríamos ir o quanto antes para a Casa Coldthistle.

Sei que o ataque contra a Cadwallader's abalou você, e sei que teme uma armadilha, mas não acho que devamos esperar mais. A espera está me enlouquecendo – ela acrescentou, espalhando as cartas sobre a mesa.

– Eu concordo – respondi, para sua surpresa. E frustração.

– Sério? Então por que a demora? Deveríamos encontrar uma carruagem adequada imediatamente...

– Não fomos porque tenho medo – revelei a ela, interrompendo seu planejamento animado. – Agora que sei como é encontrar um Vinculador, não tenho certeza se conseguiria sobreviver novamente. Foi tão terrível tirar uma maldição de outra pessoa que só me resta crer que seria muito mais difícil desfazer uma magia feita em *mim*. Tenho medo do que vai me custar. Tenho medo de que não serei forte o suficiente para suportar da próxima vez.

Ela franziu a testa e assentiu, depois colocou a mão sobre a minha mão boa e deu um tapinha leve.

– Já vi você fazer coisas extraordinárias, Louisa. E você não está sozinha. Eu fiquei com você em vez de voltar para Yorkshire por um motivo. Você precisa da minha ajuda, e da de Khent também. Somos todos mais fortes juntos, e mais fracos quando estamos sozinhos.

Tentei sorrir, mas minhas dúvidas continuaram. Ela não sabia como era viver dessa forma – como era ter medo da própria mente. Mary podia ter presenciado o ritual de longe, mas não tinha visto o Vinculador face a face e suportado seu teste.

– Vamos encontrar uma maneira de consertar isso, eu prometo, e nossas chances só vão melhorar se também tivermos Chijioke ao nosso lado. E Poppy! – Ela deu um riso breve. – E, embora você não confie neles, acredito sinceramente que o sr. Morningside e a sra. Haylam vão ajudar se puderem. Talvez, com a ajuda deles, não seja tão ruim dessa vez.

Suspirei, colocando as cartas na mesa.

– Talvez você tenha razão. Talvez não saber seja uma prisão mais do que um escudo.

Estava decidido. Eu só precisava convencer Dalton, mas isso se provou mais difícil do que eu imaginara. Ele estava relutante a ir sem saber a situação na Casa Coldthistle, mas tínhamos esperado tempo suficiente, e apelei a seu carinho por Henry, que era mais profundo do que eu havia imaginado. Nesse aspecto, o diário se mostrou uma ferramenta útil.

– Por que me deu isto? – perguntei enquanto ele tomava chá sozinho naquela tarde. Erguendo o diário, num gesto um tanto infantil, o acenei na cara dele. – De que adianta tudo isso se não permitir que o sr. Morningside me ajude? Se a Mãe não tivesse feito nada, eu poderia ter desmembrado aquelas pessoas na loja uma a uma. O tempo de esperar chegou ao fim.

Ele me olhou por cima da xícara por um longo tempo, relanceou para minha mão que cicatrizava e então fechou os olhos, sugando os lábios.

– Eu sei – ele disse. – Mas tenho medo.

– Eu também tenho medo – confessei. – Mas isso não é mais o bastante.

Fathom assumiu a tarefa de organizar nossa fuga de Londres, embora ela não gostasse de sair do abrigo nem para preparar as carruagens. Decidimos partir naquela noite, usando a cobertura da escuridão para chegar a St. Albans e então trocar de carruagem, viajando para o nordeste rumo a Malton. Dalton nos assegurou que conseguiria um transporte mais rápido em St. Albans, encurtando o trajeto normalmente longo para North Yorkshire com uma ajudinha de um homem santo e seus cavalos ainda mais santos.

Tudo isso foi explicado à Mãe, que absorveu as informações em silêncio, aquele sorriso beatífico permanente crescendo um pouco ao se dar conta de que estávamos de fato nos dirigindo à Casa Coldthistle.

– Bom – ela respondeu. – Eu gostaria de ver onde o Pai foi derrotado.

Eu não disse nada, só olhei para o lado para esconder minha frustração. Ele definitivamente não *parecia* derrotado.

Capítulo Treze

Sonhei com um corredor preto e prateado, um túnel de estrelas que seguia eternamente. Um carneiro do tamanho de uma montanha, feito de globos brancos de pequenas constelações, se ergueu nas patas traseiras, assomando sobre mim enquanto uma serpente comprida como o Tâmisa se desenrolava e mostrava as presas de estrelas brilhantes em ameaça. Aconteceu devagar – o duelo desses dois animais impossíveis se desdobrou ao longo de horas, então quase tive tempo para contar as estrelas que compunham suas figuras.

Quando as presas tocaram o focinho, as criaturas de estrela desabaram, caindo aos meus pés e me derrubando no chão de vidro. O carneiro e a serpente se estilhaçaram e seu brilho se espalhou ao meu redor, como joias derrubadas ou um candelabro caído irradiando cristais afiados e rodopiantes. Ergui os braços, que eram de estrelas também, e logo estava flutuando, suspensa, pairando sobre a cena, algo belamente recriado. Algo novo.

Como você consegue dormir tanto? Aqueles cavalos e o balanço... tanta comoção! *Ugh*.

Acordando com um bocejo, me vi encarando um companheiro de assento bastante irritado. Seguindo o plano, havíamos trocado os cavalos em St. Albans com um homem de meia-idade que nos emprestou dois grupos de éguas esguias, com cascos e rabos amarelos como botões-de-ouro. Elas nos conduziram através da Inglaterra numa velocidade espantosa, e Khent não estava errado sobre o estrépito de seus cascos batendo na estrada sob nós. Nem a lama parecia incomodá-las, e as tempestades fortes tinham afugentado a maioria dos viajantes daquelas rotas, permitindo-nos fazer cada parada muito antes do previsto.

Khent estava aconchegado sob uma grossa coberta xadrez – nunca tinha sido afeito à umidade e ao frio.

– Estou simplesmente exausta – eu disse a ele. Mary sentia o mesmo, ao que parecia, cochilando perto de mim deitadinha de lado. A Mãe talvez estivesse dormindo atrás de seu véu escuro, mas era difícil saber. Fathom guiava os cavalos, enquanto Dalton e Niles se alternavam conduzindo uma carruagem menor e mais leve que tínhamos dificuldade para acompanhar.

– Como está sua mão? – ele perguntou. – Precisa de mais um gole?

Mostrei a palma para ele, já quase completamente cicatrizada, com apenas algumas linhas de pele seca e escura descamando e caindo no chão. No abrigo, ele havia preparado uma beberagem que eu já havia experimentado uma vez, quando Giles St. Giles e Mary tentaram me acalmar após eu ser atacada na estrada para Derridon. Era um chá mágico deliciosamente doce, que acalmava a mente e estimulava a cicatrização.

– Só está coçando agora – eu disse. Como havia acontecido antes, as marcas ilegíveis sobre minha mão pareceram mudar. – O que lhe parece?

Quanto mais ele praticava inglês, mais o usava comigo, embora várias vezes alternasse as línguas, sempre voltando à sua nativa quando não encontrava uma palavra equivalente.

– *Eyou-ra*. – A língua dos cães. – Mas sei que não é possível – Khent acrescentou com um sorrisinho sarcástico. – Não há maneira escrita de comunicar essas coisas.

– Então... como um uivo? Isso lhe parece um uivo? – perguntei, retribuindo seu sorriso.

Seus olhos cor de lavanda, porém, perderam um pouco o brilho.

– Não... não. Não, parece o som de um animal ferido.

– Faz sentido – murmurei. – Para mim, parece um rabisco.

– Perdoe-me por dizer isso, *eyteht*, mas essas marcas me perturbam. Gostaria de poder esquecer as palavras que você gritou naquele dia, e a impotência que senti enquanto aquela mulher cutucava você. Sei como doem essas picadas, mas pedi pelas minhas, você não. – Então ele bufou e cobriu a boca com as duas mãos. – Ah, esse apelido é cansativo. Vou melhorar.

Sonolenta, apoiei a cabeça no braço e na janela, observando o campo encharcado pela chuva passar em alta velocidade.

– Talvez eu esteja começando a gostar dele.

Suas sobrancelhas grossas se ergueram e sua cabeça se inclinou do jeito inconfundível de um cão. Era ao mesmo tempo uma pergunta e um olhar de interesse.

– Quando tudo isso acabar, vou levar você a uma festa. Uma festa de verdade. Com escorpiões e músicas que não dão sono. Só nós dois, hm?

– Não, Khent. Meu coração está tão partido quanto minha mente. Quem desejaria isso? – suspirei.

Ele encolheu os ombros, aparentemente sem se ofender, e se aconchegou em suas roupas simples de lã.

– Alguém capaz de ver que até cicatrizes podem ser belas.

– Como somos piegas – ironizei, me segurando quando a carruagem tremeu abruptamente ao passar por algo duro na estrada. Não, não algo na estrada, a estrada em si. Estava *tremendo*. – Mas o quê...

Tínhamos escapado de Londres à noite, sem ser vistos, e feito quatro paradas na jornada sem qualquer inconveniente. Mas o trovão que fazia a terra tremer não era nada natural; tinha a cadência em quatro tempos de uma fera correndo a galope. A carruagem chacoalhou com força, despertando Mary, que tombou contra mim com um grito agudo.

– Que diabos foi isso?! – ouvi Fathom gritar pela janela.

Khent reagiu mais rápido, saltando do banco e baixando a janela. Colocou metade do corpo para fora, olhando para trás, depois voltou para dentro. A Mãe ergueu seu véu, os oito olhos piscando rapidamente sonolentos, antes de espiar o lado de fora, tranquilamente, como se não estivesse nem um pouco surpresa. Seus lábios se apertaram de desdém; era a primeira vez que eu a via parecer tudo, menos contente.

– O pastor não quer que cheguemos até ele – ela observou entre dentes. – E enviou um terror para fazer seu trabalho sujo.

A outra carruagem recuou até parar ao nosso lado e uma pedra atingiu a parede perto da Mãe. Mary baixou rapidamente a janela, apenas o bastante para ouvir Dalton gritar para nós, com seu cabelo molhado pela chuva enquanto acelerávamos na estrada, as carruagens tremendo aos solavancos.

– É uma tarasca! – ele gritou. – Talvez sejamos mais rápidos do que ela. Coldthistle fica a apenas dez quilômetros daqui!

– E depois? – Mary choramingou, apavorada. – Estamos levando essa coisa na direção dos nossos amigos!

– Mãe! Você consegue fazer alguma coisa? Apelar para o... o...

– Está chegando mais perto! – Khent abriu a porta da carruagem com um chute. Os cavalos à frente relincharam e empinaram, cobrindo nossos pés de cascalho e chuva. – Quero ver melhor.

E, com isso, saiu e subiu para a capota, as botas pisando forte sobre nossas cabeças um instante depois. A Mãe balançou a cabeça, abrindo as mãos para mim com um lamento baixo.

– Não posso machucar essa criatura, criança. Ela não consegue ouvir a razão como um humano ouviria, e derramamento de sangue não é do meu feitio – ela disse.

– Posso tentar despistá-la – Dalton gritou da outra carruagem, batendo na porta para chamar a atenção de Niles à frente. – Somos mais leves e rápidos, talvez possamos criar uma distração!

– E depois o quê?! – ouvi Fathom responder da cabine do cocheiro.

Ela estava certa. Simplesmente correr mais rápido não bastava. Em algum momento – logo, na realidade –, chegaríamos à Casa Coldthistle e, sem notícias de Wings, não havia como ter certeza se seus habitantes seriam de muita ajuda. Meu coração bateu mais forte. Eu ainda não tinha visto a criatura, mas a ouvia chacoalhando o chão como se um bando de gigantes nos perseguisse pelos charcos.

—Mary – eu disse com urgência, revirando a única bolsa que tinha trazido para dentro da carruagem. – Você consegue nos proteger?

—Receio que ainda esteja fraca – ela respondeu com um gemido. – E duvido que consiga deter algo tão terrivelmente grande!

A criatura que nos perseguia soltou um grito agudo, um clamor profano que soava como se o próprio céu tivesse rachado. Sua respiração sacudiu as carruagens, nos lançando alguns metros à frente. A bolsa quase pulou das minhas mãos com a tremedeira constante e violenta. Havia tão pouca coisa dentro. Alguns curativos para minha mão, um romance barato, o diário de Dalton, a faca de jantar cega que eu havia trazido do baile de lady Thrampton... Peguei a faca e a girei na mão, com uma ideia se formando aos poucos, mas crescendo na mente.

Cambaleei em direção à janela, colocando a cabeça um pouco para fora e erguendo os olhos para a capota, onde uma das mãos de Khent segurava o canto de madeira e lona.

—*Yehu!* Como está seu braço?

—Curado, boboca, você sabe disso! – Seu rosto surgiu de repente, balançando de um lado para o outro enquanto ele se esforçava para permanecer deitado.

—Não, quero dizer... você consegue mirar? Consegue arremessar? – gritei.

Seus olhos se iluminaram, a boca se abrindo de entusiasmo. Talvez fosse indelicado, mas eu conseguia imaginar um cachorro animado por um osso fazendo exatamente a mesma expressão.

—*Eyteht*, já apostei corrida com o próprio rei-deus. Deixei que ele ganhasse, embora ele fosse terrível com a lança.

—Perfeito! – gritei, depois murmurei comigo mesma: – Eu acho.

—Louisa, não seja ridícula, você não pode subir lá. – Mary se arrastou pelo banco até mim, tentando segurar meu tornozelo, mas a carruagem disparou à frente de novo e escapei dela.

—Você tem uma ideia melhor? Confie em mim! – Ignorei o lampejo de dor na mão quando abri a porta da carruagem e senti o vento bater contra mim. A chuva açoitava mais forte do que eu esperava, e fiz uma oração silenciosa para que aquilo desse certo e eu não perdesse as pernas embaixo das rodas. – Me puxa para cima! – Mordi a faca e me segurei à beira da capota com as duas mãos, tentando me equilibrar enquanto a velocidade de tirar o fôlego e os pulos das rodas quase sacudiam meus ossos para fora do corpo. Khent praguejou, fechando as mãos fortes em torno dos meus punhos e me puxando com força enquanto eu dava impulso com os pés.

Por um único momento terrível, arrebatador e maravilhoso, fiquei pendurada no ar, leve como um pássaro. Me ouvi gritar com um alívio ensandecido quando ele me puxou para cima da capota, mas era mais difícil me equilibrar do que imaginava, e fui obrigada a me deitar completamente, criando o mínimo possível de alvo para o vento.

– O que está fazendo?! – Ele estava furioso, seu rosto a um dedo do meu enquanto se abaixava perto de mim.

– Meu bom Deus, é enorme. – Eu o ignorei, hipnotizada pela fera gigantesca que galopava atrás de nós. Ela tinha o tamanho de um dragão das lendas, embora tivesse a cabeça de um leão sarnento, pernas grossas e curtas como as de um urso, e escamas do pescoço até a cauda farpada que balançava. – Dalton disse que é uma tarasca – gritei mais alto que o vento. – Seja lá o que isso quer dizer.

– Fascinante. Como a detemos?

– Com isto – eu disse, recitando mais uma oração em silêncio. Certamente mal não faria. Precisávamos de mais do que habilidade e sorte para impedir que aquele leão do tamanho de uma montanha nos devorasse. Os vergões que ele deixava na terra lamacenta atrás de si logo se transformariam em lagoas. Olhei para a frente, com o vento queimando os olhos e o trecho de estrada se tornando familiar enquanto nos aproximávamos de Coldthistle. Dalton havia saído da estrada para o campo plano ao lado, tentando desviar a atenção da besta, mas a tarasca continuava seguindo nossa carruagem, obstinada, sem se interessar pelo pequeno faetonte veloz. Ela soltou outro rugido trêmulo e trinado, tão perto que seu mau hálito bagunçou nossos cabelos.

Não havia mais tempo.

– Com isto – repeti. – E com seu braço!

Fechando os olhos, apertei a faca de jantar no punho. Voltei toda a minha concentração para ela, focando com tanta força em sua transformação que consegui ouvir o sangue cantar nos ouvidos. Minha respiração se acelerou descontroladamente, mas isso apenas ajudou, o caos e o medo instigando as magias sinistras em meu sangue até a faca crescer mais e mais, tornando-se tão pesada e comprida que em breve eu não conseguiria mais segurá-la. Khent captou a ideia rapidamente, tirando a lança da minha mão e se ajoelhando com dificuldade.

Estiquei o pescoço para observá-lo, estreitando os olhos contra a chuva pesada. Ele ergueu a lança na altura do ombro e tentou mirar na direção da tarasca, mas suspirou e abanou a cabeça.

– Segure meus pés, Louisa, e não solte. Em nome dos deuses, esta é a coisa mais estúpida que já fiz.

Obedeci, estendendo as mãos para segurar suas botas e me lançando à frente para imobilizá-las melhor com meu peso. Khent se levantou, trêmulo, equilibrando a ponta da lança na capota. Dentro da carruagem, ouvi Mary gritar assustada. Eu sentia o mesmo. A tarasca estava avançando, incansável, talvez estimulada ao ver um alvo vivo surgir tão claramente. Sua respiração sacudiu a carruagem para frente e para trás, as rodas traseiras se erguendo do chão por um instante, e suas mandíbulas abertas atiraram saliva para todo lado. Parte caiu na capota perto dos meus pés, chiando e corroendo completamente a lona e depois a madeira.

– Cuidado com a cabeça! A saliva é como ácido! – gritei. O buraco se abriu cada vez mais, rangendo ao cair na almofada ao lado de Mary. Ela me olhou estupefata pela abertura, cobrindo a boca com as mãos. – Você tem plateia, Khent! E uma única chance!

Ele ergueu a lança sobre o ombro direito algumas vezes, testando seu peso, enquanto as barras frouxas do casaco esvoaçavam atrás de si como um manto. Suas pernas tremiam pelo esforço e apertei com mais força, me inclinando para junto dele e prendendo um último fôlego enquanto ele soltava um enorme grunhido de esforço e usava nossa única chance ao atirar o dardo.

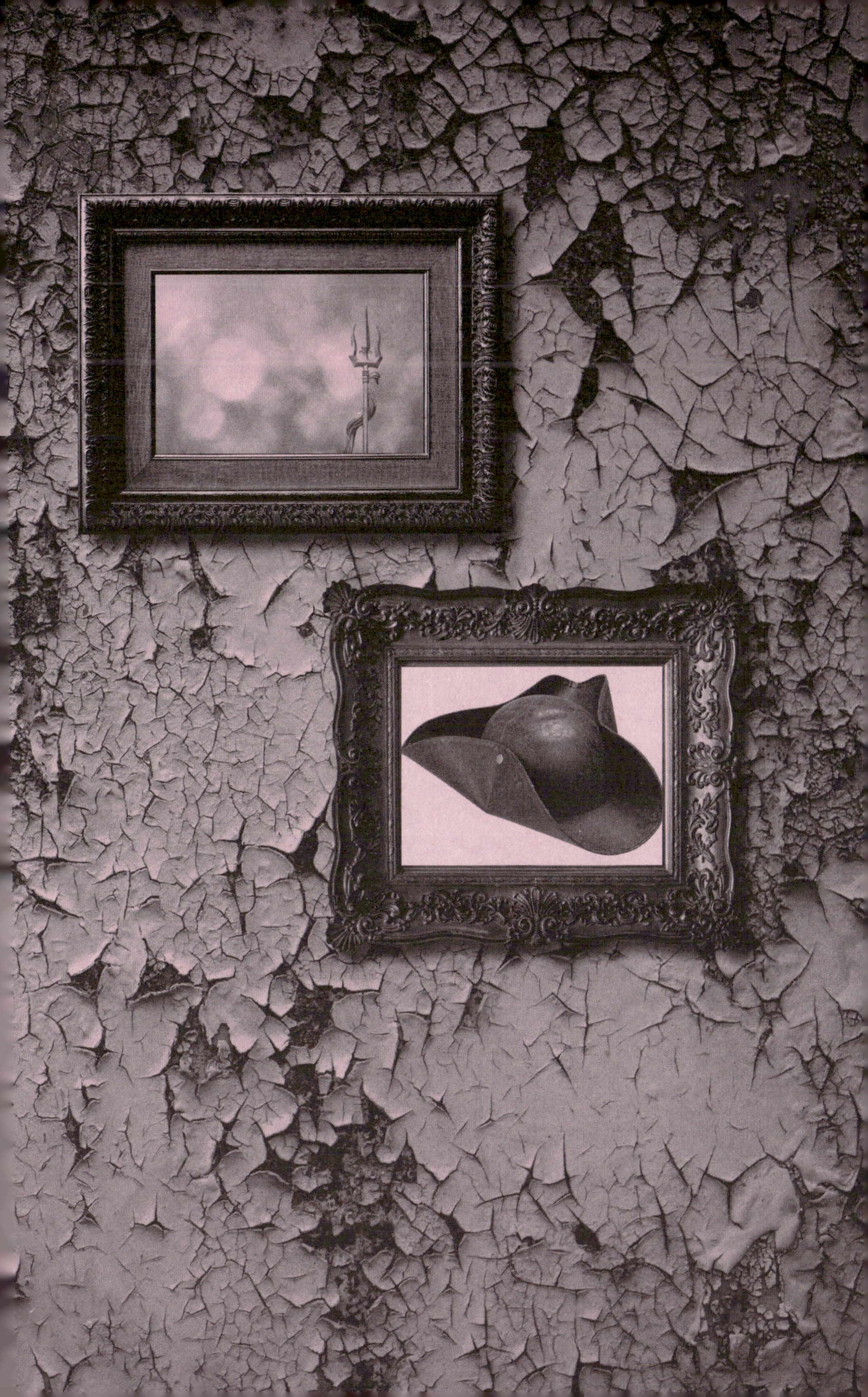

Capítulo Catorze

Ouvi a lança atingir seu alvo antes mesmo de ver. O uivo ensurdecedor da fera poderia ter sido escutado até em Londres. Isso, mais do que a maneira como ela se debatia – sua cabeça marrom e desgrenhada sacudindo, suas patas grossas e curtas cedendo –, cortou meu coração. A tarasca deu dois últimos saltos vacilantes, com pele e escamas manchadas de lama, antes de mergulhar à frente, as mandíbulas se enchendo de pedra e terra conforme cavava uma vala na estrada. Khent a havia atingido no olho esquerdo, mas o dardo tinha cortado fundo e apenas uma ponta saía da ruína ensanguentada de sua órbita.

Fathom freou os cavalos com um grito de alegria e ergui a cabeça até ver Niles e Dalton darem meia-volta, aproximando sua carruagem da nossa pelo lado oposto. Apertei meu peito para confirmar se ainda respirava. Parecia que um raio puro corria pela minha pele. Então me encontrei no ar, erguida da capota, enquanto Khent me girava para cima e para baixo antes de jogar a cabeça para trás e soltar um uivo de alívio.

– A-rá! Viu isso? Eu poderia ter derrotado o rei-deus quando quisesse! Quando quisesse! Espero que ele esteja vendo isso da Terra dos Dois Campos!

– Foi um arremesso muito bom – admiti a contragosto, para não inflar seu ego ainda mais, rindo quando ele começou a bater no peito. Ele se sentou rapidamente, quase desabando, e pousou a cabeça nos joelhos enquanto inspirava profunda e ruidosamente. – Conseguimos – murmurei. A chuva havia colado meu cabelo ao rosto e eu o afastava inutilmente. – Tivemos muita sorte.

– E *aquilo* – ele ergueu a cabeça, os olhos roxos dançando enquanto dois dedos imitavam pernas escalando uma parede – foi corajoso.

– Ou imprudente – ri baixo. – Mas imagino que seja difícil saber a diferença.

A porta sob nós abriu uma fresta e Mary se inclinou para fora, tentando encontrar nossos rostos.

– Que extraordinário! Você viu, Louisa? O cuspe atravessou tudo! Chegou até o chão!

Dalton saltou de sua carruagem e se recostou nela, passando as duas mãos pelo cabelo ruivo.

– Meu Deus, temos sorte de estar vivos. Isso não é um bom sinal. Se o pastor está desesperado o bastante para invocar a tarasca de Nerluc, temo que seja capaz de qualquer coisa.

– Mais retaliação por Sparrow, creio eu.

Khent se inclinou na beira da carruagem e ergueu a voz.

– Rá. Roeh vai ter de *se esforçar mais*. Estamos nos revelando difíceis de matar.

– Eu não o incentivaria – Dalton retrucou com uma careta. – Porque ele vai se esforçar mais. – Ele olhou na direção da tarasca e estremeceu. A criatura estava soltando seu último suspiro, grunhindo enquanto se esparramava na terra e arfava, rolando sobre o dorso escamado. – Deveríamos seguir em frente. Não gosto da ideia de estar nas estradas ao anoitecer e... que diabos?

Sem que nos déssemos conta, a Mãe havia saído em silêncio da carruagem e começado a andar na direção da tarasca. Ela tirou o véu negro da frente dos olhos, subindo o monte de pedra e lama erguido contra o rosto da criatura com passos lentos e graves. Eu a ouvi cantarolar algo baixo e funéreo, uma canção de luto. Ajoelhando-se, apoiou as mãos roxo-escuras sobre seu focinho peludo.

– Louisa, realmente deveríamos...

– Shhh – interrompi Dalton, erguendo a mão e observando enquanto a imensa criatura, imóvel, desgrenhada e coberta de sangue, começava a se desfazer gradualmente, cintilando ao transformar-se em milhares de borboletas cor-de-rosa. Pensei ouvir a tarasca soltar um grunhido surdo enquanto desaparecia, como se tivesse apenas cochilado e se metamorfoseado durante seu descanso pacífico.

As borboletas se espalharam pelo céu, camuflando-se perfeitamente nos tons rosados dos limites do horizonte. A chuva começou a enfraquecer, deixando para trás a umidade fresca da grama alta e dos arbustos, flores silvestres balançando suas pétalas pesadas pela chuva ao longo da sebe. A Mãe voltou com a cabeça erguida.

– Todas as criaturas merecem misericórdia – ela murmurou, passando entre nós. Antes de entrar na carruagem, me entregou algo: uma faca de jantar cega e ensanguentada. Então, assumiu seu assento, rígida e majestosa como uma rainha. Seus olhos encontraram os meus, cintilando com lágrimas não derramadas. – Todas as criaturas. Até aquelas que nos perseguem.

Meu coração foi ficando pesado de pavor enquanto subíamos a última colina antes da Casa Coldthistle. Eu lembrava tão claramente da minha primeira visita àquele lugar que quase conseguia sentir o cheiro de fezes de pássaros e da fuligem da fogueira nas roupas da sra. Haylam. E Lee. Lee estava lá. Eu havia pensado nele com frequência quando o verão começara e eu ainda era recém-chegada a Londres, mas então a vida da cidade me consumira, os meses desapareceram enquanto eu preparava a casa e, antes mesmo que eu pudesse aproveitar os dias mais quentes, o outono chegara. O caos vertiginoso da última quinzena o havia tirado completamente dos meus pensamentos. Me perguntei como o encontraria, e se ele me cumprimentaria calorosamente ou como uma amiga esquecida. Eu não teria como culpá-lo; devia ter-lhe escrito. Devia tê-lo guardado mais carinhosamente em meus pensamentos. Devia ter feito muitas coisas melhor.

A colher havia se tornado uma faca. Fiquei refletindo sobre isso, incomodada com o simbolismo, apreensiva em saber que o monstro em meu espírito poderia sair do controle a qualquer momento e me transformar em seu instrumento relutante de destruição.

Eu pensava que teria sentimentos mais conflitantes sobre nosso retorno, mas agora – molhada, exausta e atribulada – estava ansiosa por uma refeição quente e um teto sobre nossa cabeça. Que hospitalidade nos aguardava, porém, ainda era um mistério.

Capítulo Quinze

1248, Constantinopla

Eu nunca imaginei que um dia teria pena de um demônio, muito menos de um tão antigo e poderoso quanto Focalor, mas a criatura praticamente implorava minha compaixão. Ele se encolhia em sua catedral de velas, as asas marrons semienvoltas ao redor do corpo enquanto erguia as mãos feridas perto da barriga.

— Você pode entender minha impaciência — Henry disse, um tanto ríspido.
— Percorremos um caminho muito longo e você não está colaborando em nada.
O demônio se agachou, erguendo os olhos para ele e mostrando os dentes.

– Olhe para mim, Senhor das Trevas. Veja o que me aconteceu no sal.

– O sal? – Henry revirou os olhos e murmurou para si mesmo. – Do que ele está falando?

– Seja bondoso, Henry – interrompi. – Ele está meio insano.

– Não – Ara disse. – O sal. Há um lago de sal, enorme, ao leste. Tuz Gölü.

O demônio sibilou ao ouvir esse nome.

– Não se aproximem do sal. Vocês não voltarão ou voltarão despedaçados.

Henry abriu a bolsa nas costas e tirou o filhotinho acastanhado de dentro dela, erguendo-o na direção de Focalor, que o observou com olhos nervosos e estreitados.

– Ela está certa? Você aprendeu mais sobre os livros em Tuz Gölü?

Retraindo-se, o demônio escondeu-se completamente dentro das asas.

– N-não. Não, não há nada lá além de desolação. Desolação e dor. Não há respostas. Não há nada. É tudo em vão. Tudo sem propósito.

Sua voz era abafada, mas ainda podíamos ouvi-lo.

Henry aproximou a boca da orelha do cachorro e murmurou:

– Ele está mentindo? Há mentiras no coração dele?

O cachorrinho deu um rosnado grave e depois latiu. Henry afagou sua cabeça com carinho e o colocou embaixo do braço, suspirando.

– Sei que você não quer servir a mim nem a ninguém, Focalor, mas torne isto mais fácil para você. Conte-nos toda a verdade. Conte-me o que encontrou em Tuz Gölü. Conte-me.

Sua paciência estava se esgotando. Era raro sua raiva vir à tona, pois, como em muitas situações na vida, até nas tribulações, ele mantinha um ar de galhofa. Eu o tinha visto rir dos insultos mais graves, das críticas mais ácidas, de fracassos, de erros e de tudo mais. Mas um rubor vermelho surgia em suas bochechas agora, pontinhos prateados se destacavam em seus olhos, e sua raiva era tal que o feitiço que ele usava para ocultar sua verdadeira natureza vacilou e seus pés se contorceram para trás. Tirei o filhote de suas mãos, com medo de que esmagasse o coitadinho até a morte em sua fúria.

— Você não gostaria de me fazer implorar — Henry acrescentou em um sussurro baixo, quase triste. — Sei que não gostaria disso nem um pouco.

Ele apontou para Ara, que se virou e lhe deu a bolsa bordada e pesada que continha o Elbion Negro. As asas do demônio começaram a tremer, mas ainda assim ele não conseguiu dizer nada coerente, murmurando repetidas vezes sobre os perigos do sal.

— Areias brancas nas minhas feridas, areias brancas nas minhas feridas, areias brancas...

— Talvez se lhe déssemos mais tempo — sugeri, observando Henry tirar o livro preto da bolsa e passar uma mão tenra sobre o símbolo na capa. — Ou talvez devêssemos ouvir seu alerta. Gosto dos meus dedos onde estão.

— Detesto concordar com o sobreterreno — Ara sussurrou —, mas aqui estamos nós. Falei para não bisbilhotar os livros. Olhe o que isso fez com esse pobre miserável.

— Suas opiniões foram anotadas e descartadas — Henry respondeu com a testa franzida, aninhando o livro em um braço para abri-lo. Para mim, pareceu que a escolha de página foi aleatória, mas eu conhecia Henry bem. Seus dedos perpassaram fileiras de texto, palavras que eu não conseguia e jamais conseguiria decifrar. Não era uma língua feita para mim. Segurei o cão junto ao peito, tentando acalmar sua agitação e seu choramingo. — Eu o comando — Henry declamou, erguendo a outra mão para o demônio. Seus dedos estavam firmes, seu braço imóvel, seus olhos de súbito completamente negros. — Servo rebelde e relutante, eu o comando agora: você me dará sua verdade e me servirá como guia.

As asas fulvas envolvendo o demônio tremeram por um longo momento, seus balbucios se calando enquanto a voz de Henry ecoava pela caverna oca. As chamas das velas dançaram em seus pavios, ameaçando se apagar. Ara fechou os olhos e pressionou os lábios com força. Um sussurro baixo veio do demônio, mas Henry o ignorou e só repetiu suas exigências, cada vez mais alto e furioso.

Em seguida, tão rapidamente quanto uma corda se rompendo sob tensão, as asas se abriram e o demônio surgiu, mas mudou rapidamente diante de nossos olhos. As fendas em sua pele se alargaram, não mais brilhando douradas, mas soltando uma fumaça preta. Ele se tornou um ser de sombras e olhos vermelhos, ainda alado, mas crescendo até seus chifres recém-brotados quase tocarem o teto. O filhotinho estremeceu e ganiu, debatendo-se até eu abraçá-lo. Henry não hesitou, mas o demônio de fumaça e olhos avançou contra nós, exalando o cheiro inconfundível de enxofre.

– Você me dará sua verdade e me servirá como guia! – Henry esbravejou. Mas o demônio havia se desfeito; tinha se tornado desafio puro.

– **Ai akkani, halaqu. Napasu-akka.**

– Henry. Henry. Maskim xul... – Eu nunca tinha ouvido Aralu Ilusha com medo, mas o tremor na sua voz era claro enquanto alertava Henry, e recuei devagar. A criatura não poderia estar menos interessada em mim. Tinha olhos apenas para ele.

– Você me servirá como guia – Henry gritou de novo, ignorando-nos. Sua mão estendida estava prestes a tocar a fumaça, e prendi o ar, observando enquanto a nuvem negra como carvão se aproximava...

– **Arratu-akka! Mâzu, mâzu, MÂZU.**

Era uma voz diretamente do inferno, tão cruel e sombria quanto a própria criatura. Senti-me prestes a vomitar e caí de joelhos, fechando os olhos e mergulhando em oração. Balancei para trás e para a frente com o cachorro nos braços; lágrimas quentes escorriam por meu rosto e caíam em seu pelo. Ele se aninhou contra mim, o único ponto de conforto enquanto a voz de pesadelos entrava em meus pulmões como ar envenenado, denso como cinzas. Toda a caverna e a choupana acima estremeciam, e me preparei para um desabamento.

– Sucumba, então, demônio. Proclamo-o tudo que é baixo, tudo que é homem.

Um sussurro baixo atravessou o aposento e abri os olhos, observando a mão que tocava o Elbion Negro vibrar com um poder vermelho luminoso. O poder disparou pelo braço de Henry enquanto seus dedos desapareciam na fumaça do corpo do demônio.

O grito de angústia de Focalor se extinguiu, contido à medida que ele se encolhia como vapor saído de um caldeirão e sendo sugado de volta para dentro num instante. Quando a névoa se desfez, tudo que restou foi um homem pálido e trêmulo, deitado de lado como um recém-nascido, vestindo uma tanga larga sobre a cintura. Ele chorava trêmulo e desviei os olhos no mesmo instante. Era sufocante. Pensei que nem Ara nem Henry haviam me notado recuando em direção às escadas, mas, um momento depois, ouvi Henry fechar o livro e surgir ao meu lado.

– Isso foi cruel – sussurrei, percebendo que minhas lágrimas não haviam ralentado. – Você foi longe demais.

Henry deu de ombros, impassível.

– Ele é um demônio, Spicer. Isso não é da sua conta. Ele deve fazer o que ordeno.

Quando olhei para ele de novo, algo estava diferente. Ele tinha o mesmo ar charmoso, despreocupado e irônico de sempre, presunçoso por sua suposta vitória, mas um brilho escuro em seu olhar me perturbou profundamente. Havia uma ausência de luz e compaixão ali, apenas uma escuridão vazia.

– Essa não é a questão, Henry. Como você nunca consegue ver qual é a questão?

Não haveria chá da tarde ou sanduíches refrescantes de pepino na Casa Coldthistle. Meu antigo local de trabalho, a casa que eu havia conhecido como o lar do Diabo e, por um breve período, como meu próprio lar, estava em caos, queimando e sitiada.

Paramos as carruagens não muito longe da estradinha que subia para a mansão. Saímos e ficamos enfileirados ao longo da grama, que, mesmo depois de tanta chuva, estava curvada para baixo, amarelada e morta nas pontas. Os arbustos cercando a trilha não eram podados havia semanas. Uma das torres pontudas no leste da casa tinha pegado fogo recentemente; a madeira queimada ainda ardia em brasa.

— Leve Niles para Derridon — Dalton ordenou depois de um longo silêncio. — Este não é lugar para humanos agora.

— Mas...

— Por favor, Fathom. — Eu conseguia ouvir a exaustão na voz de Dalton enquanto se virava para ela. As roupas dele ainda estavam úmidas por causa da chuva; o casaco e o chapéu dela estavam encharcados e lama escurecia as botas até o joelho. Por um momento, ela não se moveu, cerrando os punhos ao lado do corpo.

Mas por fim cedeu e empurrou o pequeno e delicado Niles rumo à carruagem mais leve e veloz.

— Está bem — ela murmurou. — Mas voltarei assim que puder.

— Não tenha pressa — Dalton gritou na direção dela. — E, por tudo que é mais sagrado, cuide-se.

Observei enquanto ela voltava a subir no assento do cocheiro, perguntando-me se seria a última vez que a veria. O aceno que fiz para ela foi pequeno e vacilante, pois detestava me separar de uma companheira tão valente. Ela sorriu e inclinou seu tricórnio em resposta, então bateu o chicote, instigando os cavalos, e voltou para a estrada.

— Queria não precisar mandá-la embora. — Dalton parecia ofegante, como se tivesse corrido todo o caminho de Londres até Coldthistle. — Mas só Deus sabe onde estamos nos metendo.

— Agora sabemos por que Wings não voltou — respondi, avaliando a casa arrasada e o quintal desgrenhado. Algo esguio e dourado avançou em direção aos estábulos, as asas cintilando sob a luz fraca do crepúsculo.

— Um dos seus? — perguntei, seguindo Dalton enquanto ele se movia lentamente no terreno, rodeando o lado leste da propriedade e se mantendo às sombras dos arbustos altos e esquecidos e das gárgulas de pedra. Khent e Mary vieram conosco, acompanhados pela Mãe.

– Ele convocou todo o seu comando – Dalton sussurrou, agachando-se atrás de uma estátua. Nós o imitamos, exceto a Mãe, que parecia se camuflar naturalmente na vegetação, sendo parte inata dela.

– Precisamos ver se os outros estão bem – Mary insistiu, seus grandes olhos verdes se voltando para as portas de entrada.

– Espere. Precisamos esperar e ser pacientes. Estamos com a vantagem agora; eles não fazem ideia de que chegamos tão longe e sobrevivemos à tarasca. Não podemos arruinar esta chance. – Dalton espreitou de trás do arbusto, estreitando os olhos contra a escuridão que caía. – Aquele era um Árbitro, mas é impossível dizer quem daqui.

– Finch? – Parecia a opção mais provável, considerando que eu o vira pela última vez na casa.

– Esconder-se é coisa de covarde. Se temos a vantagem, deveríamos usá-la. – Khent fungou e cutucou minha costela. – Faça outro dardo para mim com aquela sua faca que derrubo aquele pássaro idiota do céu.

– Shhh. – Mary bateu nas mãos dele. – Olhem!

O Árbitro havia terminado sua subida graciosa no topo do sótão leste. Ficou completamente imóvel por um momento, resplandecendo com uma luz dourada e líquida, com os traços se derretendo naquela superfície fluida e a lança pousada contra um ombro. Então, suas asas gigantes se abriram e ele mergulhou em direção ao gramado. Todos o observamos até que, enquanto se aproximava do chão, um borrão marrom e laranja o interceptou, saltando do nada – de um buraco na grama. O Árbitro soltou um grito estrangulado e se debateu freneticamente até se soltar, alçando voo de novo, mas, dessa vez, desaparecendo em direção aos campos do leste.

– Bartholomew! – Mary gritou, cobrindo a boca.

Assim que ela falou o nome do cachorro, ele desatou a correr na nossa direção, a boca aberta no que parecia não apenas um arquejo, mas um sorriso.

O animal nos encontrou facilmente atrás dos arbustos e derrubou Mary no chão, apoiando as patas largas como pratos nos ombros dela enquanto lambia seu rosto do pescoço até a testa.

– Tudo bem, tudo bem, sim, também senti sua falta! – Ela riu e o empurrou. O cachorro tinha ficado ainda maior desde que partimos, quase com a altura e força de um leão.

– Minha nossa! – Dalton exclamou com os olhos esbugalhados. – Ele está *gigante*.

– Mudou muito desde a última vez que o viu? – Ri baixo e acariciei o cachorro atrás das orelhas. Bartholomew retribuiu empurrando sua cabeça gigante contra mim.

– Ele não passava de um filhotinho quando nos vimos pela última vez – Dalton concordou, admirado com a criatura. – Cabia perfeitamente em duas mãos.

Do outro lado do pátio, perto dos estábulos, veio um grito suave. Depois outro. Era um som de busca cantarolado: Poppy.

– Cachorrinho? Cachorrinho! Volte aqui agora mesmo! Ah, tomara que aquele malvado horrendo não o tenha levado embora...

Os medos dela foram rapidamente apaziguados quando Bartholomew ergueu a cabeça desgrenhada detrás de um arbusto, recebendo gritos animados de Poppy, sua coconspiradora fiel. Ouvi os passinhos dela no cascalho antes mesmo de vê-la, então ela surgiu de trás de uma gárgula, com as tranças balançando. Usava um vestido branco e sujo, e parecia mais magra do que eu recordava, embora ainda tivesse olhos grandes de boneca e uma permanente mancha arroxeada cobrindo boa parte do rosto. Ela parou espantada – o que era compreensível – ao encontrar não apenas seu cão fiel, mas três rostos conhecidos e dois estranhos escondidos no canteiro.

– Eu conheço você! – ela exclamou, apontando. – E você, e você também! Vocês vieram mandar o pastor embora?

– Poppy! – Mary se levantou do chão e envolveu nos braços a garotinha, que, se pressionada, poderia gritar alto o bastante para fazer a cabeça de todos nós estourar feito um melão maduro.

– É sempre muito bom rever você, Mary – a menina disse, apertando-a rapidamente e recuando em seguida. – É você *mesmo*, Mary?

– Sou eu – ela respondeu. – Juro.

– E este é Dalton Spicer, um velho amigo do sr. Morningside – expliquei, fazendo apresentações apressadas. – Esta é... Bom, esta é a Mãe.

– Mãe de quem? – Poppy perguntou, franzindo o nariz.

– Vou explicar melhor depois, está bem? Sabe nos dizer se é seguro entrar na casa? Tem mais Árbitros por aí?

Poppy se virou e inclinou a cabeça para as portas, apertando a mão de Mary com força.

– Chijioke barricou as portas, mas conheço a batida secreta. É bem seguro lá dentro. O povo do pastor vem e vai, mas a sra. Haylam diz que não vai demorar muito até estarmos real e verdadeiramente algo que começa com *f* mas não posso dizer.

– Então devemos entrar rapidamente – Dalton disse, olhando preocupado para a entrada. – Vão na frente, sigo logo depois. Qualquer Árbitro pensaria duas vezes antes de me atacar imediatamente.

Khent bufou.

– Estou farejando uma traição iminente?

– Não é de mim que o senhor precisa ter medo, se o pastor está disposto a enviar toda sua hoste contra Henry. Agora vão, e mantenham a cabeça baixa!

Puxei Khent e Mary pelos antebraços. A Mãe veio conosco, olhando intrigada para Poppy e depois para Bartholomew, como se os colocasse em uma categoria invisível que havia definido. Ela se movia rapidamente quando queria, e acompanhou nossos passos largos até as portas da frente, onde Poppy fez a batida secreta.

O abrigo de Deptford e sua frase secreta pareciam estar cem anos no passado. Eu estava terrivelmente cansada, com o corpo dolorido, a mão ainda latejando e a mente ávida por um descanso ininterrupto. A voz do Pai me perturbava menos com a proximidade da Mãe, o que me deu esperanças de que ela pudesse ser uma presença reconfortante até ele ser removido completamente. Talvez eu nunca precisasse ouvir sua voz de novo.

– Poppy? É você?

Vi Mary praticamente murchar com o som da voz troando do outro lado da porta.

– Sou eu mais alguns, mas eles são todos legais. Eu acho.

– *Quê?*

– Somos nós! – Mary gritou, rindo de alívio. – Enviamos notícias, mas viemos quando vocês não responderam!

Houve um palavrão baixo seguido pelo som de tábuas raspando tábuas. Ao menos seis cadeados diferentes foram destrancados, então, com um grunhido trêmulo, as portas altas e largas da Casa Coldthistle se abriram para mim novamente. O interior estava escuro e o ar estagnado, mas ver Chijioke com um sorriso esperançoso eram todas as boas-vindas de que precisávamos. Mary se jogou nos braços dele e entramos em seguida, enchendo o vestíbulo. Chijioke tinha acabado de colocá-la no chão de leve quando alguém limpou a garganta na escadaria. Eu sabia quem era, claro, mas meu sangue gelou mesmo assim ao ouvir sua voz sombria e distorcida.

– Ora, parece que eu tinha razão. O destino a trouxe de volta à Casa Coldthistle, Louisa, e vejo que não veio sozinha.

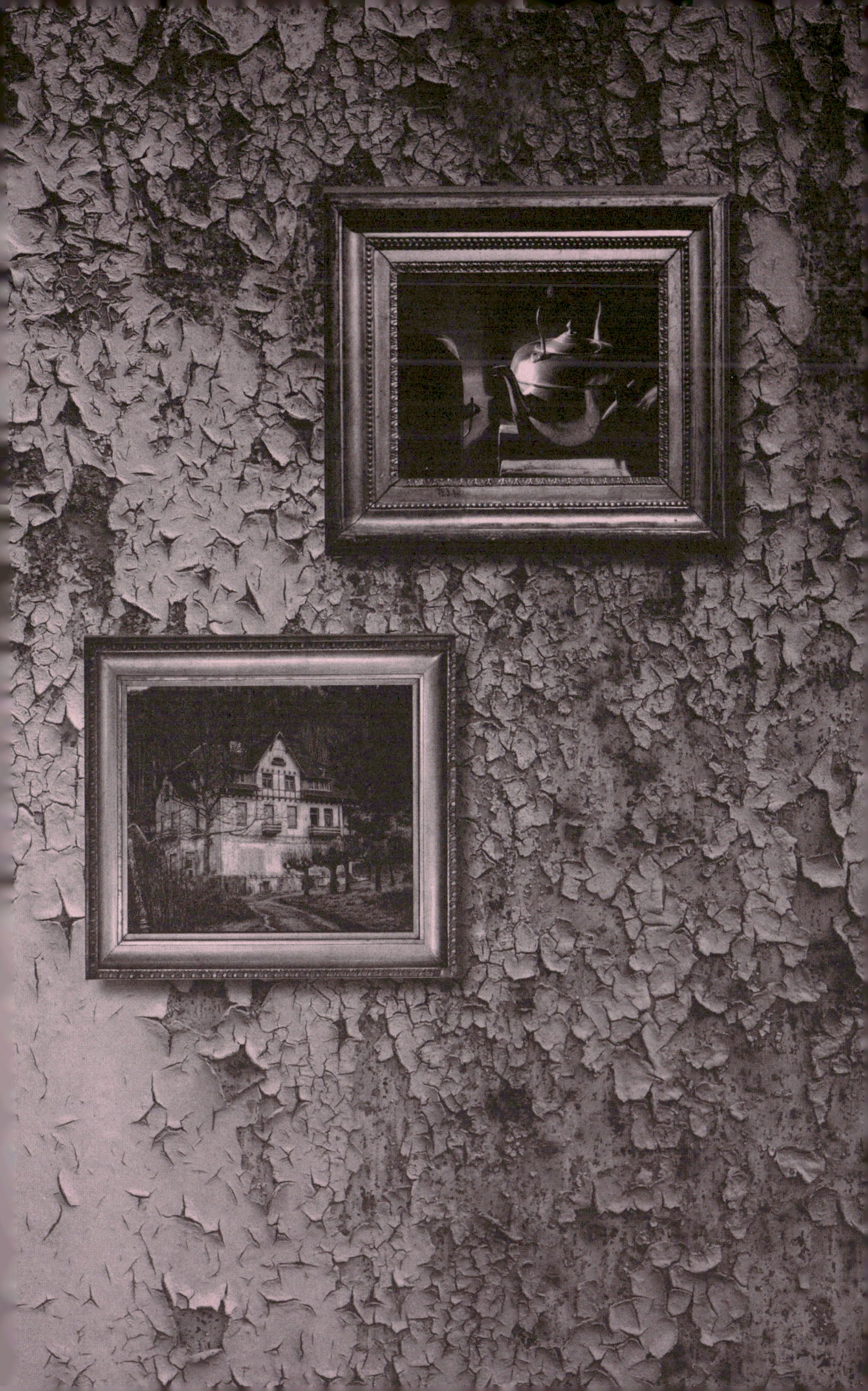

Capítulo Dezesseis

Henry Morningside, o Diabo em pessoa, não parecia nada bem.

Seu cabelo estava penteado com perfeição, naturalmente, mas seu terno marrom-acinzentado caía largo e amarrotado no corpo. Vívidas olheiras roxas cercavam seus olhos, e ele havia perdido peso, o que se via na pele tensa das mãos – a carne ali parecia esticada, como se ele pousasse ossos descarnados, e não dedos, no corrimão sujo.

Ninguém falou nada, deixando o eco da voz do sr. Morningside dançar entre a poeira. Então Dalton saiu de trás de mim e se apresentou, erguendo os olhos para o sr. Morningside antes de fazer uma reverência breve e cortês.

– Olá, Henry. Sentiu minha falta?

As narinas do sr. Morningside se alargaram e ele se empertigou, cravando-me um olhar que dizia que *eu* era culpada pela aparição de Dalton Spicer. Talvez fosse, mas não tinha obrigado ninguém a vir, e o rancor entre os dois era um problema sórdido deles. Contudo, cada vez mais eu sabia como a mente do sr. Morningside funcionava e, se ele pudesse botar a culpa de uma rixa em alguém, faria isso com todo o prazer. Ou então ele pressentiu a frágil aliança entre mim e Spicer e quis apenas criar um conflito em nossa amizade.

– Se eu senti sua falta? – Henry zombou, tirando um lenço e o passando tranquilamente no corrimão descuidado. – Há quanto tempo foi a Hungria? Ora, já faz duzentos anos? Credo, Dalton, que ideia extraordinária, que eu pudesse querer uma pedra em minha bota, uma mosca em meu mingau, uma abelha em meu...

– Sim, entendemos, vocês não são mais amigos – murmurei, revirando os olhos com o drama dele. – Seja como for, por acaso notei algumas mudanças desde que parti. Sobretudo o fato de que a casa está em ruínas, as portas estão barricadas e tem sobreterrenos atacando ao acaso. Ah, e veja que divertido: fomos perseguidos durante metade do caminho por um leão-dragão do tamanho de Whitby. Será que algo aí lhe parece errado e talvez mais importante do que uma rixa antiga?

O sr. Morningside ergueu as sobrancelhas, me examinando ou, mais precisamente, me reavaliando. Como uma adversária, talvez, ou como uma ex-empregada com um deus vingativo aprisionado dentro da cabeça. Ele desceu a escada languidamente, parando no último degrau e abrindo um sorriso.

– Você não estava prestando atenção, Louisa. Tudo isso – ele apontou para o piso, o teto e nós – não é nada além de rixa antiga após rixa antiga. Em geral, nem consigo lembrar sobre o que estamos brigando.

Avancei na direção dele, furiosa, mas Dalton me impediu de enforcá-lo na escadaria.

– Ah, seu arrogante... seu... seu *mentiroso*! Você e o pastor tentaram matar todo o meu povo e depois você teve uma faísca de consciência e coragem suficiente para se arrepender. Agora está tomando um lado e ainda assim perdendo, pelo visto.

O sr. Morningside fingiu um som sufocado e levou a mão ao coração.

– Louisa, você me destrói, tenha piedade. Muito bem, estamos numa situação um tanto ruim aqui, mas o pastor vai desistir em algum momento. Ele não tem estômago para um conflito direto. Não, ele prefere – então fixou o olhar deliberadamente em Dalton – subterfúgios.

– Não tomei lado nenhum, Henry – Dalton retrucou, erguendo as mãos em paz. – Não existe amor entre eu e você, mas também discordo dos métodos do pastor. Você não sabe como está a situação em Londres. Os seguidores dele estão se espalhando por toda parte; eles encontraram Louisa e a atacaram em público, diante de metade da alta sociedade londrina. Meu bom Deus, Henry, ele enviou Sparrow atrás dela.

Pela primeira vez desde nosso retorno, Henry pareceu sinceramente surpreso.

– Ah? E?

– E ela morreu – respondi. – Tivemos de nos defender.

– Isso *sim* é interessante – Henry comentou com a voz arrastada. Ele voltou os olhos cintilantes para Mary e Khent, com um aceno. – Vocês três formam um pequeno exército formidável. Felizmente para nós, escaparam da ralé da cidade. Chegaram em um bom momento.

– Onde estão Lee e a sra. Haylam? – Mary interveio, de braços dados com Chijioke. – Eles não estão... eles estão bem?

O sr. Morningside desceu o último degrau da escadaria, balançando o lenço como se afastasse as perguntas de Mary. Havia finalmente notado a Mãe, e nada no mundo poderia tirar sua atenção dela enquanto dava passos curtos e lentos em sua direção.

– Eles estão contando feijões na despensa – ele respondeu. – As provisões andam escassas desde que o pastor começou sua campanha. Mas quem é esta? É isso que quero saber. *Quem é essa?*

Devia ser um instinto protetor remanescente de quando ela era uma aranha pequenina e muito fácil de ser pisoteada, mas saltei na sua frente. Ela não me empurrou de lado, mas pousou uma mão infinitamente zelosa em meu ombro. Mesmo sem olhar, soube que ela estava sorrindo para Henry atrás de mim. Com a outra mão, ela ergueu o véu e o observou empalidecer e ofegar.

– Saudações, Senhor das Trevas. Faz muito tempo.

O sr. Morningside tentou encontrar uma resposta, depois engoliu em seco e fez uma reverência para ela e, suponho, para *mim*.

– Ele parece nervoso – sussurrei para Dalton.

Ele sorriu.

– Henry mantém faes sombrios aqui sob contrato, não? Eles são praticamente prisioneiros. Agora a Mãe retornou. Eu também estaria suando frio se fosse ele.

– Não – eu disse, ainda aos sussurros. – Eles gostam de trabalhar aqui.

– Será mesmo? – Dalton ergueu uma sobrancelha. – Ainda pensarão assim quando Henry mostrar sua verdadeira face?

– Ele enganou todos por tanto tempo...

– Não durará para sempre – Dalton sussurrou. – Não pode durar.

Henry, enquanto isso, mantinha o olhar atento na Mãe.

– Minha nossa, quanto tempo faz? – Sua voz estava aguda demais para parecer tranquila. – Setecentos anos? Oitocentos?

– Mais – ela disse.

– Verdade. – O sr. Morningside guardou o lenço e ajeitou a gravata azul. – E a que devo a… a visita?

A outra mão da Mãe pousou em meu ombro e pude sentir o calor de sua pele através do manto e do vestido.

– Estou aqui por Louisa. O espírito perverso do pai reside nela, e há motivos para crer que você ou um dos seus saibam como removê-lo. Ajude-a, Estrela da Manhã, e não haverá discórdia entre nós.

Uma levíssima sombra perpassou o olhar dele, surgindo e desaparecendo tão rápido que eu não sabia se realmente a tinha visto. O canto de sua boca se ergueu e sua mão ficou imóvel na gravata. Um plano havia começado a tomar forma em sua cabeça e, se eu não tivesse imaginado aquela sombra, coisa boa não era.

– Claro – ele disse, abrindo um sorriso largo e branco. – Tudo por uma velha e querida amiga.

Entrei em silêncio na cozinha, ansiosa para encontrar Lee, embora definitivamente menos interessada em dar de cara com a sra. Haylam. Ela havia sido minha introdução à casa, mas nunca sentira ternura por mim. Todo aquele tempo, devia ter suspeitado que eu não era apenas uma menina rebelde, recém-fugida da escola, mas parte do mundo por baixo do mundo. Eu estava começando a desconfiar que ela fosse a "Ara" mencionada com frequência no diário de Dalton. A descrição física – particularmente de suas muitas marcas estranhas – se encaixava, assim como sua atitude ácida.

Mas não havia sinal da sra. Haylam e seu severo cabelo cor de ferro, sempre em um coque aprumado, tampouco o som de sua voz ríspida. Ouvi apenas um movimento na despensa à esquerda, e dei a volta pela mesa alta perto dos fogões, um lugar onde havia me sentado incontáveis vezes para comer. Em dias bons na Casa Coldthistle, essas refeições eram como jantares em família, mas agora a cozinha estava vazia de solidão e as janelas estavam imundas e cinzas, como se o lugar não ouvisse risos ou alegria fazia anos. Um grande buraco grosseiro tinha sido cavado nos ladrilhos perto da porta, levando para o quintal e, quando cheguei mais perto, vi que era fundo.

Encontrei Lee na cozinha, de costas para mim, com os cachos dourados lambidos para trás pelo suor enquanto empilhava jarros de alimentos secos febrilmente. Os jarros já deviam ter sido bem mais pesados, mas a maioria estava apenas um quarto cheio. Lee sussurrava consigo mesmo, contando constantemente o que passava do lado esquerdo para o direito da despensa.

– Precisa de ajuda? – Eu estava exausta, mas ele também parecia cansado e sobrecarregado.

Lee se assustou, derrubando o jarro que carregava, mas apenas alguns centímetros. Por sorte, não se estilhaçou. Corri à frente e o peguei antes que pudesse tombar, endireitando o pote de feijão-verde.

Lee ficou me encarando sob a luz fraca da despensa. Havia um único candeeiro em uma prateleira na altura do ombro, conferindo um brilho laranja ao lado esquerdo de seu rosto.

– Você tem o hábito de resgatar mancebos e seus feijões? – ele perguntou.

– Ora – eu disse com um sorriso triste. – Agora me sinto galante.

Fazia quase dois anos que ele havia salvado minha colher da lama, mas tínhamos mudado mais do que o normal em dois anos. Aquela mesma colher – um tanto entortada por mãos rudes – estava pendurada em seu pescoço, diante do colarinho aberto de sua camisa.

Por impulso ou choque, ele avançou na minha direção, me puxando para um abraço apertado. Fiquei contente e suspirei, aliviada. Mesmo cansada pela estrada, temia ficar sozinha com meus pensamentos. O Pai estava em silêncio, mas ele sempre podia voltar. Não haveria como separar Mary e Chijioke por um tempo, e Khent havia prometido ficar de olho na Mãe enquanto eu procurava Lee. Dalton tinha concordado em informar o sr. Morningside de tudo que havia transcorrido desde o ataque de Sparrow até agora, uma conversa da qual eu tinha pouco interesse em participar. A frieza entre eles era visível, e eu não tinha pressa para contar ao sr. Morningside que estava lendo os relatos pessoais de seu amigo sobre as aventuras deles no passado.

– Eu sabia que você voltaria – Lee disse, recuando e me segurando a um braço de distância. – Você chegou bem a tempo, Louisa. Está tudo de cabeça para baixo.

– Está igual em Londres – eu contei, colocando o jarro de feijão sobre a pilha. – Fomos praticamente expulsos da cidade. Não faço ideia se o pastor queria nos forçar a vir aqui ou só nos eliminar completamente.

– Nós? – Seus olhos se arregalaram.

– Mary e Khent vieram comigo – eu disse a ele. – E a aranha também, mas ela não é mais uma aranha, e sim a contraparte do Pai, que se chama, bom, Mãe, obviamente. Um velho amigo sobreterreno do sr. Morningside veio junto. Ele diz que quer me ajudar a me livrar do espírito do Pai, mas não faço ideia se é verdade.

Talvez eu devesse aprender com o diário do próprio Dalton e ver se Bartholomew não conseguia adivinhar suas intenções. Se ao menos eu soubesse do dom do cachorro antes, poderia ter me poupado de muitos problemas em Coldthistle.

– Minha nossa – Lee murmurou. – Você teve um verão agitado.

– Você também, pelo visto – eu disse.

– Ficou tranquilo por um tempo depois que vocês partiram – ele explicou, sentando-se na pilha de jarros com um suspiro. Bagunçou os cachos com uma mão e se recostou. – Mas depois tudo virou um inferno. Pássaros em todo o condado começaram a cair mortos. Figuras começaram a nos vigiar dos limites da propriedade. Dia e noite você os via lá, esperando algo. Então, umas duas semanas atrás, elas começaram a se aproximar e uma quase levou Chijioke embora. Está horrível, Louisa, mas estou muito grato que esteja aqui. O sr. Morningside não é o mesmo...

A maneira como ele me olhou, com tanta expectativa, me deixou nauseada de medo. Eu não podia destruir suas esperanças.

– Ele realmente pareceu um pouco indisposto – comentei.

Lee abanou a cabeça, agitando os cachos.

– Não, não, é mais do que isso. Ele vive bravo conosco o tempo todo. Eu sabia que ele podia ter um gênio fenomenal, mas agora viramos o alvo.

– Sinto muito. – Foi tudo que consegui pensar em dizer. – Ele está em um conflito aberto com o pastor. Deve ter receio de perder.

– Mas como? – Lee coçou o queixo, pensativo. – Ele tem centenas de almas aprisionadas em aves, e deve ser poderoso também. Não entendo por que não revida, por que não fez a sra. Haylam levantar as sombras ou coisa assim.

– Não faço ideia do que se passa na mente dele – respondi. Mas Lee tinha razão. Por que ele estava esperando para montar uma defesa de verdade? Eu nunca vira o sr. Morningside como fraco ou retraído, então por que a mudança súbita? – Escuta, Lee, não sei o que ele está planejando, mas vou fazer o possível para ajudar. Todos vamos. Só preciso tomar cuidado. O espírito do Pai é perigoso e me apavora quando assume o controle. Ele tem sede de sangue.

– Ótimo – Lee disse, franzindo a testa. Quando nos conhecemos, nunca poderia imaginar que ele se tornaria sanguinário, mas morrer e viver como um homem de sombras o havia mudado. Mudaria qualquer pessoa. – Aqueles sobreterrenos são mais do que um transtorno. Eles não vão hesitar em nos ferir. Por que deveríamos agir de maneira diferente?

Ele tinha razão, claro, e eu não sabia o que eles haviam sofrido em minha ausência, mas sabia como era ser cercada e perseguida.

– Pode haver uma maneira melhor de resolver isso – eu disse. – Você pode querer derramamento de sangue agora, mas, confie em mim, vai se cansar rapidamente. Matar, mesmo que em legítima defesa, mutila o espírito. Se você tirar as asas de uma borboleta, arrancar as suas patas, o que resta?

Lee fechou a cara, levantou e me empurrou ao sair da despensa.

— Se você se recusa a nos ajudar, talvez Khent e Mary ajudem.

— Não foi isso que eu quis dizer. Estou apenas recomendando cautela. Eu... fui responsável pela morte de Sparrow — contei a ele. — Ninguém gostava dela, talvez, mas isso abriu uma ferida em mim mesmo assim.

Isso refreou seus passos. Ele balançou a cabeça abaixada.

— Ela está mesmo morta? — sussurrou. — Deveria ficar aliviado em saber que se foi. Sua simples presença me causava um mal no estômago e ela nos detestava, mas... que maldição.

— Acho melhor ver como os outros estão — eu disse, caminhando devagar na direção da porta aberta para o vestíbulo. — O sr. Morningside parece estar com um humor estranho, e ter outra deusa antiga na casa com ele me deixa receosa.

Lee se curvou, apertando a mão no estômago, crispando-se e cambaleando até apoiar uma mão na mesa alta.

— Qual é o problema? — perguntei, correndo até ele. Sua testa transpirava. — Você está doente?

— Sobreterrenos — ele disse entre dentes. — Eles estão perto. Só me sinto assim quando eles vêm.

— Dalton é um deles, embora renegado. Você não o sente na casa?

— Não, não. Está forte demais para ser apenas um. É mais a sensação como quando Finch e Sparrow apareceram juntos pela primeira vez. Eles são seres de luz, Louisa, e sou uma criatura de trevas agora. A luz trespassa a treva. É um tormento quando eles nos perseguem.

— Venha — eu disse, pegando-o delicadamente pelo braço. — Devemos contar aos outros. Vocês não precisam mais combatê-los sozinhos. Nossa força é de vocês.

Capítulo Dezessete

1247. A estrada para o leste

– O que você pensa dele?

Eu fazia o meu melhor para evitar Ara. Henry estava indiscutivelmente mais poderoso e perigoso, mas gostava de mim. Ou me amava. Dependia do dia. Às vezes da hora. Só que nossa aliança bem-humorada contra a natureza mais, digamos, ranzinza de Ara mudou depois que Faraday se juntou a nós. Ele havia abandonado o nome Focalor, trajando roupas humanas e sandálias humanas, uma bata cor de areia cingida por um cinto cravejado de contas, um capuz que sombreava seu rosto e os olhos pintados com delineador. Mantinha as mãos mutiladas escondidas nas mangas e envolvia panos nos lugares em que faltavam dedos.

– Já lidei com sombras mais sólidas do que ele – Ara disse certa noite, agachada em um tapete ao lado de nossa fogueira. A estrada para Tuz Gölü era montanhosa, mas não desagradável, e a passagem do outono para o inverno nos proporcionava climas mais frescos para a jornada. Fazia até certo frio naquela noite, e fiquei grato pelo calor do filhote aninhado em meu colo. – O coração dele está lá – Ara bateu o punho no peito, deixando manchas de fuligem –, mas não está, entende o que quero dizer?

– O que Henry fez com ele? – perguntei. – Além do óbvio...

– Ele é um prisioneiro agora, humano, creio eu, só que menos do que isso. O livro é o que nos cria, o que possibilita e alimenta nosso poder, e maskim xul pediu ao Elbion Negro que lhe arrancasse tudo. – Ela olhou sobre o ombro para os dois, que lavavam os cavalos concentrados em uma conversa. Ou, melhor, Henry enchia Faraday de perguntas, e o outro se encolhia e murmurava. – Antes um comandante de legiões sombrias, ele agora será pouco mais do que um cavalariço.

Estremeci, os olhos vagando para a bolsa dela e o livro preto e pesado que sabia estar ali dentro.

— Odeio quando você o chama assim.

— Por quê? — Ela riu e mexeu o caldeirão sobre a chama. — Por que o faz lembrar de quem ele verdadeiramente é? Por que o lembra que você deveria dormir na sua própria tenda?

— Para ser franco, não é da sua conta, Ara, e me espanta que se dê ao trabalho de se importar com isso.

A mão que mexia a panela ficou imóvel.

— Cuidado com o tom, sobreterreno. Você está em menor número e longe de casa.

Dei de ombros, acostumado com as ameaças vazias dela. Enquanto Henry estivesse por perto, ela não tentaria nada.

— Você parece saber muito sobre os livros. Henry a interrogou também?

Ara voltou a cozinhar, adicionando uma pitada de alguma coisa no caldeirão.

— O que eu sei, ele sabe. A única diferença é que tenho um medo saudável das respostas que ele tão imprudentemente busca.

— Focalor pagou um preço alto por seu conhecimento — apontei. — Só me resta rezar para que não paguemos o mesmo.

— Pagaremos, e mais — ela disse. — Focalor é um tolo e pagou apenas um preço de tolo. Henry deveria saber que é melhor não correr atrás desse coelho, e vai cair pelo buraco e jamais retornar.

A voz de Henry se ergueu de repente, mas não consegui identificar as palavras. Suas sobrancelhas estavam unidas de raiva, e ele usava a altura para assomar sobre Faraday, encurralando-o contra um grande afloramento rochoso. Não consegui evitar uma fisgada de pena pelo pobre coitado. Tirei Bartholomew do colo, pedi licença e atravessei o acampamento até onde os dois estavam.

— Então ela lhe perguntou e você disse o quê?

— Eu... não consegui pensar na resposta, e ela... ah, mas foi terrível. — Faraday estremeceu, encostado à rocha, e escondeu as mãos ainda mais nas mangas.

— Maldição, como você é simplório. Mas, enfim, demônios normalmente são. Nem é uma charada tão difícil assim. Continuando. Qual foi a próxima pergunta?

— Henry, a comida está quase pronta. Não pode dar um momento para ele se recuperar?

Ele me calou com um olhar e apoiou a mão na rocha perto da cabeça de Faraday, inclinando-se para a frente. O pobre homem parecia prestes a se despedaçar de tanto tremer.

— A próxima charada, qual foi?

— B-braços a abraçar, mas nenhuma mão — Faraday balbuciou, engolindo em seco. — Beliscos a dar, mas nenhum dedo. Veneno a atacar, mas nenhuma agulha.

— Por favor, diga-me que essa você conseguiu — Henry murmurou. — Por favor.

— Eu... eu consegui. — Faraday balançou a cabeça, virando-se para mim com um olhar suplicante. — Ao menos, pensei que havia conseguido. Como poderia ser a resposta errada? Ela me perguntou e eu estava tão seguro! Então ela me mordeu. E continuou e continuou. Eu não sabia as outras, mas ela não parava. Mais perguntas! Mais... mais mordidas. Acho que... ah, acho que ela gostava de me ver sofrer. Não. Não! Estamos perto demais do sal. Nem deveríamos estar falando disso. Não devo dizer a palavra.

Mas Henry suspirou, estalando a língua.

— Devo buscar o livro?

— Henry. Por favor. — Eu estava para lá de exasperado. Isso já era tortura, e o antigo demônio estava nos guiando para o sal e parecia estar cooperando com as perguntas de Henry. Já era horrendo trazê-lo de volta ao lugar onde ele havia perdido tanto, e Henry não conseguia dispensar nem uma gota de piedade à criatura.

— Diga-me o que respondeu, e vou... deixar você comer — Henry murmurou, depois curvou os lábios na minha direção. — Está feliz agora?

— Não exatamente.

As mangas de Faraday onduralam e pude imaginá-lo apertando os próprios braços com o que restava dos dedos. Ao menos, poderíamos parar esse tormento em breve, e prometi em silêncio tentar proteger Faraday dos ataques de Henry. Que ironia – um sobreterreno protegendo um demônio do próprio mestre!

Embora eu tivesse de admitir que estava um tanto curioso... A resposta à charada me parecia bastante óbvia, e eu sequer tinha talento para charadas. Eles estavam falando em grego para que eu pudesse entender, mas Faraday voltou à língua nativa, suando enquanto se encolhia na rocha. Senti o vento balançar a grama e as árvores antes mesmo que ele respondesse.

– Zuqaqīpu – *ele sussurrou.*

– Escorpião – *Henry traduziu para mim.*

– O que vocês pensam que estão fazendo?! – *Ara se levantou com um salto da beira do fogo, derrubando o caldeirão e fazendo o cozido entornar sobre os carvões que chiaram. Seus mantos ondulavam enquanto ela corria na nossa direção, ainda segurando a colher de pau comprida.* – Avisei para ter cuidado. Eu avisei.

Faraday estava certo. Estávamos perto demais do sal e a presença malévola do escorpião parecia provar que ele havia de fato desenterrado algo monstruoso ali. Eu o ouvi exclamar e cair no chão quando um vento quente e implacável varreu o acampamento, lançando areia e pó em nossos olhos enquanto praticamente nos cortava. Em seguida veio um estrondo como se a terra vomitasse as chamas de um vulcão. A explosão tinha parecido distante, mas não importava. Eu já conseguia ouvir o que quer que o extraterreno houvesse dado à luz avançando rapidamente em nossa direção, obliterando a areia em seu caminho.

– Abātu! *Vá! Agora! Se tivermos sorte, podemos correr mais rápido do que ele e despistá-lo nas colinas. Vou demorar para invocar as sombras, mas nem tudo está perdido!* – *Ara voltou frenética para o acampamento, pegou a bolsa e a jogou para Henry. Agarrei Faraday pelo braço e o levantei enquanto ele chorava e pedia desculpas. Bartholomew corria de um lado para o outro na fogueira destruída; apanhei o cachorro também, deixando que Henry pegasse nossas bolsas enquanto nós quatro seguíamos para a estrada.*

– Não adianta – *ouvi Faraday gemer.* – Está vindo. Já está aqui.

Subimos a estrada com dificuldade, correndo para o leste. A lua estava coberta por nuvens pesadas e, sem nenhuma luz, fazíamos uma retirada às cegas, mas a trilha cortava dois amontoados de terra montanhosos, com arbustos e arvoredos densos. Ara corria à frente; mesmo com o peso do livro, ela nos ultrapassou, e a seguimos pela passagem à direita. Por fim, Faraday encontrou alguma força nas pernas e escalou perto de mim, murmurando coisas sem sentido consigo mesmo enquanto as grandes passadas retumbantes da criatura se aproximavam de nós. Pelo som, parecia mais do que um único inimigo, mas eu estava completamente focado em escalar. Poderíamos enfrentar nossa perdição quando estivéssemos no terreno alto.

As rochas cortaram minhas mãos e os espinhos afiados dos arbustos cerrados rasgaram minha túnica. A dor foi ignorada, deixada de lado pelas batidas fortes em meu peito. O topo da colina não era nenhuma montanha, mas oferecia muitos lugares para se esconder e um bom ponto de vista. Ara foi a primeira a chegar, correndo mais alguns passos antes de cair de joelhos e tirar o Elbion Negro da bolsa. Foi sua vez de sussurrar, usando a língua antiga que ela e Henry e o demônio preferiam. Vi o livro tremer no chão enquanto eu subia a colina, as páginas se agitando e os arbustos à nossa volta subitamente cheios de sons misteriosos, como se as próprias sombras tivessem ganhado vida.

E, de fato, elas tinham.

Puxei o cachorro e o abracei no chão. Henry não estava nem um pouco assustado com os barulhos que se erguiam de todas as direções: caminhou até a beira do penhasco, debruçando-se para ver a coisa que havia nos seguido.

– É horrendo – ele sussurrou. – Ara, querida, temos de nos apressar agora.

Ela o silenciou, impaciente, agitando as mãos sobre o livro, a voz uma música baixa e rouca que se erguia e caía. As pedras sob nós balançaram. A criatura estava se batendo contra o pé da colina, aparentemente incapaz de subir. Pouco mais alto que a canção de Ara, ouvi seu palavrório sinistro.

– Eu sabia que não devia falar sobre ela, sabia, sabia... – Faraday se envolveu nos próprios braços, balançando para a frente e para trás ao meu lado.

— Psiu — eu disse a ele. — Deixe que ela se concentre.

Eu nunca tinha visto Ara em ação, mas era algo de uma estranha beleza. Quando sua canção chegou ao auge, ela tirou uma faca de dentro dos mantos e fez um corte na mão. Cerrou o punho, como se para manter o sangue ali, então o lançou à frente em forma de leque. As gotas nunca chegaram a tocar o chão, pairando no ar antes que as sombras saíssem fervilhantes dos arbustos para consumir a oferenda. O sangue deu forma a elas e, um instante depois, cerca de uma dezena de efêmeros rostos pretos a encaravam, como se a própria noite tivesse ganhado vida para fazer sua vontade.

— Addāniqa: ḫiṣnu, ḫiṣnu! — *ela comandou, acenando os braços freneticamente.*

Eu não falava a língua perfeitamente, mas sabia o que ela havia pedido: proteção. Por favor, proteção.

Arrastando os pés, as sombras passaram correndo em uma fila única e desapareceram na beira da colina, movendo-se com uma velocidade silenciosa e antinatural. Eu me aproximei de joelhos, então me levantei, juntando-me a Henry na borda. Ara continuou no chão, segurando a mão machucada junto ao peito e respirando fundo.

— Eles só serão uma distração — Henry disse, sério.

— O que é? — perguntei. — Isso que nos persegue?

Seus olhos cintilaram mesmo na escuridão absoluta quando ele se virou da beirada. Havia uma curva de culpa em seus ombros. Talvez — finalmente — ele tivesse se dado conta do preço dessa empreitada.

— Nunca vi nada assim antes, meu amor. Vamos precisar de toda nossa coragem para o que está por vir.

A dor de estômago de Lee se revelou profética. Depois de alertar o sr. Morningside e Dalton sobre a possível presença de sobreterrenos na propriedade, nos reunimos no alto da torre leste, em um dos quartos empoeirados e raramente utilizados que haviam sido cobertos por lençóis para manter mariposas e poeira longe. Os móveis encobertos e os pisos sem carpetes pareciam um cenário devidamente desolado para o que encontramos do lado de fora.

As janelas altas de mainel davam para os campos que, ao longe, abrigavam a casa do pastor, uma choupana modesta com a qual eu havia me deparado por acidente uma vez. Muito mais preocupante, porém, era a fileira de Árbitros aguardando logo atrás da cerca bamba que separava as duas propriedades. A maior parte da cerca tinha sido derrubada, mas alguns pilares finos restavam aqui e ali. O quintal estava crivado de buracos fundos, e me perguntei se um deles levava à outra extremidade do túnel que eu havia entrevisto no chão da cozinha.

– Ele está completamente louco se acredita que vou morder essa isca – o sr. Morningside resmungou. Ele estava de braços cruzados à janela, cercado por todos os funcionários e visitantes, à exceção da sra. Haylam.

Ela chegou em um alvoroço de saias e resmungos murmurados, parando ao avistar todos nós amontoados junto às janelas. No corredor atrás dela, espreitavam dois vultos pretos e turvos. Residentes. As sombras vivificadas ficaram rondando o batente, mas não entraram. A sra. Haylam havia abandonado o avental e usava apenas um vestido escuro simples com um cachecol em volta do pescoço. Os meses desde que eu a tinha visto pela última vez a haviam envelhecido significativamente. Antes ela parecia uma árvore velha, altiva, mas nodosa, de pele escura e com um tipo severo de beleza. Agora, parecia apenas desgastada pelo tempo, o olho reumático tão pálido que brilhava no quarto mal iluminado.

Quando seu olho bom pousou em Dalton, ela congelou de repente. Foi como se alguém tivesse colocado um bloco sólido entre eles, pois ela não conseguiu avançar mais.

– *Ele* – ela vociferou.

– Olá, velhota – Dalton saudou, virando-se para encará-la, embora o tecido sobre seus olhos escondesse grande parte de sua expressão.

– Não estamos tão desesperados a ponto de precisar da *sua* ajuda – ela disse, fungando. – E a criança problema também retornou? Eu devia imaginar. Todos os meus ossos doem há horas, um mau agouro dos tolos se assomando à nossa porta.

– Estamos *sim* desesperados – o sr. Morningside disse. – Há Árbitros do outro lado da cerca, e o pastor expulsou esse grupo de Londres com incêndios e dragões e só o Inferno sabe o que mais. Parece que ele quer todos nós em um só lugar. Conveniente, não?

Mordi a bochecha, ignorando o olhar abrasador que a sra. Haylam lançou na minha direção. Se eu precisasse da ajuda dela para me livrar do Pai, abrandaria meu tom depois, mas esse era um problema para outro momento. No ínterim, eu receava que o sr. Morningside estivesse certo.

– A senhora acha que ele sabe que estamos aqui? – perguntei.

– Duvido – o sr. Morningside respondeu. – Se soubesse, teria mandado mais daqueles miseráveis. – Ele se aproximou da janela, estreitando os olhos. – Isso pode ser apenas um aviso. Ou batedores.

Eles não pareciam estar com pressa, meramente andando de um lado para o outro ao longo da cerca. Depois de minha batalha com Sparrow, a ideia de enfrentar quatro Árbitros, mesmo tendo mais aliados ao meu lado, me dava um nó na garganta. O sr. Morningside, apesar de toda a sua soberba, devia estar com medo. Não podia se enganar sobre o estado da Casa Coldthistle – era uma surpresa que eles ainda estivessem vivos com Árbitros atacando a propriedade a esmo. Certamente precisariam de nós para sobreviver à tempestade iminente.

– Khent – eu disse com calma –, fique aqui com Lee, Mary e Chijioke. Avise-me se alguma coisa mudar. Preciso ter uma conversa com meus ex-empregadores.

Ele assentiu com um ar solene, embora claramente quisesse vir comigo.

– O que é isso agora? – o sr. Morningside perguntou, arqueando uma sobrancelha.

– O senhor verá. Vamos discutir os termos em um lugar mais reservado – acrescentei, fazendo sinal para a Mãe e Dalton me acompanharem.

– Termos. – O sr. Morningside saboreou a palavra e riu com desprezo;

aposto que teria preferido se eu falasse *pacto*. E eu falaria, se fosse o que ele pedisse. O tempo era muito curto e minha necessidade grande demais para me preocupar com tais detalhes.

A sra. Haylam permaneceu rígida perto da porta, observando-me atentamente enquanto eu passava por ela para sair do cômodo. O sótão no final do corredor, embora nada glamoroso, teria de bastar. Residentes passavam de um lado para o outro sob a luz bruxuleante dos castiçais, então se reuniram para me seguir, tão de perto que eu conseguia sentir o vento que emanavam como um sopro de inverno. O grande salão de baile onde eu havia encontrado o livro negro pela primeira vez não ficava longe, mas eu duvidava de que continuasse ali. Era mais do que provável que, depois dos acontecimentos da última primavera, o sr. Morningside tivesse se esforçado para escondê-lo.

O sótão, empoeirado e escuro, ficou ainda mais obscurecido quando os Residentes entraram. Eles pareciam sugar a luz lúgubre de todos os cantos e embebê-la em seus corpos turvos. A sra. Haylam foi a última a entrar, carregando um candelabro baixo com velas amarelas perfumadas. A luz sob seu queixo exacerbava as rugas fundas em seu rosto.

Com os Árbitros reunidos na beira da propriedade, deixei de lado a conversa fiada.

– Quero o espírito do Pai fora de mim – disse sucintamente a ele e à sra. Haylam. – Se Chijioke conseguir fazer isso, ótimo, mas algo me diz que será mais complicado do que a cerimônia usual dele.

– Muito mais complicado, creio eu – o sr. Morningside disse, com um cotovelo apoiado na mão e os dedos dobrados sob o queixo. – Mas não impossível.

Olhei para a Mãe e, de trás do véu, ela sorriu em resposta.

– Tenho diversas almas armazenadas – ele continuou. – As aves, claro. Podemos escolher uma das menos... desagradáveis e usar a essência delas. Talvez Amelia Canny, ou a condessa italiana, se desejar algo mais perigoso. Senão – ele alternou o olhar entre a Mãe e Dalton –, precisaremos que alguém se voluntarie, mas não me parece necessário.

– Você precisará ser levada até a beira da morte de novo – a sra. Haylam disse, ferrenha. – Uma tarefa simples.

E como a senhora adoraria fazê-la, pensei.

– Muito bem – respondi. – Parece aceitável. Quer dizer, não aceitável, mas possível. Em troca, pedirei a meus companheiros que ajudem vocês a se defender das forças do pastor. Vocês precisarão de nossa ajuda para sobreviver.

– Você fará mais do que isso. – O sr. Morningside abriu um sorriso, que ficou ainda mais largo quando fechei a cara. – O que está pedindo é complexo e arriscado, Louisa, e o problema é que você precisa de nós para isso. Portanto, precisamos sobreviver. Desse modo, o que está oferecendo é o mínimo dos mínimos e nada interessante para mim.

– Lá vamos nós – ouvi Dalton murmurar, cruzando os braços.

– Ou você pode ajudar Louisa como uma gentileza. – A Mãe avançou, retirando o véu. Sempre me impressionava como ela era estranha e bela, com sua pele roxo-escura e seus delicados oito olhos rosa. Nem o sr. Morningside conseguia parar de encará-la. – Ela está sofrendo. O espírito do pai é um veneno e está matando-a com sua crueldade.

– Que trágico – a sra. Haylam ironizou. – Ela foi contemplada com os poderes de um deus. O fato de não conseguir controlá-los ou entendê-los é lamentável, mas não é problema nosso.

– Será – retruquei, dando um passo na direção dela. – Quando eu recolher minhas coisas e voltar para casa.

– Voltar para Londres? Voltar para as multidões furiosas com tochas? – O sr. Morningside suspirou, mas era tudo teatro. – Ah, Louisa, você faz parte do jogo agora e, neste jogo, fugir apenas a leva até a beira do tabuleiro, não a remove como uma peça.

Ele havia me encurralado, eu sabia, mas odiava perder para ele dessa forma.

– Peça o que deseja, então – sussurrei, não mais temerosa de olhar em seus olhos, de desafiar o Diabo em pessoa. – Mas não vou aceitar nada até saber exatamente o que me pede.

– Receio que envolva outro livro. – Ele não parecia nada incomodado com meu olhar fuzilante. Ao contrário, voltou a atenção para Dalton. Não sei por que, mas isso me apavorou ainda mais. – Desta vez, porém, você não o traduzirá – o sr. Morningside disse com uma piscadinha. – Desta vez, vai *destruí-lo.*

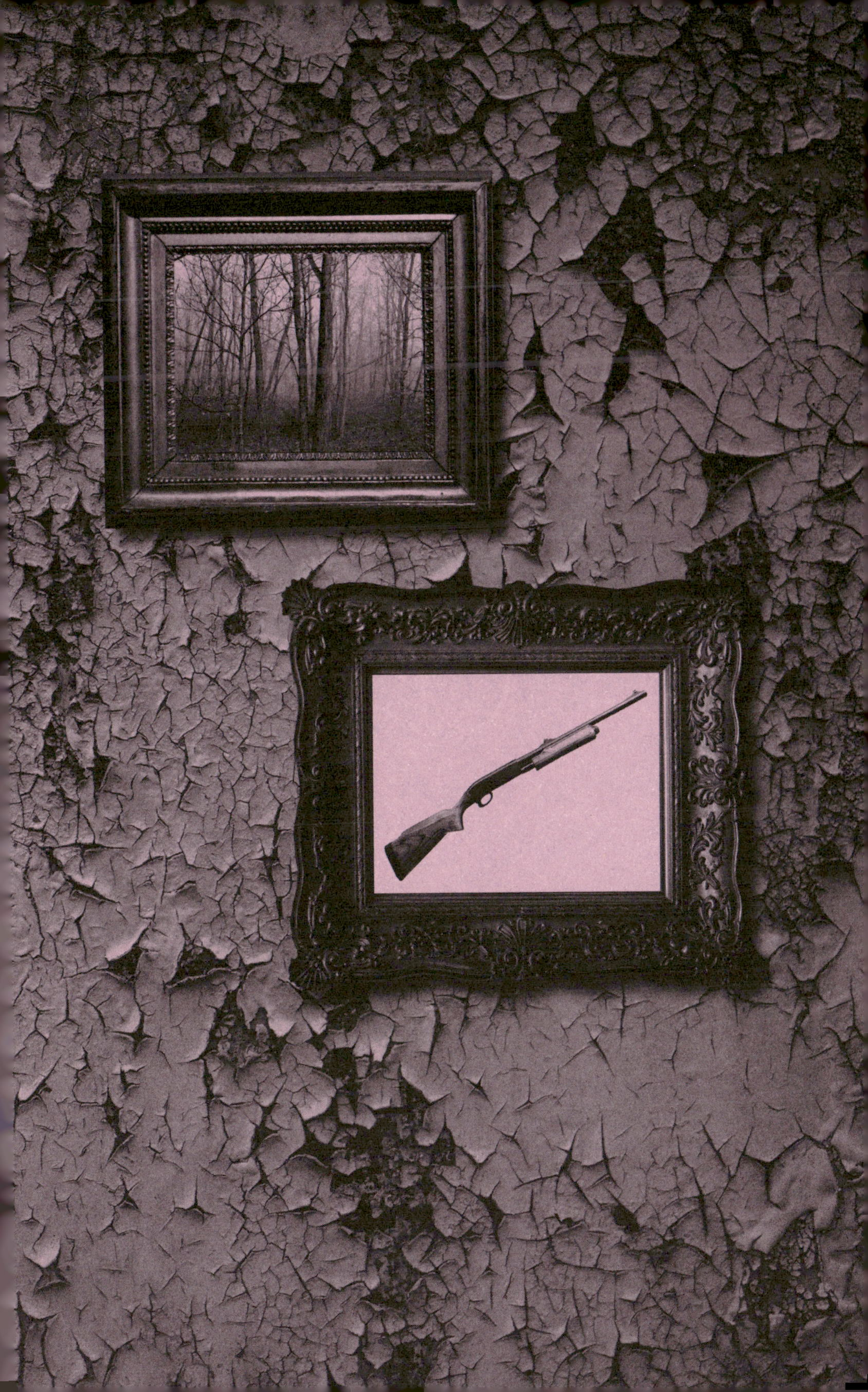

Capítulo Dezoito

Meu primeiro pensamento foi que o sr. Morningside estava se referindo ao diário de Dalton, que o queria destruído, mas obviamente não poderia ser tão simples.

– Você não faz ideia do que está pedindo – Dalton disse, balançando a cabeça e passando por mim até ficar cara a cara com Henry. Eles eram da mesma altura e de constituição parecida, embora fossem diferentes em praticamente todos os outros aspectos. Com o cabelo escuro do sr. Morningside e a tez ruiva de Dalton, eram como gelo e fogo.

– Pelo contrário, sei muito bem o que estou pedindo. – O sr. Morningside deu a volta languidamente por ele, roçando o ombro do outro. Dalton se crispou com a proximidade. – O que mais quer que eu faça? O pastor ficou completamente insano. Tínhamos um belo acordo em vigor. É uma pena que ele tivesse de arruiná-lo.

– Louisa me contou que você está reunindo um exército maldito de almas, Henry. Talvez *isso* o tenha arruinado, não?

– Toda essa discussão é mesmo necessária? – A sra. Haylam apertou a testa, indo até a janela atrás de nós e pousando o candelabro. – Dalton trará o livro branco e cuidará para que seja destruído, ou partirá, levando a *pobre*, pobre Louisa consigo.

Ela falou com tanta determinação que todos ficamos em silêncio por um momento. Eu mal podia acreditar no que estava escutando. Claro, estava completamente em conformidade com os truques habituais do sr. Morningside, mas até para ele parecia algo extremo.

– *Destruir* o livro? – murmurei. – Isso é sequer possível?

– Sim – o sr. Morningside respondeu. – Dalton também sabe disso.

Esperei Dalton dizer alguma coisa, enquanto esfregava as mãos na saia com nervosismo.

– E depois? Se o livro se for, o que acontecerá?

– Os sobreterrenos como eu, o pastor... – Ele engasgou um pouco com as palavras e fechou os olhos. – Deixaremos de existir.

– Ah – eu disse, lembrando de parte do diário. – O livro é o que dá poder a todos vocês. O pai consumiu nosso livro, e é por isso que nós, faes das trevas, ainda estamos aqui.

– Precisamente. – O sr. Morningside pareceu lúgubre de repente, como se finalmente percebesse a gravidade do que estava pedindo. – O que você prefere que eu faça, Spicer? O pastor está descontrolado. Você viu mais alguém fundando cultos em Londres? *Ele nos quer mortos.*

Dalton soltou um resmungo.

– Não, ele os quer contidos.

– Ele nos quer mortos. – O sr. Morningside avançou para cima dele, apontando um dedo em sua cara com escárnio. – Você vive há muito tempo e parece infeliz assim. Sempre odiou o jogo, então agora está convidado a se retirar dele. Destrua o livro e ajude a garota.

Ninguém se moveu. Por um momento, fiquei convencida de que Dalton fosse dar um soco nele. Seu corpo inteiro havia ficado imóvel demais, paralisado de fúria, suas bochechas rubras. Se os olhos estivessem visíveis e inteiros, estariam disparando chamas. Um tremor começou em sua perna direita, mas ele se conteve e, devagar, com cuidado, deu um passo para trás. O sr. Morningside baixou a mão e esperou, tendo apresentado seus termos.

Eu e a Mãe observamos o sobreterreno dar passos exauridos rumo à porta, onde parou e apoiou uma mão no batente, afastando-se dos Residentes que se reuniam ali para observar.

– Você não precisava tornar isso pessoal, Henry – ele sussurrou.

– Precisava – o sr. Morningside respondeu, ajeitando a gravata. – Porque você fez questão que eu tornasse pessoal.

— Você não precisa fazer aquilo.

Encontrei Dalton Spicer em uma das sacadas estreitas ligadas à Suíte Verde. Como os outros quartos daquele piso, seus móveis tinham sido cobertos e abandonados. Não havia hóspedes na Casa Coldthistle e, embora as pessoas que eram atraídas ali tivessem cometido grandes maldades, o lugar parecia mais vazio e frio na sua ausência.

Ele estava de costas para mim, a noite estendida à sua volta, as mãos pousadas no parapeito ainda molhado pela chuva. Observei-o traçar as formas com as gotas por um momento, então contemplar a floresta. A sacada dava para o norte, na direção da fonte escondida e do bosque onde eu havia encontrado Khent pela primeira vez, quando ele atacou a mim e meu pai, que estivera disfarçado de Mary.

— Deve haver algo mais que ele queira — continuei. — Podemos encontrar uma maneira de negociar com ele.

— Não — Dalton riu. — Você não o conhece como eu. Quando ele enfia alguma coisa na cabeça, vai até o fim, quaisquer que sejam as consequências.

— Estive lendo o diário e devo dizer que é... perturbador. Todas aquelas charadas e violência — murmurei, ainda dentro da casa para aproveitar o calor escasso. — Por que o sr. Morningside não voltou atrás? Tantos perigos em vão.

Dalton tirou a faixa dos olhos e inspirou fundo, esfregando o rosto e erguendo o nariz para o ar frio da noite.

— Quando o conheci, ele era um homem diferente. Não mais bondoso, nem mais sensato, mas mais maleável.

Deixei o comentário pairar entre nós por um momento.

— A Mãe diz que o Pai também mudou — comentei. — Que a guerra entre todos vocês destruiu algo nele.

Ele abriu um sorriso desencantado e inclinou a cabeça para mim.

— Sim, sim, é exatamente isso. Creio que também destruiu Henry, mas ele esconde bem. Eu o conheci em uma reunião entre ele e o pastor. Eles estavam forjando uma aliança, uma aliança temporária, para punir o Pai das Árvores por ultrapassar os limites. Henry tinha uma... uma elegância tranquila. Eu não conseguia tirar os olhos dele. Ele era perigoso, sim, mas escutava. Cedia.

– Ele *escutava*? – zombei. – Então, por Deus, era mesmo diferente.

– Você não faz ideia. – Dalton voltou a colocar o tecido sobre os olhos e esfregou a boca, como se tentasse limpar algo invisível. – Depois que nós, sobreterrenos, perseguimos o seu povo, os faes das trevas, Henry parou de escutar. Parou de ceder. Acho que se deu conta de que viveria para sempre, e viver para sempre com tanta culpa exige um coração de pedra.

– É por isso que ele queria descobrir tanto sobre os livros? – perguntei.

Dalton entendeu o que eu quis dizer e fez que sim.

– Ele viu a vida se estendendo diante de si, uma longa eternidade sempre sob o fardo do que havíamos feito contra o seu povo. Ele havia tentado viver com aquele coração de pedra e concluiu que era melhor estilhaçar-se de uma vez. Não era apenas o conhecimento que estava buscando nas planícies de sal, mas a própria aniquilação.

– Ara sabia? É por isso que ficava tentando impedi-lo?

Ele riu baixo e passou a mão nas gotas de chuva sobre o parapeito.

– Não, ela não sabia, não no começo. Tampouco eu. Ela não pensa dessa forma. A sra. Haylam viveria feliz para sempre com o sangue de milhões nas mãos. Ela simplesmente é feita de algo mais forte.

– Não – retruquei, entrando no frio para ficar ao lado dele. – Não é força o nome disso. Não acho que exista uma palavra para o que é.

– Enfim. – Ele encolheu os ombros. – Ela é insensível, egoísta demais para pensar que Henry possa colocar a si mesmo ou a ela em perigo. Nunca, jamais se deixe enganar pelo seu temperamento, Louisa. Ela venera o chão que ele pisa.

Observei-o brincar com as gotas d'água por mais um momento.

– Mas ele não pediu para você destruir o livro negro.

– Não. Acho que... acho que, por estranho que pareça, ele se afeiçoou bastante a esta casa e às pessoas que emprega. Destruir o Elbion seria destruí-los também. O que aconteceria com eles? Ele os protegeu por tanto tempo e você viu como isso é arriscado.

Ergui as sobrancelhas.

– Terrivelmente sentimental – eu disse. – Para o Diabo.

– Talvez eles aliviem a solidão dele. Isso vale de alguma coisa. Imagino que seja deprimente conversar com aves o dia todo, e ele afugentou demônios como Faraday da sua vida há muito tempo. É infeliz demais para ser boa companhia, até mesmo para demônios.

O frio estava começando a ficar insuportável e eu queria dormir. Os Árbitros, ao que parecia, ainda não haviam agido. A gelidez em meu peito havia se atenuado e me perguntei se eles tinham partido, adiando seu ataque. Talvez o pastor pudesse sentir que estávamos aqui, ou pelo menos que Dalton estava, e havia escolhido rever sua estratégia.

– E Henry sabe como destruir os livros? Aonde ir? – perguntei, ainda à porta.

– Sim.

– As charadas... Ele sabe as respostas? As respostas certas?

Dalton suspirou.

– Todas menos uma. Termine o diário, Louisa, você verá. Perdi o contato com Henry há muito tempo, não me surpreenderia se ele tivesse aprendido mais sobre as charadas sozinho... ou enviado a sra. Haylam para investigar. Ela faria tudo que ele pedisse. Ele tem esse jeito de convencer os outros a largar tudo por ele. Mas é uma promessa vazia e não há recompensa no fim.

Diante dos meus olhos, ele desabou contra o parapeito, mantendo-se em pé com dificuldade. Eu não era bem-vinda nem necessária, e recuei para dentro da casa, envolvendo-me com os braços.

– Você vai aceitar, não vai? – sussurrei.

– Sim – ele disse, tirando os olhos do céu. – Sim, vou ajudar você a destruir o livro branco.

Capítulo Dezenove

1247. A estrada para o leste

    Gritos, profundos e malditos como o vazio, vinham da estrada atrás de nós. As criaturas de sombra tinham sido deixadas para se virarem sozinhas, mas aqueles lamentos agudos e terríveis nos contaram seu destino.

    – Mas já? – ela sussurrou enquanto corríamos. – Como é possível?

    O sacrifício delas logo foi esquecido, pois ouvimos um estrondo e sentimos o tremor da terra sob os pés. A extensão de terra ao lado da estrada era acidentada e traiçoeira, e não demoramos a perder nossa vantagem.

    Como a criatura havia dado a volta pela estrada e chegado ali antes que tivéssemos corrido sequer meio quilômetro logo ficou claro – viajávamos em duas pernas enquanto nosso perseguidor corria em oito. Eu tinha visto muitas criaturas maravilhosas e terríveis na juventude, mas nunca algo tão grotesco.

Ele avançou e começou a nos rondear, bloqueando nosso caminho, com a largura de três homens e a altura de cinco. Seu corpo – longo, curvo e segmentado – era o de um escorpião, de um marrom-claro translúcido como pergaminho e as veias e os órgãos latejando vermelhos. Fedia a terra funda, com argila e nacos de lama e areia ainda caindo da cabeça e da cauda enquanto estalava os braços gigantes de pinça. Estômago, peito e cabeça humanos se erguiam do corpo, com a mesma estranha pele fina, o coração pulsando e batendo diante de nossos olhos.

A ponta de sua cauda balançava de um lado para o outro, pronta para atacar.

Eu teria apelado a ele não fosse o choque que me imobilizou no lugar. Mesmo paralisado, eu teria implorado com os olhos, mas de nada adiantaria, pois ele não tinha olhos para me ver. Suas patas pontudas o guiavam para trás e para a frente, e senti a mão de Henry apertar a minha.

– Assuma sua forma dourada – ele murmurou. – Receio que essa não seja uma criatura racional.

De fato, não era; mas, antes que eu pudesse tomar o ar e a determinação para abandonar o disfarce humano, a criatura desatou à frente. Ela correu contra nós com as pinças afiadas e bulbosas apontadas para um único alvo – Faraday. Eu ainda estava segurando o pulso do homem, mas tive que soltá-lo abruptamente quando ele foi arrancado da minha mão e carregado, esperneando, até uma saliência rochosa, aquela que havíamos acabado de usar como nosso terreno elevado.

Viramos para encará-lo, mas não ousei seguir. Não ainda. O medo era profundo demais.

– Temos de fazer alguma coisa – sussurrei. – Temos de ajudá-lo.

Sem pensar duas vezes, larguei a mão de Henry e avancei para onde a criatura imobilizava Faraday contra a pedra. Ela o mantinha ali sem dificuldade e, por um instante, Faraday lutou contra sua garra gigantesca, empurrando e se debatendo, tentando acertar um chute no estômago humano.

Atrás de mim, Henry gritou algo, desesperado e aterrorizado, mas eu não deixaria o medo me impedir de agir. O demônio havia sofrido demais; não merecia isso. Mas, enquanto eu desatava a correr o mais rápido que conseguia, a fera baixou os lábios finos e pálidos junto ao rosto de Faraday e cerrou os dentes uma única vez. Então falou e sua voz quase me deteve novamente. Não era feita para usar a fala dos humanos, e as palavras escapavam como o gorgolejo de água pela lama.

– O que lhe foi dito no sal? – Ela bateu os dentes de novo. – O que lhe foi dito?

– J-jamais falar do que vi, jamais repetir o que ouvi! Por favor! Sobreterreno! Senhor das Trevas! Vocês precisam me ajudar! – Faraday estendeu o braço para mim, mas nem a força das minhas asas abertas conseguiram me levar até ele com velocidade suficiente. Snip. Jamais esquecerei do som. A criatura apertou as duas pinças uma vez, com força, como duas ceifas, cortando Faraday no meio. As pernas caíram ao chão um momento antes do tronco, seus olhos arregalados de espanto.

Caí de joelhos e a criatura girou para me encarar. Não sei que visão ela usava, mas sei que me viu ali e baixou a cabeça como se desejasse falar mais. Então estendeu a garra, me sujando de terra e sangue, e soltou um grito agudo sinistro.

– Lilililili! – E se foi, desaparecendo nas colinas, os únicos sinais de sua partida sendo mais um vento quente e o tremor de terra escavada.

Voltar para meus antigos aposentos na Casa Coldthistle resultou em uma onda surpreendente de conforto. Minha pequena cama; minha velha mesa bamba de cabeceira; o espelho comprido onde eu havia me visto pela primeira vez com o vestido simples e o avental que se tornariam minha roupa cotidiana... Parecia possível retomar aquela antiga vida, acordar toda manhã e cuidar dos meus afazeres, limpar o sangue dos carpetes, ajudar Chijioke a colocar cadáveres na carroça, alimentar os cavalos e passar manteiga nos bolinhos dos hóspedes – tudo ali, quase alcançável, uma existência que girava no tempo feito uma bailarina numa caixinha de música.

Minha vida, mas não. Um futuro, um caminho, mas não. Parei ao pé da cama e toquei os lençóis com cuidado, como se fosse tudo uma miragem que pudesse tremular e se dissipar ao mais leve toque. Por um breve momento, eu havia conhecido a estabilidade e a rotina que a maioria das jovens da minha posição desejavam – um trabalho que garantia que eu comesse, que tivesse um teto sobre a minha cabeça, e que me permitia guardar um pouco de dinheiro, para talvez um dia ser gasto em um dote irrisório.

Essa era outra Louisa. Fui até o espelho e alisei meu cabelo. Estava emaranhado por nossa corrida maníaca até a casa, e meu vestido, rasgado e coberto de lama, precisava ser trocado. Olhando no fundo dos meus olhos escuros, me perguntei – não pela primeira vez – se, assim como os hóspedes amaldiçoados da Casa Coldthistle, eu também tinha sido atraída ali por uma promessa sombria. Eles acabavam encontrando a morte, mas eu parecia destinada a outra coisa.

– A morte será sua promessa se não abrir os olhos, menina.

Observei pelo espelho uma névoa acinzentada se elevar do chão e encher o quarto, subindo por meus tornozelos e então meus joelhos. Não havia nada no reflexo, mas virei em direção à voz e levei um susto ao deparar com o peito do Pai.

Ele assomava sobre mim com uma imagem instável, metade a forma humana falsa de Croydon Frost, a outra metade sua aparência real. Um crânio de cervo horripilante se projetava da pele humana, o osso trespassando a carne. Seu terno estava em farrapos, transformando-se nos trapos pretos e nas folhas que compunham os mantos do Pai. Tufos de cabelo humano pendiam das galhadas distorcidas que se sobressaíam de seu crânio exposto.

Ele cheirava à morte, mas isso não era nenhuma surpresa.

Recuei contra o espelho, cerrando os dentes.

– Perto agora – ele rosnou, os olhos como dois carvões vermelhos incandescentes. – Tão perto agora... minhas cinzas, meu corpo, a árvore que brotou de meus restos terrenos...

– Isto não é um sonho – murmurei. – Nem um pesadelo. *Como pode ser?*

Estupidamente, tentei encostar nele para ter certeza de que era real e não uma ilusão. Minha mão se afundou em seu peito como se ele fosse feito de fumaça colorida. Mas, quando tentei puxá-la, não cedeu – a imagem me manteve ali, suas mãos segurando meu punho.

– Uma marca de Vinculador. – Ele a fitou, hipnotizado pelas letras agora ilegíveis na minha palma. Então seus olhos carmesins se voltaram para os meus. – Você libertou a Mãe. Sobreviveu a um Vinculador. É mais forte do que eu pensava, filha.

Filha. Agora eu não era *menina* ou *tola* ou *criança*, mas *filha*.

– Me solte – sussurrei. – E vá embora. Sou *sim* mais forte do que você imagina, e meus amigos estão comigo.

– Amigos? – Ele riu, mas era como o grasnado de um corvo na escuridão. – Que necessidade você tem de amigos quando meu espírito fica mais poderoso? Vá. Vá até a árvore. Entalhe a casca, tome a seiva, e não haverá amanhecer para o pastor e sua laia.

Não. A palavra estava ali, na ponta da língua, mas, por mais que eu me esforçasse em dizê-la, meus lábios se mantiveram fechados. Senti os contornos da palavra se turvarem e meu equilíbrio estremeceu enquanto pontos vermelhos dançavam em minha visão. O véu carmesim estava caindo novamente, a influência do Pai era forte demais para que eu resistisse. Tinha sido um erro vir. Eu não havia considerado que estar próximo de sua forma física estimularia de alguma forma seu poder sobre mim. Meu embate foi valente, mas breve, pois não havia como enfrentar as gavinhas que se cravavam, firmes e dolorosas, em meu cérebro.

O mundo passou como se imaginado. Nada parecia real. Senti meus pés me levarem para fora do quarto e escada abaixo, depois descerem novamente e virarem para a cozinha. A porta para o lado de fora estava barricada e seria barulhento demais abrir sem que me notassem. Então me apoiei nas mãos e nos joelhos e, como um rato em seu túnel, engatinhei pelo buraco que

Bartholomew havia cavado sob a casa, um projeto que devia ter começado meses antes junto com todos os outros buracos que havia feito no quintal. Raízes e terra raspavam minhas bochechas, mas eu estava cega a elas, embora não insensível. A terra fria sob minhas mãos era escorregadia, fragrante de grama e argila. Insetos, livres em seu habitat noturno, rastejavam sobre minhas mãos e tornozelos, subindo por minhas costas e entrando em meu cabelo, fazendo cócegas em minha nuca com suas patinhas horrendas.

Não, não, não. Eu não podia sair, não com os Árbitros do pastor prestes a descer a qualquer momento. E, se descessem, temia mais por eles do que por mim – o Pai me controlava agora e sua fúria contra eles seria terrível. Minhas mãos arranharam e arranharam, levando-me pelo túnel enlameado, até que, por fim, senti uma rajada de vento contra o rosto e o caminho se curvou para cima. Saí do buraco, respirando com dificuldade. Eu devia estar um verdadeiro terror, coberta de sujeira e insetos, meus olhos arregalados e cegos, todos os meus passos guiados pela fera na minha cabeça.

A árvore não estava longe. Eu conseguia senti-la – o Pai a sentia – e apertei o passo, então corri na direção dela, avançando diretamente rumo ao limite leste da propriedade. Certamente alguém na casa me notaria e ajudaria. Ou seriam alertados da minha presença apenas quando o Pai triunfasse e travasse guerra, me usando como seu instrumento?

Por favor, implorei o máximo que pude em minha cabeça. *Por favor. Deixe-me trilhar meu próprio caminho. Como pode ser tão insensível com sua própria filha?*

Mas ele estava em silêncio, impiedoso, e me crispei ao sentir subitamente os galhos mais baixos da árvore tocarem meu rosto. Impossível. Como poderia ter crescido tão rápido? Era apenas um broto quando eu parti na primavera, mas agora minhas mãos encontravam o tronco de uma árvore adulta, dotada de crescimento rápido pelas cinzas do Pai.

– Ele deveria ter mandado derrubar essa coisa amaldiçoada – consegui sussurrar.

Silêncio, filha. Entalhe a casca. Entalhe.

Eu tinha apenas minhas mãos, por isso ele me forçou a usar as unhas. Lascas de madeira inclemente se cravaram em minhas palmas macias enquanto eu a raspava como uma fera ensandecida, sentindo gotículas escorrendo pelas bochechas – não do orvalho frio das folhas, mas das lágrimas quentes e constantes. A dor era inimaginável conforme a marca em minha mão pulsava em chamas.

Entalhei e entalhei, arranhando com dedos que estariam em carne viva quando a manhã chegasse. *Se* a manhã chegasse. Meu medo redobrou no momento em que a dor cessou e um torpor se espalhou pelos dedos até as mãos e punhos. Sangue encharcava as mangas do meu vestido arruinado. O Pai estava irredutível e eu me encontrava impotente à sombra da árvore nascida de sua morte.

Uma névoa se ergueu ao meu redor e senti a viscosidade da seiva escorrer contra a pele. O choque do aroma vegetal intenso quase me fez retomar o controle, mas logo a sensação se foi e a seiva cobrindo minhas mãos parecia apenas fortalecer seu controle sobre mim. Recuei cambaleante da árvore e, tremendo, me curvei para lamber os dedos.

Já conseguia ouvir o sangue latejar nos ouvidos como tambores de guerra. O pastor e seu povo não veriam outro dia nascer.

Capítulo Vinte

A noite me voltaria em trechos à memória, fragmentos de sonho tingidos de sangue vermelho.

Um grito de socorro. Ossos se rompendo sob meus dedos. O cheiro de floresta densa, depois o cheiro de medo. Um corpo quebrado no chão. Asas douradas espalhadas como folhas de outono caídas.

Alguém segurava minha mão, mas, quando tentei me sentar, senti correntes pesadas de ferro apertando o peito e as pernas. Pisquei para o teto, ouvindo as vozes ao meu redor diminuírem. A mão na minha era pequena e familiar.

— Ela está acordada! Ela está acordada! E não parece mais malvada.

Poppy estava sentada ao meu lado na cama; minha memória foi revivida de novo, lembrando-me das vezes que eu acordara diante do rosto e da voz dela. Naquelas ocasiões, não estivera acorrentada à cama. Minha cabeça doía e, gemendo, aceitei um pouco de chá de Poppy, que segurou minha cabeça enquanto eu bebia.

— Está muito tarde — ela disse. A Mãe estava ali também, ao pé da cama, zelando por nós. Ela nunca parecia cansada, como se fosse inatingível pelo desgaste da exaustão. — Todos os outros se cansaram e foram embora, mas eu disse que ficaria com você. Bartholomew também.

O cachorro deu um latido de algum lugar perto da cama. Acorrentada, só consegui esticar um pouco a cabeça. Felizmente, haviam trocado meu vestido e feito o possível para me limpar. Ao menos, eu não sentia o rastejar terrível de insetos no cabelo.

— Gostaria de saber o que aconteceu — murmurei. Minha garganta raspava como se cheia de urtigas.

— Eu a encontrei antes que tomasse seiva demais — a Mãe disse gentilmente, com as mãos entrelaçadas diante do corpo. Ela havia deixado o véu em algum lugar e usava apenas um vestido de seda amarrotado. Seus braços nus exibiam duna sobre duna de músculos. – Mesmo assim, um dos sobreterrenos notou você entre as árvores. Ele... não aguentou a sua fúria.

– Todo amassadinho – Poppy esclareceu, solícita. – Como o purê de ervilha da sra. Haylam.

– Foi preciso todos nós para controlar você – a Mãe acrescentou. Seu sorriso era diferente agora, triste. Pesaroso. – Não sairei do seu lado. O risco da influência do Pai é grande demais.

– A árvore – ofeguei.

– Cuidei dela – a Mãe disse. – Consigo falar com o coração das árvores, e aquela não se foi tranquilamente. Deixou uma ferida pútrida na terra. Quando tivermos mais tempo, eu a purificarei, e em breve as cinzas dele serão lavadas pela chuva e pelo vento.

Isso deveria ter me contentado, mas minha apreensão permanecia. Se qualquer partícula do Pai persistisse, meu controle sobre ele seria incerto.

– Ainda que eu remova o espírito dele – murmurei, fechando os olhos e me afundando no travesseiro –, vou continuar tendo seu sangue. Meu pai queimou um campo de prisioneiros vivos para aprisionar você. Esse tipo de escuridão, essa loucura, sempre ressurgirá?

A Mãe deu a volta na cama e Poppy abriu espaço para ela. As duas ficaram lado a lado, mas foi a vez da Mãe pegar minha mão. Não havia motivo para duvidar de seu poder, mas seu toque o provou, induzindo um calor relaxante que subiu dos meus dedos até meu peito, aliviando o aperto ali.

– Uma vez, ele me deu um buquê de bocas-de-leão encantadas. Quando o sol brilhava sobre elas, riam como crianças e, quando a noite caía, soltavam um ronco adorável – ela lembrou, abrindo um sorriso por um instante. – Havia essa bondade nele também, e sei que você a herdou.

– Talvez não – eu disse, fechando os olhos de novo. – Parece que não consigo parar de matar.

– Mas conseguirá, Louisa. Quando ele se for e sua mente for sua novamente. Eu consigo falar com o coração das árvores, sim, mas consigo falar com o dos meus filhos também. – Ela suspirou e apertou minha mão com mais força. – Receio apenas que o Senhor das Trevas tente se aproveitar de seu poder para combater Roeh.

Poppy se debruçou e cutucou uma das correntes em volta das minhas pernas.

– Se tirarmos isso, Louisa pode ajudar. Quero que eles vão embora e parem de ser tão malvados para que eu e Bartholomew possamos brincar no quintal de novo. Odeio ficar presa aqui dentro o dia todo. Não é justo! Nem consegui mais dar meus gritos desde que Mary foi para a velha e estúpida Londres.

Ela fez um bico e se abaixou para abraçar o cachorro.

– Talvez eu tenha de libertá-lo – eu disse à Mãe devagar. – Outra vez. Se for necessário para expulsá-lo, então o farei. Por favor, tente não se desapontar demais. São meus amigos, afinal, e *gostaria* de protegê-los.

Seu sorriso triste retornou, e só o calor de seu toque conteve minhas lágrimas. Era difícil chorar quando ela segurava minha mão. Tentei lembrar se minha mãe humana já havia me demonstrado tanto carinho, mas não surgiu memória alguma, apenas gritos atrás da porta do meu quarto e meu pai bêbado brigando com ela enquanto eu me escondia embaixo das cobertas.

– Tenha misericórdia quando puder, Louisa – a Mãe disse, levando a mão à primeira linha de correntes para me soltar –, pois o mundo é pequeno demais sem isso.

De manhã, fui convidada a tomar café com o sr. Morningside, embora a Mãe se recusasse a ficar longe de mim. Ele deixou que ela se juntasse a nós na sala de estar perto do vestíbulo principal – o lugar onde ele havia me ensinado pela primeira vez a transformar uma colher em qualquer coisa que meu coração desejasse –, mas antes escutei o final de uma discussão entre ele e Dalton. Esperando atrás das portas francesas, era impossível não bisbilhotar, e levei um dedo aos lábios para que a Mãe não dissesse nada.

– Fizemos um pacto – Henry estava dizendo. Sua voz era mortífera, fria.

– E você o quebrou! No momento que mais importava, você o quebrou.

– Porque você mentiu. – Dalton, por sua vez, estava impassível.

– É ISSO O QUE EU FAÇO!

A casa estremeceu.

A voz de Dalton soou mais perto; ele estava prestes a sair da sala de estar. Recuei para fingir que tínhamos acabado de descer a escadaria em vez de estar paradas ali ouvindo a briga entre eles.

– Eu sei – Dalton disse, abrindo as portas, mas com a cabeça voltada para dentro. – Para meu eterno pesar, eu sei. E gostaria... e gostaria... que você fosse mais do que isso. É isto que um homem é: mais do que suas partes, mais do que sua história e seu destino o condenaram a ser.

Dalton não dirigiu nenhuma palavra para nós ao sair, virando abruptamente para subir a escada dois degraus por vez. Hesitei um momento, ouvindo seus passos se distanciarem, então atravessei as portas na ponta dos pés e encontrei o sr. Morningside apertando a beira da mesa do café da manhã, de costas para nós.

– Um pacto ao café da manhã – ele exultou depois que Mary havia nos trazido uma refeição leve de queijo, pão fresco e a carne seca de caça disponível. Ela tinha retomado sua função na casa quase imediatamente, como uma distração, talvez, ou um hábito. – Sitiados e, ainda assim, quase civilizados. Você acha que as pessoas comiam tão bem enquanto o cavalo era trazido em Troia?

– Receio que não me importo – respondi, exausta. A presença da Mãe havia ajudado, mas tinha sido quase impossível dormir acorrentada a uma cama. – Se quiser fazer um trato, Dalton deveria estar aqui também.

Estávamos sentados a uma das mesas pequenas ao lado do pianoforte, não longe das janelas que davam para o oeste. Era o cômodo da casa mais distante da propriedade do pastor, provavelmente uma escolha intencional. Não havia nenhum sinal de atividade na cerca, mas isso só me deixou mais apreensiva. Tudo parecia indicar a calmaria antes da tempestade, e meus pés se agitaram sob a mesa, alertas e ansiosos.

– Ele já concordou em recuperar o livro – ele disse, colocando açúcar em seu chá e o mexendo com pequenos círculos ágeis. Estava praticamente cantando de alegria. – Sua demonstração ontem à noite terminou de convencê-lo. Ele veio até mim hoje de manhã e fez sua oferta.

Meu apetite não era o que eu esperava. A Mãe também não comeu, mas segurava sua xícara como se apenas pelo prazer de fazer isso. Tomei um pouco do meu chá, sem interesse pela carne curtida.

– Então Dalton encontrará o livro e depois partiremos para Constantinopla? Como faremos essa jornada? – perguntei.

O sr. Morningside engasgou com seu bolinho.

– Louisa, sua malandrinha, o que a faz perguntar isso?

Ah. Então Dalton havia deixado de fora o pequeno detalhe do diário. Eu me obriguei a tomar um gole do chá e parecer despreocupada, mas minhas mãos tremiam. Eu queria esconder dele pelo maior tempo possível que estava em posse do diário. Era bem provável que o sr. Morningside tentasse manipular esse fato a seu favor, e eu queria ter alguma cartinha na manga, por via das dúvidas. Afinal, ele havia me dito que eu era parte do jogo, e eu precisava agir com isso em mente. *Fugir apenas a leva até a beira do tabuleiro, não a remove como uma peça.*

– A entrada, o lugar onde os livros podem ser destruídos... É bem para o leste, numa planície de sal. Dalton me contou sobre isso, sobre a viagem que ele, você e a sra. Haylam fizeram quando eram muito mais jovens, pouco depois... – Lancei um olhar receoso para a Mãe, mas ela não parecia incomodada. – Pouco depois da Cisão.

– Ah, então é Dalton o malandrinho, afinal. Não importa. Sim e não, Louisa, existe uma entrada no lago Tuz, mas há muitas, muitas entradas. Conheço uma bem mais próxima, na verdade. Se partisse agora em um cavalo, estaria lá pela manhã.

Assenti e franzi a testa, fingindo confusão. Mas o que ele disse fazia sentido. Quando encontrei o Vinculador na Cadwallader's, tinha sido em um espaço que era em lugar nenhum; talvez esse lugar aonde Henry queria nos levar fosse semelhante, um destino entre mundos, escondido em algum lugar das sombras.

– Ele também me disse que havia charadas – continuei. – Como parte de nosso acordo, quero que me dê as respostas.

– Claro – o sr. Morningside disse. – Cara Louisa, não há por que agir com tanta astúcia. É meu maior desejo que você entre na Tumba dos Antigos com segurança e cumpra nosso trato.

Com isso, não pude esconder meu interesse. Apoiei a xícara na mesa e me inclinei um pouco para a frente enquanto ele passava mais manteiga em seu bolinho com displicência.

– Então o senhor já esteve lá – eu disse, repetindo o nome que ele deu ao lugar. – Na Tumba dos Antigos.

– Dentro? Não. Não, infelizmente há certas limitações que me impedem de entrar – ele disse. O suspiro de frustração que deu em seguida parecia sincero, mas, claro, ele era um ator muito talentoso. – Você, porém, não deve ter dificuldades para se infiltrar, desde que siga minhas instruções e use sua astúcia. Posso ajudá-la apenas até certo ponto, Louisa, pois não sei o que a espera lá dentro.

– Mas os livros podem ser destruídos lá?

Ao meu lado, a Mãe se crispou. Eu era um livro agora, com o conhecimento do Pai enterrado em minha cabeça, e isso significava que também poderia ser destruída lá.

– Sim, é onde os livros são criados, isso sei com certeza – Henry disse, e pude ver que estava escolhendo as palavras com cuidado. Ele tirou um farelo do paletó e me abriu um de seus sorrisos largos e charmosos. Um cacho preto rebelde caiu sobre seus olhos amarelos. – Mas não devemos discutir isso em voz alta em muitos detalhes; é um lugar protegido, e não quero invocar seus guardiões. Escreverei as instruções para você, para que não sejamos descobertos.

Estremeci ao pensar em alguém sendo cortado no meio pela fúria de um escorpião monstruoso.

— Se o senhor insiste.

O sr. Morningside me observou por sobre a xícara, talvez adivinhando que eu sabia mais do que revelava. Mas não disse mais nada sobre o assunto e tomou seu chá excessivamente doce.

— Então está fechado.

— Eu não diria isso. Como posso saber que o senhor cumprirá sua parte do acordo? Estou colocando minha vida em risco para destruir aquele livro e você pode simplesmente se recusar a fazer o combinado quando eu voltar. Não, creio que deve remover o espírito do Pai de mim agora, antes que eu resolva seus problemas. — Eu me recostei na poltrona confortável, desfrutando de seu incômodo breve, mas visível.

Ele puxou a parte de baixo do paletó e me olhou de esguelha.

— Vamos colocar por escrito, obviamente, e sempre honro meus contratos.

— Não é suficiente. — Bati um dedo na toalha de mesa, olhando em seus olhos. — Se eu retornar da Tumba dos Antigos e o senhor não remover a influência do Pai sobre mim, deve haver alguma penalidade.

— Por exemplo? — Ele se agachou para tirar pena e tinta de uma bolsa de couro. Tendo chegado à sala de estar depois dele, eu não fazia ideia de que havia trazido seus utensílios, à espera apenas desse momento.

— Por exemplo... — Hesitei, mas a resposta me ocorreu prontamente. — A escritura da Casa Coldthistle e tudo que há dentro dela. Incluindo o Elbion Negro.

— Não seja ridícula — ele bufou, alisando o pergaminho perto de seu café da manhã. — Isso está longe de ser justo, Louisa. Seja razoável.

— Razoável? Um livro em troca de um livro, essa é a definição de *justo*, e a casa pela minha vida, que posso facilmente perder na tumba. Esses são meus termos, Morningside. Sinta-se livre para recusar e encontrar outra forma de se desfazer do livro branco.

Eu detestava a sensação de seus olhos cravados nos meus e o fato de que queria constantemente me afastar deles. Mas era um teste e eu estava determinada a passar. Ele tinha, claro, inclinado os termos do acordo a seu favor

– mas, se aquilo era um jogo, eu não seria manipulada facilmente. Por fim, ele se recostou, molhando a pena e levando-a ao papel.

– Exatamente como eu disse – acrescentei. – Não quero que escape dessa com algum ardil. Se não remover o espírito do Pai de mim quando eu voltar, depois de ter destruído o livro branco, a escritura da Casa Coldthistle e o Elbion Negro serão meus. E aviso que vou reler esse contrato uma dezena de vezes se for preciso.

– Você está aprendendo – ele murmurou. – Não sei se devo ficar aliviado ou irritado.

– Não me provoque. – Com isso, ele ergueu os olhos do papel. Continuei: – Sei por que está me fazendo esperar, por que deseja que a influência do Pai se mantenha pelo maior tempo possível. Você precisa dela para se defender do pastor.

– Uma observação astuta. – Mas ele estava sendo sarcástico e revirou os olhos antes de escrever o restante do contrato. Consegui ver que incluía uma cláusula sobre a parte de Dalton, que eu estudaria também. – Sei que nunca lhe ocorreria que eu tivesse intenções menos que perversas, mas minha intuição é que você vai querer essa força profana para sobreviver à tumba. Tudo que viu, tudo a que sobreviveu, não será nada comparado ao que ela exigirá de você.

Dedos cortados. *Corpo* cortado. Fissuras na pele sangrando luz dourada. Insanidade.

Engoli em seco, receosa, e voltei a atenção para a Mãe.

– E você não sabe nada sobre esse lugar? A Tumba dos Antigos?

Seus olhos ficaram suaves e ela inclinou a cabeça para o lado. As longas tranças cor-de-rosa estavam desfeitas; os fios compridos tinham sido penteados sobre um ombro. Ela levou as mãos ao cabelo desgrenhado e começou a fazer uma trança distraidamente.

– Meu coração diz que o conheço, que anseio por ele, como uma criança recém-saída do ventre anseia por ser envolta em panos. Eu o conheço e, no entanto, não conheço; não tenho lembranças dele, mas ouvir estas palavras pronunciadas: Tumba dos Antigos... – Ela balançou a cabeça e soltou o cabelo. – Nunca pensei em estudar essas coisas. Nunca desejei voltar ao lugar onde nos originamos.

O sr. Morningside escreveu rapidamente a última linha e soprou a página, depois a entregou para mim, voltando a pegar seu chá. Seus olhos estavam distantes. Frios.

– Torço para que nunca o veja, nunca chegue perto dele...

As linhas com que eu mais me importava haviam sido copiadas corretamente, e coloquei minha assinatura ao lado da dele, sem perceber que ele havia parado a frase no meio. Então ouvi Chijioke escancarar a porta e entrar ofegante.

– Eles estão aqui – ele gritou, com a mão junto ao peito. – Os sobreterrenos. Eles vieram!

– Que senso de oportunidade incrível – o sr. Morningside se queixou, levantando-se. Ele pegou o contrato e o enrolou com cuidado, guardando-o em sua bolsa de couro. – Precisaremos de toda a sua fúria, Louisa. Dê a eles o seu pior. Temos que atraí-los aqui em grandes números e dar a Dalton tempo para recuperar o livro branco. E depois? Depois será sua vez de ver a Tumba dos Antigos.

Capítulo Vinte e um

1247, Oeste de Capadócia

Não havia nada que eu pudesse fazer — eu jamais dormiria novamente. Queimamos o corpo de Faraday longe da estrada, depois voltamos a nosso acampamento inicial para buscar os cavalos e partir. Nenhum de nós queria dormir tão perto de onde o demônio havia encontrado seu fim. Ninguém falava, embora eu pudesse sentir que Ara estava preparando um sermão, com a boca tensa enquanto galopávamos pela noite.

Paramos a léguas de nosso destino, no último vestígio de colinas antes de a terra descer para um vale raso e o lago de sal começar. Saí do meu saco de dormir e encontrei um lugar para urinar, depois notei que não era o único a ter insônia. Henry estava à beira de nosso pequeno acampamento, com os braços cruzados e os olhos inescrutáveis enquanto contemplava o vale branco lá embaixo. O sal.

Sei que ele não sentia o mesmo medo que eu, mas não conseguia pensar em nada além dos alertas de Faraday. E aquela criatura... Não era um dos nossos e, ao que parecia, tampouco um dos amigos demoníacos de Henry.

– Vou dizer outra vez – sussurrei. Ele não se moveu. – Acho que deveríamos pegar nossas bagagens e voltar para casa. Isso se tornou outra coisa, Henry. É mais do que uma obsessão, é mais do que perigoso. É...

– Tudo perfeitamente razoável, eu te garanto – ele completou, passando a mão em seu cabelo preto e desgrenhado. Então se aproximou de mim, pousou a cabeça em meu ombro e expirou. – Você pensa a respeito da eternidade?

– Às vezes. – Só mesmo Henry para tentar me distrair com filosofias.

– Penso o tempo todo – ele disse. – Não quero ficar velho. Quanto tempo vai demorar até ficar velho? Já me sinto um ancião e, pelos nossos padrões, sou uma criança. É horripilante.

– Ah, psiu, você nunca parecerá velho – ri baixo.

– Não por fora. Mas por dentro? Já me sinto velho por dentro. Como se respirasse poeira de caixão. Como se já estivesse sepultado. Mas simplesmente continua para nós. Não sei se consigo aguentar. O que farei? Bordado?

Nenhuma resposta lhe serviria, mas eu tinha de tentar. Ele ficava inconsolável quando mergulhava nesses estados melancólicos. Envolvi um braço em sua cintura e o puxei para perto, torcendo para que esse toque o fizesse voltar a si.

– Você será sábio e poderoso. Você pode... não sei, morar no alto de uma montanha e distribuir sabedoria a quem se atrever a escalar.

– Não seja ridículo. Não há gelatina de cordeiro nas montanhas.

– Mas você será sábio – eu disse. – Você pode ser sábio agora e nos dar ouvidos. Ara concorda: esta é uma missão suicida. Não faço ideia de como você será quando envelhecer, mas, por Deus, eu gostaria de ver.

Ele beijou meu queixo e então me deu as costas, se desvencilhando de meus braços.

– Eu te amo, seu diabrete apimentado, mas você está enganado. Sei o que estou fazendo. Sei... o que me aguarda. Acho que sei como a eternidade será.

– A poucos passos de mim, ele parou e se virou, fazendo mais uma pergunta.

— Sinceramente, Dal, você consegue viver com o que fizemos contra eles? Apagamos uma chama por completo, apenas porque ela ousou brilhar antes de nós. Você me promete uma coisa?

— Sim — respondi sinceramente. — Qualquer coisa.

— Prometa-me que virá comigo quando eu encontrar os Vinculadores. Se eu conseguir encontrar onde os livros são feitos, prometa-me que verá o lugar comigo.

Algo coçava no fundo da minha cabeça, mas estupidamente concordei.

— Prometo — eu disse. — Eu vou com você.

Pela manhã, Henry nos acordou muito cedo. Os cavalos já tinham sido selados, as malas feitas e Bartholomew estava alimentado. Um café da manhã de viajantes com biscoitos duros, nozes e verduras refogadas foi oferecido e Henry ficou andando impacientemente de um lado para o outro enquanto eu engolia a minha parte sem mastigar. Então cavalgamos; tudo aconteceu tão rápido que nem Ara nem eu tivemos tempo de detê-lo. Essa era a ideia, claro, pois ele sabia que estávamos cansados de seguir seu plano.

— Olhem lá — ele gritou enquanto descíamos na direção das planícies. Alguns nômades pontilhavam a beira do lago. — Eles não chegam perto do centro. Devemos estar próximos.

— Henry!

Eu e Ara gritamos seu nome em uníssono, mas ele correu à frente, esporando o cavalo com os calcanhares rutilantes para fazer o animal de manchas marrons e pretas descer a ribanceira em alta velocidade. Eu tinha passado horas demais na sela, mas Henry era um cavaleiro muito superior a mim. Fomos atrás; agora, Ara não parecia furiosa, mas preocupada. Suas sobrancelhas estavam constantemente franzidas, seu lábio inferior trêmulo.

— Vamos detê-lo — gritei para ela mais alto que o açoite do vento.

— Não sei se conseguiremos. — O capuz de Ara caiu e seu cabelo cinza-ferro e preto se soltou do laço, ondulando atrás dela como uma flâmula enquanto perseguíamos Henry até o sal lá embaixo.

Tuz Gölü. O mar branco e cristalino que se estendia diante de nós me fez *perder o ar e meu coração tremulou* – era um lugar belo, sobrenatural, um plano cintilante de diamantes, tão vasto que seus contornos não podiam mais ser vistos depois que descemos. O céu parecia mais azul ali, e o horizonte apenas um traço, como se tivéssemos nos deparado com a borda do mundo. E lá estava Henry, cavalgando diretamente em sua direção, quebrando a crista superior de sal enquanto a água espirrava nos joelhos nodosos de seu cavalo.

Os nômades se dispersaram com sua aproximação e, quando Ara e eu o alcançamos, nós três e Bartholomew estávamos a sós. O lugar era o vazio em si, o sal e a água criando jogos de luz, arco-íris se esparramando no chão e reverberando ao mais leve toque.

Henry praguejou e desceu de sua montaria, deixando-a ir. Ele perambulou para dentro do deserto de branco insólito, levando a mão à testa para se proteger do sol.

– Onde é? – ele sussurrou. – Este é o sal. Tem que ser aqui.

Ara e eu observamos enquanto ele cortava uma linha pelo centro da planície de sal, chapinhando a água rasa em torno de suas sandálias. Ele avançou com dificuldade, imune ao sol e à luz forte, determinado a fazer sua peregrinação.

– O que faremos? – girei na sela, segurando Bartholomew, com as mãos tremendo de impotência.

– Nada o deterá. Podemos apenas protegê-lo agora.

Ara desmontou, gemendo com o peso do livro e da bolsa. Fiz o mesmo e, juntos, seguimos Henry, retraçando seu trajeto pelo sal. Quando o alcançamos, seu rosto ardia vermelho de fúria.

– Se aquele demônio imbecil tiver mentido para mim...

– Ali – Ara disse, apontando. – Pegadas antigas. Levam mais para dentro do sal.

Henry se apressou naquela direção, a água rasa se tornando mais funda enquanto avançávamos em direção ao centro da planície de sal até que seus pés estavam submersos. Seus mantos estavam encharcados até os joelhos, mas ele os ignorou, fixado na crosta intacta e nas pegadas estranhas que eram *delicadas demais para tê-la rachado. Ele parou a uma mão do sal intacto e estendeu o braço, passando os dedos de leve sobre as formas. Quando me aproximei, vi que pareciam patas gigantes.*

– Estou disposto – ele murmurou, quase febril. – Estou disposto, maldita, onde você está?

Um estrondo grave veio de baixo da terra. Cambaleei, segurando-me em Ara enquanto ela se segurava em mim. Bartholomew gemeu e se enfiou dentro de meu manto, escondendo o focinho sob minha axila. O sol rebrilhou sobre o sal, me cegando, então o brilho explodiu para fora, fazendo uma onda quente percorrer o deserto. O sal embaixo e em volta de nós ficou mais macio e então afundou, tornando-se duro e plano, até estarmos em um disco de alabastro perfeito.

A explosão havia derrubado Henry de joelhos; todos ficamos silenciosos e atentos enquanto as pegadas no sal tremiam, depois baixavam para entalhar uma rampa gradual na terra. Eu tinha visto coisas parecidas no Egito, uma arquitetura lisa e cintilante esculpida com esmero em calcário. Lá embaixo, talvez meio quilômetro sob a terra, uma porta surgiu. Sob os mantos, eu havia começado a suar terrivelmente, e cutuquei Ara, que não tirava os olhos da porta.

Era tarde demais agora, pensei, para esquecer essa loucura e voltar para casa. Uma aversão e uma curiosidade concomitantes me fixaram ali, pois eu queria saber o que poderia sair daquela porta, o que havia atrás dela.

Algo se moveu na escuridão; uma figura atravessava a porta quadrada. A princípio, pensei que fosse outra das criaturas com corpo de escorpião, mas, quando ela subiu a rampa em nossa direção, ficou claro que era metade mulher, com a metade inferior de leoa. Isso explicava as pegadas de patas. Mais que isso, ela não tinha dois braços humanos, mas seis no total, os dois pares extras cruzados às costas, como asas em repouso. Ela se aproximou devagar e não pude deixar de me perguntar se era para nos dar tempo de mudar de ideia e fugir.

E quis fazer exatamente isso. O sol desapareceu e o deserto se afundou em noite no mesmo instante. Arfando, observei as trevas se iluminarem com mais estrelas do que um céu deveria ter. Não apenas estrelas – desenhos. Não sou nenhum astrônomo, mas até eu sabia que aquelas não eram constelações comuns e que nenhuma estrela no firmamento brilhava tão intensamente. A lua, perfeita como uma pérola, pairava cheia e volumosa e perto demais de nós, mais perto do que eu jamais a vira.

A criatura terminou sua jornada rampa acima e nos observou com os olhos felinos, sua pele de um dourado amanteigado, como o tom de sua metade leoa. Um colar de contas azuis pendia de seu pescoço e repicava suavemente quando ela se movia. Em volta de seu pescoço e de seus ombros, deitava-se uma cobra tão branca quanto o sal, embora sua cabeça não tivesse olhos e sua boca nunca se abrisse – um tubo sem dentes que sugava o ar.

Henry a contemplou, maravilhado, ainda de joelhos.

– Sou Malatriss – ela disse. As estrelas brilharam mais forte quando ela falou. – Aquela Que Abre a Porta. Quem está disposto?

– Eu estou – Henry se levantou de um salto. – Eu estou disposto.

– E os demais? – ela perguntou.

Ele se virou e estendeu as mãos, implorando com o olhar. Eu nunca tinha visto Henry parecer tão desolado antes.

– Por favor – ele fez com a boca.

– Estou disposta também – Ara declarou, dando um passo à frente.

Olhei no fundo dos olhos da guardiã e o que encontrei ali me apavorou. Ela saberia se eu mentisse. Pensei em Faraday – Focalor, o demônio – e em sua loucura, seus ferimentos, sua queda terrível. Ele estaria verdadeiramente disposto? Ou tinha passado nesse primeiro teste apenas para falhar no seguinte? Às vezes, para proteger as pessoas que amamos, temos de desapontá-las.

– Desculpe, Henry – eu disse, apertando Bartholomew junto ao peito.

– Dalton. Dalton. Não ouse fazer isto, não ouse... – Ele avançou na minha direção, arregalando os olhos amarelos. – Seu bosta covarde. Você veio até aqui só para me trair? Acha que é divertido? O pastor mandou você fazer isso?

– Não preciso responder a essa pergunta. – Dei um passo para trás. – Veja o que está dizendo e saberá exatamente por que estou fazendo isso.

— Não. — Henry se lançou na direção de Ara, girando-a. Ele tirou o Elbion Negro da bolsa e o sacudiu na minha cara. — Deve haver alguma outra coisa. Deve haver uma saída, uma maneira de ser livre. Livre deste livro, livre desta... desta...

Culpa.

Ele perdeu a força, abraçando o livro e caindo novamente de joelhos. A jornada estava chegando ao fim — ele podia sentir, eu também —, mas não era o fim que ele esperava. Não pela primeira vez, ele se transformou diante de meus olhos, deplorável agora. Desamparado.

— Você prometeu — ele vociferou. — Você prometeu.

— Eu não vi naquele momento. — Recuei devagar para longe dele, para longe de tudo aquilo. — Eu não sabia seu objetivo e não vou ajudar a destruir esse livro. Caramba, eu não vou perder você.

Henry se ergueu com uma faísca de esperança nos olhos, a qual eu já sabia que seria responsável por apagar.

— Vá ao Julgamento. Traga o livro branco, traga-o aqui, podemos nos libertar juntos. Eu sei que existe outra coisa, Dalton, eu sei. Confie em mim.

— Desculpe — repeti, observando aquela luz tremular e se extinguir. — Não vou ajudá-lo a fazer isso. Perdoe-me.

— Não. — Ele voltou a girar na direção de Ara e Malatriss, dando as costas para mim no sal. — Não, Dalton, eu não o perdoo. Nunca vou perdoar.

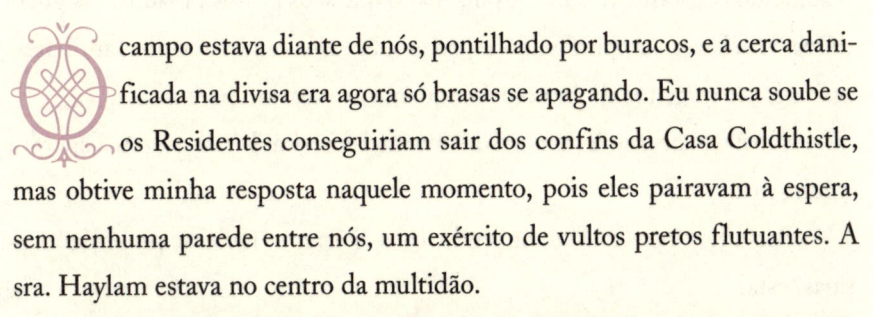

O campo estava diante de nós, pontilhado por buracos, e a cerca danificada na divisa era agora só brasas se apagando. Eu nunca soube se os Residentes conseguiriam sair dos confins da Casa Coldthistle, mas obtive minha resposta naquele momento, pois eles pairavam à espera, sem nenhuma parede entre nós, um exército de vultos pretos flutuantes. A sra. Haylam estava no centro da multidão.

— Agora é sua grande chance, Poppy — Chijioke dizia. Os olhos dele brilhavam vermelhos, se destacando fortemente contra sua pele escura. – Com Mary aqui de novo, pode gritar o quanto quiser.

Era estranho ir à batalha com uma criança ao meu lado, mas ela já havia salvado minha vida uma vez, e eu sabia que não deveria questionar seu poder.

– Tenho tantos gritos acumulados – disse Poppy, sorrindo. – Espero que sejam suficientes.

O único dentre nós ausente no gramado leste era o sr. Morningside. Ele ainda não tinha saído da casa, e não havia como saber que plano poderia estar engendrando. Mary e Lee estavam junto a Chijioke, por mais que Lee estivesse cambaleante de enjoo, a presença de tantos Árbitros deixando seu rosto verde. E eram *realmente* muitos. Dalton os havia chamado de hoste, mas era difícil contar todos os corpos dourados enchendo o céu claro.

Sem luar, Khent era obrigado a ficar do meu lado, pois eu tinha uma gaveta inteira de talheres prontos para transformar para ele. Algumas pistolas soltas e um fuzil de caça que restaram na casa também foram trazidos, embora eu duvidasse que fossem muito úteis contra aquela combinação variada de inimigos.

– Arre, Nefilins – Khent murmurou, cuspindo na grama. – Pensei que tinha matado o último desses bichos feios em Giza.

Eu havia torcido para apenas ler sobre eles no diário de Bennu, mas Khent estava certo – gigantes imensos e disformes com os rostos cheios de vespas avançavam na direção dos restos chamuscados da cerca. Eu conseguia ouvir o zumbido constante dos insetos mais alto que seus passos pesados. Os guerreiros de seis asas empunhando espadas sobre eles também eram familiares, assim como os gritos de "sanctus" enquanto avançavam para a casa.

– Não é nada como ler um livro – murmurei rouca. Khent pegou e apertou minha mão.

– Por acaso não está escondendo uma Serpente Celeste por baixo das saias, está?

– Apenas anáguas – lamentei. Depois voltei um olhar duro para os inimigos que avançavam, numerosos demais até para contemplar. Devia ser a maior parte do exército do pastor, e nossa última batalha contra eles teria de servir como distração para Dalton passar despercebido. Não havia sinal do pastor, mas o sr. Morningside também estava ausente. – Khent, se eu precisar deixar o Pai assumir o controle...

– Vou trazer você de volta quando chegar a hora – ele prometeu, apertando minha mão novamente. Eu pensei que ele gostaria daquela oportunidade de guerra e derramamento de sangue, mas seus olhos estavam tristes. – Você faz os dardos, eu os atiro. O Pai virá apenas se formos dominados, sim?

– Claro. – Mas o que eu realmente queria dizer era: *Vou tentar*. E também: *Já não estamos dominados?* A resistência do pastor era muito maior do que eu havia esperado ou imaginado e, por um breve momento, entendi as motivações sombrias de Henry. Era isto que ele temia enquanto coletava suas almas: a aniquilação nas mãos de ex-aliados. Talvez sempre fosse chegar a esse ponto; talvez simplesmente não pudesse haver paz entre pessoas tão diferentes.

– O que foi, *eyachou*? – Khent perguntou.

– Eu estava apenas pensando que é tudo tão insensato. Não habitamos todos este lugar dentro de um lugar? Deveríamos ser amigos.

– Sim. – Ele assentiu, esfregando o queixo. – Mas esses servos de Roeh não parecem muito amigáveis hoje.

Era difícil ouvi-lo com o zumbido alto das vespas e o adejar de tantas asas douradas. Esperamos em silêncio, Bartholomew batendo as patas no chão constantemente, Mary e Chijioke de mãos dadas conforme os Residentes vagavam para trás e para frente em nosso flanco. Todos poderiam se machucar. Todos poderiam ser *mortos*.

– Mary – chamei, querendo dizer alguma coisa, qualquer coisa, que pudesse expressar minha gratidão, meu alívio, por ter desejado a existência dela tantos anos antes, fechada dentro de um armário enquanto meus pais discutiam, desesperada por uma amiga de verdade para me distrair da minha tristeza.

Ela tinha acabado de se virar para mim quando o primeiro Árbitro mergulhou do céu, avançando contra nós empunhando dois machados dourados. Finch devia estar entre eles, pensei, mas era impossível diferenciá-los da falange gigantesca e flutuante de ouro. Esse foi o sinal que rompeu a frágil paz e, um instante depois, os gigantes enxameados por vespas e os demônios gritantes de seis asas avançaram pelo campo em nossa direção.

Por um instante, foi tão assustador, tão apavorante, que fiquei paralisada. Mas então veio a voz do Pai. *Sangue*, ele me lembrou, prestativo. *Mais sangue.* *Não*, foi a minha resposta, *menos sangue derramado pelos meus amigos*. A única maneira de passar por aquilo era proteger meus companheiros, a todo custo. A Mãe tinha se recusado a ajudar a princípio, mas, por minha insistência, concordara em tecer todos os feitiços defensivos que pudesse. Ela estava perto da casa, sob a sombra do beiral à frente da cozinha. O chão ao nosso redor tremeu e chacoalhou, então uma centena de raízes ocultas brotaram de baixo, erguendo-se no ar antes de se enroscarem, formando uma cerca grossa.

Ouvi os gigantes Nefilins correrem contra as raízes, golpeando com os punhos, pequenas asas de vespas adejando em uma sinfonia de frustração furiosa. A cerca de raízes fez pouco contra os inimigos alados no alto, que mergulharam rapidamente em nossa direção. Eles vieram em uma fileira de cem e uma lança dourada perfurou o chão ao meu lado. As lanças. Claro.

Na mesma hora, comecei a trabalhar, o sangue ansioso queimando no rosto enquanto pegava faca após faca e fechava os olhos, sentindo um alívio breve do caos ao transformar os talheres com meus poderes de criança trocada. Khent tirava as lanças de minhas mãos com habilidade assim que estavam formadas, atirando-as em qualquer Árbitro ou Serafim que chegasse perto demais. Sua mira era boa, mas não perfeita; alguns escapavam de seu ataque, e uma mulher de cabelos compridos feita de ouro líquido pousou a dez passos de distância.

– *Ahhes, ahhes, ahhes.* – Khent estendeu a mão para mim e flexionou os dedos. *Rápido, rápido, rápido.*

Entrei em pânico e a faca escapou da minha mão, caindo na grama. Com um grito agudo, me ajoelhei para pegá-la, sentindo uma rajada de ar sobre a cabeça quando Bartholomew saltou sobre minhas costas, colidindo com a sobreterrena e a derrubando com força no chão. Os gritos dela logo foram silenciados, mas fechei os olhos em concentração enquanto transformava outra faca para Khent e dizia a mim mesma que não podia errar de novo.

Chijioke fez o seu melhor com um fuzil de caça; sua mira era precisa, mas a recarga, lenta. O brilho fulgurante do escudo de Mary nos cercava, desviando dardos atirados de todas as direções pelo enxame de forças aladas do pastor no alto. Eu conseguia ver Poppy pulando para cima e para baixo, trêmula de euforia, esperando o momento certo para criar caos. Os Residentes passaram por nossos flancos, pouco mais do que sombras turvas e velozes, então subiram pelo escudo de Mary, alto o suficiente para alcançar os Árbitros dourados que controlavam o ar. Pegando um garfo para transformá-lo, ergui os olhos enquanto um Residente agarrava um membro da legião, envolvendo-o como se tragasse toda a criatura. Mas ele meramente despojou o Árbitro de sua energia luminosa, deixando o inimigo em sua forma mundana, incapaz de voar. Berrando de terror, o pobre coitado despencou ao chão, levando as mãos às costas em busca de asas que haviam desaparecido.

O mesmo Residente cintilou até se apagar, partindo-se enquanto a luz que havia tragado dissolvia sua sombra. Havia talvez mais uma dezena de Residentes se alçando ao céu, mas era tudo que a sra. Haylam havia trazido. Agora restavam apenas as colheres, e eu estava exausta, cada talher transformado sugando um pouco mais da minha energia. Caindo de joelhos, tentei recuperar o fôlego, sentindo o ar terrivelmente duro de inspirar.

– Respire – Khent me lembrou. Ele estava bastante suado do esforço, o cabelo preto empapado na testa, as mangas encharcadas. – Vamos passar por isso.

Olhei para trás e vi a Mãe entoar um canto sem palavras enquanto mantinha a barreira de raízes forte e estável. A sra. Haylam, porém, parecia muito pior. Seus servos de sombra haviam se dissipado e ela se esforçava para criar mais, cortando as mãos para produzi-los a partir das sombras escassas em volta da mansão. Se estivéssemos batalhando à noite, ela poderia ter produzido mais uma dezena de reforços no mesmo instante. Os poucos que conseguiu criar, com suas cabeças estranhas e volumosas brotando da sombra de um engradado ou de um vaso, nasciam no éter, depois disparavam imediatamente rumo ao céu. Sangue manchava as saias dela e seu rosto estava começando a ficar assustadoramente pálido.

O clamor contra a muralha de raízes cresceu. Seis dos gigantes com cara de vespa bateram os ombros contra ela em uníssono. Eles agiam como aríetes e, em pouco tempo, as madeiras começaram a lascar, então ceder. Levei um susto ao ver um braço grosso romper a cerca com um soco. Pouco depois, o monstro havia aberto espaço suficiente para passar rastejando.

– Poppy, prepare-se! – gritei, então fiz mais uma lança para Khent e corri na direção da sra. Haylam. Parei perto dela e arranquei faixas de tecido da barra de minhas saias, que usei para enfaixar os sangramentos profusos de seus braços.

– Pare, menina, sei o que estou fazendo – ela murmurou, com a voz mais rouca que o normal.

– Você vai sangrar até a morte, sua bruxa velha e teimosa, deixe-me ajudar.

Ela rangeu os dentes, mas permitiu, e consegui ao menos estancar o sangramento de seus antebraços e perto de seus cotovelos. Mas, assim que eu enfaixava um ferimento, ela fazia outro, a faca cintilando enquanto cortava a pele através do vestido.

– Já chega agora – a sra. Haylam sussurrou. – Vá fazer alguma coisa *útil*.

Útil. Claro. Ela queria que eu mergulhasse nos poderes do Pai e acabasse logo com aquela batalha. Mas eu não faria isso, não enquanto pudéssemos vencer sem a ajuda dele. Cada momento de sua influência crescente parecia costurar uma parte dele permanentemente ao meu cérebro.

Voltei para o lado de Khent, entregando-lhe mais uma lança com as mãos trêmulas e sem força. Seus arremessos estavam ficando mais fracos também, e ele gemia alto toda vez. Eu não tinha estômago para aquilo, eu sabia, encolhendo-me sempre que pousava os olhos em mais um corpo caído na grama. Claro, era um alívio que os estivéssemos mantendo longe, mas eu não sentia nenhuma animosidade real contra o povo do pastor – Sparrow tinha sido uma pedra em meu sapato e agora ela estava morta. Aquelas mortes pareciam completamente sem sentido, em vão, somando-se uma após a outra à medida que belas figuras douradas caíam indolentes do céu como aves em uma caçada grotesca.

Os números no alto diminuíam, mas a luta diante de nós no campo tinha acabado de começar. Os Nefilins, zumbindo furiosamente, avançavam em nossa direção, ganhando velocidade.

A colher na minha mão se recusou a se transformar. Fechei os olhos com força e canalizei os últimos resquícios de determinação em meu corpo no maldito objeto, mas nada aconteceu. Eu conseguia sentir a mão de Khent acenando à minha frente, mas não havia nada que pudesse fazer.

– Desculpa – sussurrei, lágrimas escorrendo pelo rosto. – Não tenho mais nada!

O troar dos pés dos gigantes abafou outro estrondo. À minha direita, dando a volta pela frente da casa, veio um esguicho de grama e cascalho – a cavalaria, por assim dizer, havia chegado. Fathom, Giles e Niles cavalgaram para o campo, Fathom gritando em fúria enquanto apontava a pistola e atirava em alta velocidade. Cada um deles acertou um disparo na direção dos gigantes antes de circular de volta para nós, freando os cavalos e empunhando seu pequeno arsenal de pistolas e fuzis.

– Como nos velhos tempos na casa da tia Glinna, caçando faisões em Somerset! – Giles exclamou. Ele e o irmão usavam flanelas de caça xadrez nos tons de roxo e verde mais em voga. – É bom vê-la novamente, srta. Louisa, embora eu desejasse que fosse em circunstâncias menos calamitosas.

– Este não é o momento para cortesias – respondi, abrindo um sorriso exausto. – Mas sua ajuda é muito bem-vinda!

– Onde está Morningside? – Chijioke murmurou, tentando desentupir o fuzil antes de desistir e aceitar uma arma nova de Niles.

Eu sentia a mesma curiosidade e olhei na direção da casa. Lá dentro, vi Dalton brevemente à janela da cozinha, então ele sumiu, esvaindo-se no ar com um estalo agudo que nos alcançou mesmo através das paredes. Isso ainda não explicava a demora do sr. Morningside. Será que ele havia nos deixado? Será que o canalha realmente tinha nos abandonado para lutar sua guerra enquanto se refugiava em um lugar seguro?

Mary baixou o escudo por um momento para descansar e se recuperar enquanto a Mãe tentava em vão reparar a muralha. Erupções menores de raízes brotavam da terra, mas só conseguiam fazer tropeçar os gigantes, que se recompunham e seguiam em frente. Eles chegariam até nós a qualquer momento.

Não havia mais o que eu pudesse fazer por Khent. Me virei e fui até Poppy, colocando uma mão trêmula em seu ombro.

– Assim que conseguir ver as vespas no rosto deles, dê tudo de si.

– Estou pronta, Louisa, não dou nenhum grito há muito tempo, e dói contê-los por tanto tempo. – Bartholomew parou na frente da menina, protegendo-a e lambendo o sangue copioso das patas. A peleja o havia alterado; ele nunca parecera tanto um cão dos infernos, com a espinha rígida de pelo escuro e baba na boca.

Pelo canto do olho, vi a sra. Haylam desabar. Antes que pudesse ir à sua ajuda, uma torrente dourada iluminou o horizonte – outros Árbitros. Tantos ou mais do que antes.

– Pelas estrelas – Mary exclamou, cobrindo a boca. – Ele deve ter convocado seu povo de todos os cantos da terra!

– Que tal agora, Louisa? – Poppy perguntou.

– Sim – eu disse, com um aperto no coração. – Agora. Grite agora!

Enquanto Poppy se preparava, desapareci para cuidar da sra. Haylam, confiando que a garotinha saberia quando seu poder mais nos ajudaria. Ela parecia quase orgulhosa, como uma soldada, e desejei que não fosse assim, que ela não fosse uma criança obrigada a entrar nessa guerra, que pudesse estar brincando em algum lugar, segurando seu cachorro e cantando canções em vez de usar a voz para promover um caos sangrento.

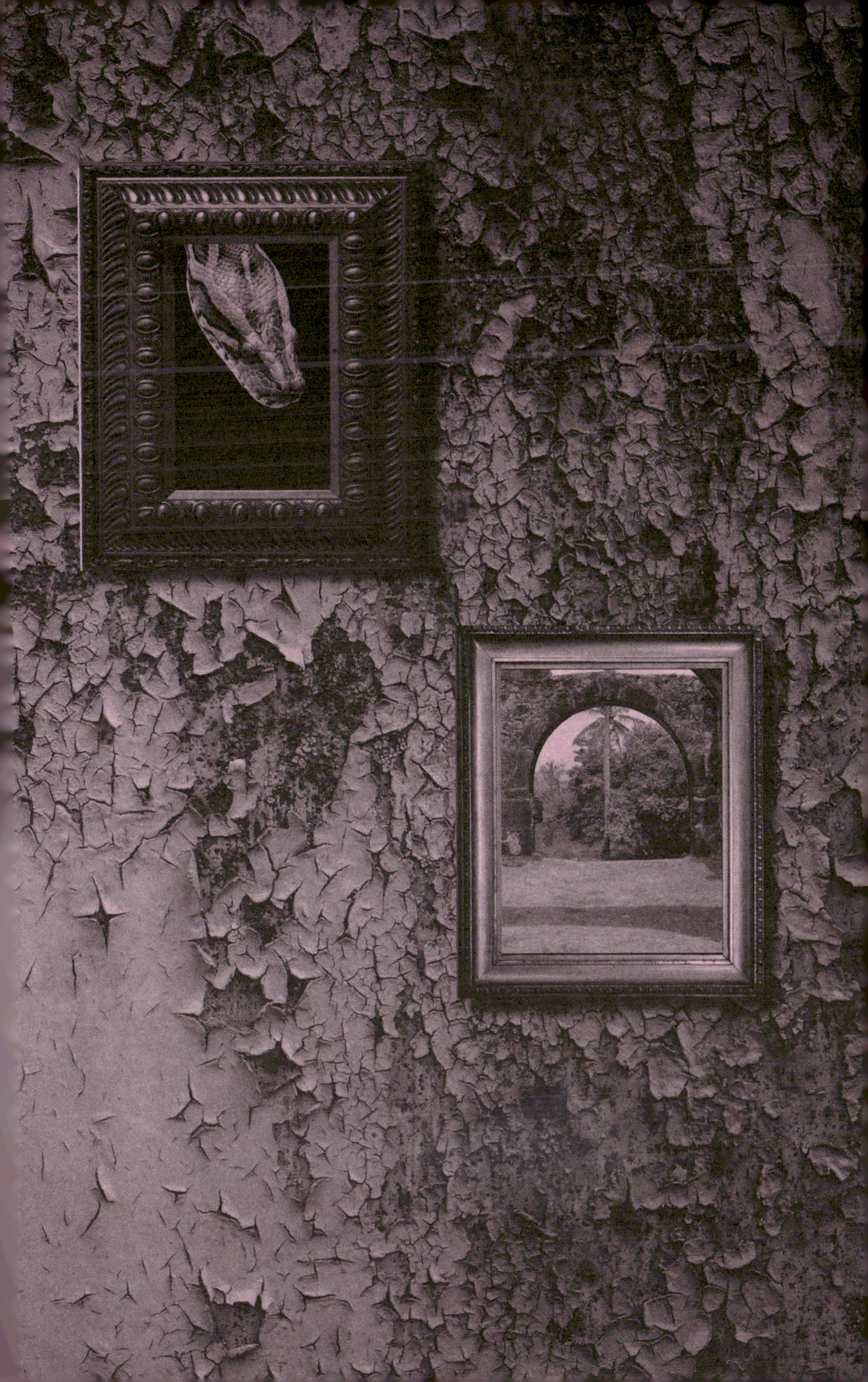

Capítulo vinte e dois

— Nunca desgostei de você.

O tumulto atrás de mim embaralhou as palavras. Levei um momento para desvendá-las enquanto rasgava outra tira de tecido para amarrar em torno da coxa dela. Não havia nenhuma fachada de governanta e criada agora, nem posições sociais ou barreiras de cortesia – a perna magra da sra. Haylam estava estendida na minha direção, apoiada em meu colo enquanto eu a enfaixava com um tecido áspero.

— Eu a acusei disso? – perguntei, balançando a cabeça. Antes, eu tivera apenas vislumbres das tatuagens nos braços dela, sempre despontando para fora das mangas, mas agora descobria que, por baixo do vestido recatado de gola alta, ela era coberta de marcas. Tendo sofrido essa agonia na palma da mão, mal conseguia imaginar o que ela havia suportado para ficar daquela forma.

— A maneira como você me olha, menina. Sempre fugidia. Receosa. Eu era dura porque pressentia a inteligência em você. A força. – Ela tossiu, fazendo um fio de sangue escorrer pelo queixo, e me crispei. – Mesmo antes de seu pai aparecer. Não fui dura o suficiente com Henry e olhe como ele ficou. Sou um de seus últimos verdadeiros aliados. Ele nunca foi flexível ou bondoso, o que afastou todos os demônios. Seria bom ter um ou dois do nosso lado agora.

— Vou contar para ele que a senhora disse isso – provoquei, na esperança de reavivar seu ânimo.

— Conte. Não estarei mais aqui para aturar as queixas dele.

— Não vou permitir que a senhora fale dessa maneira. Onde está o sr. Morningside? – pressionei. – Por que não está nos ajudando?

— Ele está – *tosse, tosse* – fazendo preparativos. Mas acha que chegar cedo é deselegante.

E chegar tarde seria calamitoso. Pensei mais sobre o que ela disse, sobre Henry nunca ter sido flexível ou bondoso. Ele já havia sido, por um tempo

– com ela e Dalton, pelo menos. Ele havia abrigado muitos dos meus por culpa, mas agora... Parando por um momento, olhei ao redor, vendo todos nós batalhando contra os sobreterrenos. Lutando *por* ele. E onde ele estava? Por que estava ausente de sua própria luta? Fiquei indignada de repente, furiosa, perigosamente furiosa, tanto que senti o Pai chamejar contra a membrana fraca que o continha. Não eram demônios como Faraday arriscando a vida pela casa e a vida de Henry, éramos *nós*. Essa injustiça cruel me cortou, e pensei se não seria isso que Dalton queria que eu visse no diário: que sempre seria assim, Henry se escondendo e conspirando enquanto os outros faziam o trabalho sujo por ele.

Até sua única amiga de verdade estava sangrando e sofrendo.

Terminei de enfaixar a perna dela e me sentei sobre as coxas, depois virei ao ouvir uma saraivada de tiros. As balas não faziam quase nada contra os gigantes. A barreira de Mary se alargou novamente, envolvendo-nos e tornando o ruído da batalha mais fraco por um momento. Então, Poppy deu um passo à frente, ergueu a cabeça, cerrou os punhos e soltou um de seus gritos agudos de trespassar os ossos. A onda mais próxima de Árbitros caiu, apertando a cabeça de agonia, distraídos o bastante para se tornarem alvos fáceis de nossos exímios atiradores. Poppy havia enfraquecido nossos inimigos, deixando-os mais vulneráveis à artilharia. Observei os Nefilins recuarem, dissuadidos, mas apenas por um momento.

Seu grito, por mais poderoso que fosse, não foi o suficiente para virar o jogo.

Quando acabou, vi Chijioke consolar Poppy, que começou a chorar, desapontada e assustada.

– Onde está Morningside? – Chijioke gritou, abraçando Poppy. – Maldito seja. Precisamos da ajuda dele!

– Você está preparada para assistir à morte deles? – a sra. Haylam sussurrou. Mais sangue escorreu de sua boca. – Está pronta para ter esse peso sobre as costas?

O estrondo dos pés dos gigantes se aproximava, ensurdecedor. Uma saraivada de dardos se chocou contra a barreira de Mary, que ruiria assim que ela se cansasse. Khent não podia fazer nada, pois eu não tinha mais lanças para lhe dar e seu conhecimento de fuzis era pouco melhor que rudimentar. Suspirei e me levantei, sabendo o que precisava ser feito, por mais que eu temesse.

– Louisa – a Mãe suplicou, mas virei as costas para ela.

– Deixe a menina fazer o que precisa – a sra. Haylam disse. – Deixe-a escolher.

Respirei fundo, inspirando o cheiro de sangue e pólvora à nossa volta, sentindo o tremor da terra... Seria fácil invocar o Pai. Aquela era sua arena de escolha, seu elemento natural. Ele ansiava pelo derramamento de sangue e, agora, por fim, eu lhe daria tudo que ele conseguisse aguentar. Da minha parte, eu já tinha visto mais do que o suficiente. Na minha cabeça, a alma do Pai estalava e rosnava e se enfurecia, tendo seu banquete negado.

Até que o vidro atrás de nós se estilhaçou. Parecia que a casa toda havia implodido, mas foram apenas as janelas. Cobri a cabeça, gritando enquanto cacos de vidro choviam sobre nós; então, com o bater de mil asas, pássaros jorraram da mansão em uma algazarra de cores e sons, suas penas caídas se juntando à chuva de vidro das janelas. Tirando destroços dos ombros, me maravilhei com a velocidade deles, seguindo sua trajetória enquanto praticamente cobriam o céu. Sempre que um pássaro acertava um alvo alado ou gigante, explodia em uma cascata de penas que flutuavam em fios de luz prateada. Esses vultos se aglutinavam, depois formavam figuras fantasmagóricas.

As almas. Ele havia finalmente libertado o exército de almas que tinha ceifado e conservado em suas aves.

O sr. Morningside surgiu logo em seguida, saindo da cozinha com uma xícara de chá. Ele a bebeu em um gole só e atirou a porcelana contra a parede mais próxima.

– Elegantemente atrasado! – gritei para ele, exasperada.

O sr. Morningside encolheu os ombros e passou por mim para cuidar da sra. Haylam.

– Mas *continuo* elegante. Ainda quer a escritura? Desculpe, acho que quebrei algumas coisas.

– Eu te odeio! – vociferei.

– Tudo bem. – Ele olhou por sobre o ombro, exatamente quando Dalton surgiu com uma bolsa pesada às costas, também saindo pela porta aberta da cozinha. – Pode me odiar depois. Creio que seja hora de você partir.

As almas guinchavam enquanto recuperavam suas formas e precisei me aproximar de Henry para escutar o que ele dizia. Tiros. Gritos. O baque surdo de dardos atingindo a barreira de Mary... Era demais, e eu tinha acabado de retornar de um abismo mental. Khent correu para nos encontrar, colocando-se entre mim e o campo de batalha.

– O que está acontecendo? – ele perguntou.

– Vão – o sr. Morningside ordenou. – Deixem esse probleminha conosco, vocês têm trabalho a fazer. Ele está com o livro, Louisa. Agora é a hora de você fazer o que prometeu. Leve o homem cão, ele é imprestável sem a lua.

– A Mãe também virá – eu disse a ele. – Ela não foi feita para esse tipo de carnificina.

A maré parecia estar virando, com as aves do sr. Morningside permitindo que nosso lado ganhasse mais terreno. Mas isso não eliminou completamente minhas preocupações, e eu detestava deixar qualquer um dos meus amigos para trás.

O sr. Morningside suspirou e revirou os olhos, depois apontou para a Mãe.

– Só vou aceitar porque ela parece ser inútil. Agora vá! Vamos mantê-los ocupados enquanto vocês quatro partem.

– Tão repentino – murmurei, sentindo como se o chão tivesse sido tirado de baixo dos meus pés. – Para onde vamos?

– Castelo de Helmsley. Não é longe. Dalton tem as instruções. – O sr. Morningside pegou meu braço e, não pela primeira vez, me perguntei se aquele seria nosso último encontro. Ele ficou sério de repente, ignorando a violência ao redor. – E Louisa? Boa sorte. Sei que não me decepcionará.

Não houve tempo para despedidas, um fato que me assombraria por toda a viagem.

— Só não sei o que esperar — disse a Khent e à Mãe, sentados diante de mim na carruagem. Havíamos tomado a carruagem velha que Chijioke usava para fazer compras, com Dalton na cabine de cocheiro e um manto em volta do livro em seu colo. — E não pude dizer nenhuma palavra a Mary ou Chijioke. Ou, meu Deus, Lee e Poppy! Como vou explicar isso tudo para eles depois?

— Eles entenderão — a Mãe me acalmou. Ela havia se recuperado mais rápido do que eu imaginava e sentava-se ereta e tranquila, com o véu cobrindo o rosto. O traje de luto parecia apropriado. — Você está a caminho do desconhecido, criança. Haverá tempo para pedir desculpas depois.

Khent, porém, tinha sentado ao meu lado no banco e olhava pela janela de trás enquanto a casa desaparecia ao longe. O Castelo de Helmsley não era longe de Malton, o que também parecia simbólico: ir ao princípio para chegar ao fim. Malton não era nada como Constantinopla e torci para que não fosse algum tipo de artimanha. Mas não me surpreenderia nem um pouco se aquele lugar misterioso — o desconhecido, como a Mãe o havia chamado — tivesse muitas portas. Afinal, aquela que o sr. Morningside havia encontrado no diário tinha surgido do nada.

— Tem algo errado. — Khent apontou pela janela, resmungando.

— O que é? — perguntei.

— Eles deveriam estar nos seguindo. Precisam demitir o estrategista deles. Se uma carruagem deixa a batalha, você a segue. Mesmo que pareça vazia, você a segue. Ou são muito idiotas ou estamos entrando em uma emboscada.

— Fique alerta — eu disse a ele. — Tenho um mal pressentimento.

A Mãe me observava atentamente, com a carruagem chacoalhando ao nosso redor enquanto Dalton instigava os cavalos e voávamos pela estrada.

Eu me aconcheguei no banco, exausta, tentando recuperar parte da minha força para as provações que estavam por vir. O que quer que enfrentássemos, exigiria mais de mim que apenas seguir instruções. O que me fez lembrar...

Peguei o pequeno pergaminho que o sr. Morningside havia me dado. Dalton o havia entregado para mim antes de sairmos da casa, sugerindo que eu o memorizasse. Não era muita coisa, e a maior parte eu já sabia.

– Haverá enigmas – eu disse a eles. – E deve haver algo diferente em mim... Morningside disse que não conseguiu entrar, mas que eu provavelmente conseguiria. Não posso falar muito sobre isso agora, pois mesmo discutir o ritual pode invocar seres horrendos para me punir.

– *Perou huer hubesou* – Khent murmurou, com o nariz ainda voltado para a janela de trás. *Mais trapaças.*

Mas sacudi a cabeça para ele.

– Não... somos muito diferentes, eu e ele.

– Isso é um eufemismo.

– Talvez... – pensei alto, esfregando a testa. – Talvez apenas mulheres possam entrar. Ou talvez apenas aqueles com sangue de faes das trevas. Se ele tentou entrar na tumba com Dalton e Ara, isso não funcionaria. Ah, não sei, é inútil especular.

A Mãe se debruçou e tocou meu joelho, depois ergueu o véu e deu um tapinha no assento ao seu lado. Cruzei a carruagem e me sentei, então uma sensação cálida e acolhedora tomou conta de mim quando ela encostou a cabeça na minha.

– Leia o pergaminho. Recomponha-se.

Eu li, o que foi muito mais fácil com ela ao meu lado. Seu simples toque obliterava meus temores, um bálsamo para a batalha que havíamos acabado de enfrentar e para a que sem dúvida me esperava. Meus pensamentos se aplacaram e, embora eu ainda sentisse o coração pesado pela carnificina e por deixar tantos amigos para trás, não me sentia tão desamparada com ela ao meu lado.

Alisando o pergaminho sobre o joelho, reli as linhas breves, escritas com a caligrafia excessivamente elegante do sr. Morningside. Elas traziam o que eu imaginava – as charadas que ele havia descoberto, as respostas que pensava serem corretas, e até as palavras para gritar à porta. Então minha atenção se fisgou em uma linha em particular e senti uma pontada de angústia no fundo do peito. Fiquei infinitamente grata por ter lido todo o diário de Dalton; sem ele, eu estaria em terríveis apuros.

Pois o sr. Morningside havia mentido. Reli seu relato da charada de novo e de novo, torcendo para que fosse um simples erro ou deslize de ortografia. Mas não, ele não podia ter escrito a resposta errada por engano. Ou queria que eu sofresse, ou que eu fracassasse. Ou talvez fosse simplesmente estúpido demais para contar e perceber que Faraday havia perdido três dedos. Três. Ele tinha errado todas as charadas, o que significava que... que...

Algo dentro de mim se enrijeceu, um amontoado de nervos frouxos se tornou aço, e eu soube então que conseguiria fazer o que ele não pôde: eu entraria na Tumba dos Antigos e contemplaria tudo que ele queria tanto ver e lhe fora negado.

– Braços a abraçar, mas nenhuma mão. Beliscos a dar, mas nenhum dedo. Veneno a atacar, mas nenhuma agulha.

Traidores traíam. Mentirosos mentiam. O Diabo ludibriava. Ou então o sr. Morningside não era tão sagaz quanto eu pensava.

Escorpião não era a resposta, mas eu sabia qual era.

Capítulo Vinte e três

1247. Tuz Gölü

Eu estava prestes a montar em meu cavalo quando ouvi os gritos de Ara.

O cachorro aninhado em meus mantos se agitou e botou a cabeça para fora da gola, na direção do som agonizante. Segui o som também e, sem conseguir me conter, corri de volta para o centro do sal. Malatriss assomava sobre uma visão horripilante. Ara estava contorcendo-se, segurando as mãos sobre os olhos e debatendo as pernas no chão duro como diamante.

— O que você fez com ela? — Henry gritou, caindo ao seu lado.

— Consigo ver dentro do coração dela, como vi dentro do seu, Senhor das Trevas — a criatura leoa disse. Uma gota de sangue, perfeita e vermelha, pendia da boca aberta da estranha serpente branca. — Você está verdadeiramente disposto a entrar na tumba. Ela não.

— Isso está longe de ser motivo para agredir! — exclamei, esbaforido depois de correr até eles.

Malatriss, com os olhos dourados brilhando, sorriu para mim com os dentes pontiagudos e regulares, afiados como adagas cintilantes.

— Este não é um jogo para criancinhas — ela sussurrou, o sorriso nunca vacilando. — Do outro lado daquela porta, vocês jogarão com cartas de carne e dados de osso, apostarão sangue e tendões. Seu amigo demônio aprendeu isso da maneira mais difícil. Ele não reagiu bem quando Nira sugou os dedos de suas mãos.

A serpente pálida em torno do pescoço de Malatriss balançou a cabeça e se enroscou ainda mais em sua dona.

As mãos de Ara baixaram por tempo suficiente para eu ver que um de seus olhos estava fechado e sangue escorria por sua bochecha. Eu nunca a tinha ouvido gritar daquela forma, com uma angústia tão infantil, inflamada e indefesa.

— Venha comigo, Henry — sussurrei, ajoelhando-me junto deles e o pegando pelo braço. — Já não viu o suficiente? Este lugar é amaldiçoado. Vamos embora.

— Não. — Ele secou furiosamente as lágrimas, erguendo a cabeça para a guardiã. — Não. O livro precisa ser destruído. Não cheguei até aqui a troco de nada. Quero respostas, está me ouvindo, diaba? Quero respostas.

— Esse é meu desejo também — Malatriss ronronou, impassível aos gritos dele. Me ocorreu que muitos provavelmente haviam descoberto pistas sobre os Vinculadores e empreendido essa jornada, fazendo apelos semelhantes. Qualquer um que encontrasse os livros gostaria de entender seu poder e saber como coisas assim poderiam ser feitas. Quantos aventureiros desastrados ela já não teria torturado e mandado embora? — Eu me alimento de respostas, ou carne, conforme for. Eu as colho. Charadas são a ferramenta com que cultivo o campo.

— Sim, as charadas — Henry ainda estava choramingando, tentando segurar o choro enquanto secava a boca com palmadas desesperadas e desleixadas. — Vou responder às suas charadas, feiticeira. Vá em frente.

Ela riu. As constelações sobre nós giraram e avançaram, tão luminosas que feriam os olhos.

— Audaz. Audaz e arrogante. Quase gosto de você; sua carne teria gosto de orgulho — Malatriss sussurrou, acariciando levemente o corpo da cobra de estimação. — Faria bem escutar seu amigo. Pode estar disposto, Senhor das Trevas, mas este lugar não é para você. Apenas os mortos podem entrar aqui, e você tem muito mais para viver.

Malatriss mostrou os dentes de novo; então, como se a cena toda não tivesse passado de um pesadelo sórdido, despertamos e ela havia sumido. A crosta de sal se partiu sob nós e afundamos na água rasa; a luz do dia havia retornado, o sol raiava sobre um céu sem nuvens. Mas o ferimento que Ara havia sofrido era real e, embora sua histeria tivesse se acalmado, a de Henry persistia.

— Não! — Ele bateu no peito, levantando-se e virando-se em todas as direções. Passando as mãos molhadas no cabelo, começou a rir baixo, um som profundamente maníaco. — Não... não pode ser. O livro. — Ele o encarou, mergulhado no lago de sal. — O livro... eu estava tão perto. Não.

Henry não notou que eu havia ajudado Ara a se levantar, que ela havia se apoiado em mim, que tinha pegado o livro para levar de volta aos cavalos. Não notou Bartholomew tentando lamber sua mão, o único consolo que provavelmente receberia.

Castelo de Helmsley, um pico castanho-amarelado que se erguia em uma colina baixa, estava abandonado. Alguém mantinha o terreno conservado, mas não vi nenhum fazendeiro nem habitantes de Malton passeando pela região. A grama ainda estava úmida pelas chuvas enquanto subíamos em direção à estrutura, e me senti compelida a cravar os olhos na nuca de Dalton.

– Por que não nos seguiram? – perguntei. Khent e a Mãe me cercavam, embora eu pudesse sentir que também observavam Dalton. – Parece ingênuo simplesmente nos deixar partir.

– Henry me disse que criaria uma distração – Dalton contou, parando. Colocou um pé no terreno mais alto da colina e se virou, apoiando as mãos na coxa erguida. O tecido sobre seus olhos estava úmido de suor. – Ele tinha de fazer isso ou eu nunca teria conseguido ir até o Julgamento e roubar o livro.

– Julgamento – repeti. – É lá que vocês levam as pessoas para serem julgadas? Sparrow me levou uma vez. É algum tipo de esfera?

– Sim, apenas acessível por nós. Você só conseguiu ver porque Sparrow a forçou a ir.

– Foi difícil pegar o livro? – perguntei. Ele não estava contando muito, o que só me deixava mais nervosa. Agora eu sabia que o sr. Morningside estava, inadvertida ou intencionalmente, tentando me sabotar; não precisava que seu antigo amante fizesse o mesmo.

– Para ser franco com você... – Suspirando, Dalton balançou a cabeça e então voltou a subir a colina. – Estava desprotegido. Não havia absolutamente ninguém.

– Bom, *isso* é suspeito. – Khent apertou o passo, ultrapassando a mim e depois Dalton até tomar a dianteira. Eu não deixaria que eles chegassem antes de mim às ruínas, então corri para alcançá-los, na esperança de que a Mãe fizesse o mesmo.

– Espere! – Consegui ultrapassar os dois. Me inclinei e apoiei as mãos nos joelhos, ainda fraca e esbaforida por usar meus poderes tão recentemente. – Quero confiar em você, Dalton, mas por que você faria isso? Vai aniquilar todo o seu povo, e a troco de quê?

Ele cruzou os braços diante do terno e ergueu o queixo na direção do vento, deixando que soprasse seu cabelo e a faixa em volta dos olhos. Respirou fundo.

– Vou sentir falta deste lugar, mas estou cansado. Estou cansado desta luta, desta guerra. Estou cansado de Henry. Ele acha que nos destruir é uma vingança, mas não é.

Esperei, lançando um olhar ríspido para Khent, que entendeu e ficou quieto.

– Não haverá ninguém para culpar quando eu partir – Dalton disse, mais para si mesmo do que para nós. – Como era aquela frase? Ah, sim: "Senti também o tal doce gosto da vingança, mas era efêmero e expirou junto com o objeto que o provocou".

Com isso, ele atravessou a grama na direção das ruínas do castelo, as rajadas de vento que subiam as colinas agitando seu casaco. Comecei a segui-lo, mas Khent hesitou, e fui forçada a puxá-lo.

– Nenhum homem tão melancólico tem traição na mente – eu disse baixo. – Vamos, ele não precisava ter trazido o livro. Não precisava sequer ter voltado do Julgamento.

Seguimos numa procissão silenciosa para as ruínas, atravessando a porta para a área fria e sombreada além dela, que quase lembrava um pátio, exceto pela falta de muralhas ao redor. A Mãe se sentou sobre os pedaços desmoronados da parede, erguendo os olhos para o alto da entrada do castelo. Eu havia memorizado o pergaminho do sr. Morningside e sabia como proceder; minha única dúvida era se contava para Dalton sobre o logro – ou erro – de seu amigo.

Pare bem no meio da porta, dê vinte passos, então vire-se e enuncie as palavras.

Essas eram as instruções no diário, e as obedeci à risca, prendendo a respiração durante todo o tempo, o coração batendo mais rápido a cada passo. Khent ficou rígido no canto, alerta, os olhos roxos me seguindo tão intensamente que pareciam fazer uma pressão física contra minha bochecha. Dalton, porém, estava relaxado – ou, talvez, resignado – e manteve as mãos nos bolsos enquanto admirava as ruínas.

Depois de dar vinte passos, parei e me virei para a porta. Mesmo sabendo o que poderia acontecer, era como saltar de um penhasco – na esperança de encontrar água lá embaixo, mas com um pressentimento igualmente forte de que poderia encontrar pedras. Dalton se aproximou em silêncio, tirando a bolsa dos ombros e a entregando para mim. Era incrivelmente pesada; a fenda de lona se abriu para o lado e mostrou o livro branco e cintilante dentro dela.

– Não encoste nele – Dalton me alertou com um sorriso gentil. – Vai queimar.

– Tenho certa experiência com isso – respondi. – Vou começar agora.

Ele assentiu.

– Tem certeza de que é isso que você quer? – perguntei. – Não é tarde demais.

– Você precisa se livrar do Pai e Henry precisa se livrar de mim. Tudo se encerrará perfeitamente, creio eu. Você verá.

Eu não via, mas decidi confiar nele, pegando a bolsa e inspirando uma última vez, dizendo a mim mesma que conseguiria enfrentar as provações, que era capaz de fazer o que o sr. Morningside não conseguira.

– Estou disposta.

O efeito foi instantâneo. A noite caiu e o céu se iluminou com mil constelações cintilantes – jacarés e cobras, cordeiros e aranhas, cervos e coelhos. A lua surgiu, um farol branco circular que parecia próximo o bastante para tocar. Então a rampa se formou, cortando caminho na grama até a porta preta e quadrada aparecer logo abaixo da porta do castelo. Assim como o diário descrevia, Malatriss saiu em seguida, subindo a rampa com o ar quase entediado de quem está cuidando de seus afazeres diários – alimentando as galinhas ou comprando pão.

Dalton havia deixado de descrever sua beleza ou a maneira como as constelações súbitas se refletiam em seus olhos felinos. Ela o observou primeiro, chegando a sorrir como se reencontrasse um amigo de longa data. Mas tinha sido eu quem a chamara, e ela rapidamente se voltou para mim. A Mãe e Khent se aproximaram, com uma postura protetora.

– Sou Malatriss – ela disse, baixando a cabeça muito de leve. – Aquela Que...

– Abre a Porta – interrompi. – Sim, sim, podemos nos apressar? Temos um pouco de urgência.

Isso a pegou de surpresa, o que me deu uma pontada de satisfação, para ser honesta. Ela abriu outro sorriso largo, recuperando-se com um riso.

– Você é impaciente – ela disse, lambendo os dentes. – E disposta. E esses outros? – ela questionou.

Vi Khent abrir a boca para responder, mas a Mãe entrou na frente dele, empurrando-o para o lado. Seu sorriso era quase igual ao de Malatriss, embora contivesse muito menos desprezo.

– Eu estou disposta.

Meus olhos seguiram a horrível cobra branca enquanto ela fazia um círculo lento em volta dos ombros de Malatriss. Ela tinha a mesma boca aberta e escancarada dos dedos do Vinculador.

Malatriss fechou os olhos, seu sorriso desapareceu e, por um momento, tive certeza de que tínhamos feito algo errado. A Mãe estava indisposta ou, talvez, *eu* estivesse indisposta. Mas então a guardiã piscou e fungou, com um aceno de satisfação.

– Dois corações dispostos. Dois corações que conheceram a morte.

Então era isso que havia impedido o sr. Morningside de ganhar acesso à tumba. Eu tinha morrido brevemente, apenas tempo suficiente para que a alma do Pai fosse guiada para dentro de mim, e a Mãe tinha sido drenada ao ponto da morte para o ritual que a prendera dentro daquela aranha. Ao virar-me para ela, com seus oito olhos cor-de-rosa voltados para a frente, me perguntei se ela sabia disso ou simplesmente queria estar ao meu lado para enfrentar os desafios à frente. Qualquer que fosse a explicação, ela pegou minha mão e eu me senti melhor por isso.

– Corações dispostos. Corações imortais. Mas serão eles sábios? – Malatriss refletiu. – O que cai, mas não raia? E o que raia, mas nunca cai?

– Noite e dia – respondi de imediato.

Malatriss inclinou a cabeça, com uma centelha de irritação tensionando a pálpebra direita.

– Minhas folhas não caem, mas viram. Quem sou eu?

Essa era a charada que o sr. Morningside nunca havia conseguido resolver. Ele tinha escrito diretamente nas instruções que haveria uma charada que eu teria de resolver por conta própria. A resposta me surgiu de imediato, devido ao peso excruciante em minhas costas.

– Um livro – respondi.

Malatriss acenou, assim como a cobra, e cruzou as mãos na frente do corpo; as outras quatro permaneceram atrás das costas. As contas de seu colar cintilaram de leve, então ela me fez a última pergunta. Engoli em seco, mais receosa com essa charada do que com a desconhecida. A resposta fornecida pelo sr. Morningside estava errada, disso eu tinha certeza, mas não estava totalmente segura de que sabia a correta. Ou talvez estivesse confiante antes, mas agora, confrontada pela pequena enguia faminta em volta do pescoço dela, quis muito estar certa e manter meus dedos.

Com outro sorriso perverso, Malatriss me apresentou o último teste.

– Braços a abraçar, mas nenhuma mão. Beliscos a dar, mas nenhum dedo. Veneno a atacar, mas nenhuma agulha. O que sou?

Não consegui me conter – olhei para Dalton, que havia abandonado a postura casual, observando-me com as unhas entre os lábios. Seus olhos estavam ocultos, claro, mas eu sabia que toda a sua atenção e todas as suas orações estavam voltadas para mim. O demônio Focalor havia falhado, Henry nunca tivera a chance de tentar, mas reuni a coragem para confiar em minha própria perspicácia.

Pois eu não sabia o nome da antiga criatura com corpo de escorpião e tórax e cabeça de homem, mas o Pai sim. Ele falava a língua antiga de Khent, de Ara, de todas as árvores e insetos e homens. Nenhuma língua lhe escapava. Tremi, temendo o que usar seu conhecimento poderia me causar, mas me recusava a perder os dedos.

– *Girtablilû* – eu disse, minha voz ecoando junto com todas as minhas esperanças.

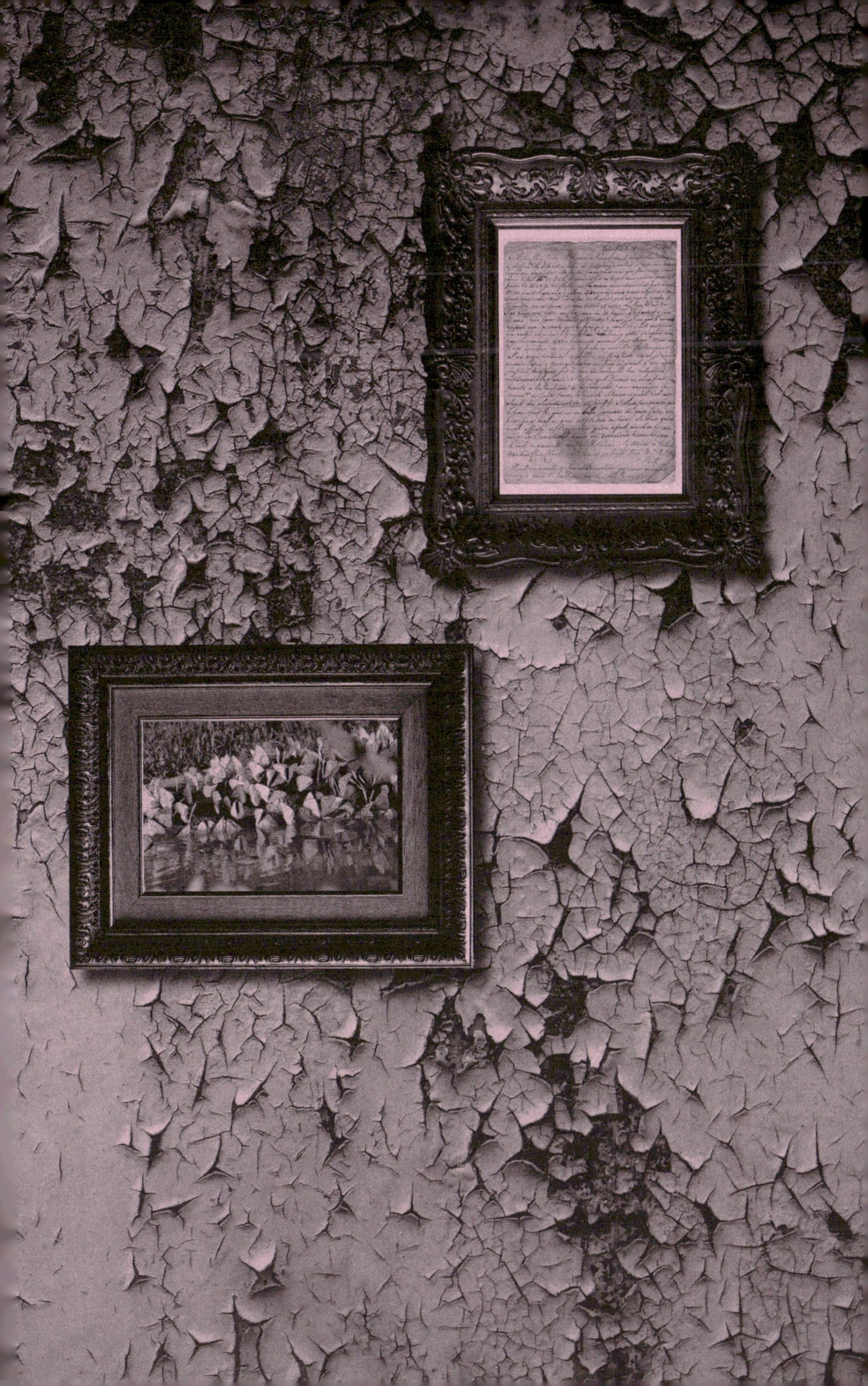

Capítulo Vinte e quatro

Todo o meu corpo ficou paralisado de medo. Não tirei os olhos da cobra, à espera que ela atacasse. A Mãe apertou minha mão com mais força, depois relaxou. Malatriss estreitou os olhos como se me visse pela primeira vez.

– Corações dispostos. Corações imortais... – Ela estendeu as seis mãos douradas para nós. – Corações sábios. Vocês passaram pelo primeiro teste, mas outros as aguardam lá dentro. Terei um interesse pessoal em ver como se sairá, pequena. A porta está aberta para vocês; resta apenas atravessar.

Um vento forte e frio soprou pelas ruínas; um instante depois, houve um bater de asas. Malatriss tinha começado a descer a rampa, mas não estávamos mais a sós no castelo. Eu me virei, apertando as alças da bolsa para protegê-la ao descobrir que o pastor e Finch tinham vindo, comprovando as suspeitas de Khent de que nossa ausência havia sido notada.

– Atravesse aquela porta se quiser, criança – o pastor disse, mancando com a bengala em minha direção, seus olhos cegos me encontrando facilmente. – Mas esse livro você não levará consigo.

Finch avançou para cima de mim, seu corpo dourado se desfazendo enquanto retomava sua forma humana. Mas não me alcançou, pois Khent se colocou entre nós, com os lábios se curvando em um rosnado.

– Louisa, por favor – Finch implorou; seus enormes olhos castanhos estavam úmidos de lágrimas, me buscando por sobre o ombro de Khent. – Você não sabe o que está fazendo. Fomos amigos em algum momento e, embora sejamos diferentes, você sempre foi gentil comigo. Causaria a morte de todos nós?

– Há coisas que você não sabe – eu disse. – Desculpe, mas é tarde demais. Não serei persuadida.

– Como nos encontraram? – Dalton avançou até o lado de Khent e comecei a recuar, sabendo que em breve poderia ter de correr, e rápido.

– Ah, irmão, consigo sentir você. Sempre consigo. Você pode ter virado as costas para nós, mas isso não significa que nosso laço tenha se quebrado – Finch respondeu, balançando a cabeleira escura e desviando os olhos, repugnado. – Eu sabia que você tinha mudado, mas roubar o livro? Trabalhar para *ele*?

Culpa e dúvida despontaram em minha mente, mas não por muito tempo. Senti uma pontada aguda de dor na testa e arfei, quase desabando. Às vezes conseguia sentir a influência do Pai crescendo gradualmente, mas agora ela vinha com a rapidez de uma tempestade de verão. Ele havia sentido a proximidade do pastor e arranhava minha mente até que eu mal conseguia ouvir uma palavra sendo dita à minha frente.

Deixe que eu o enfrente, deixe-me despedaçá-lo com dentes e garras.

As mãos da Mãe pousaram em meus ombros, me afastando da discussão. Cambaleamos em direção à rampa, conforme fragmentos dos gritos irrompiam através da névoa sangrenta que enchia minha mente.

– Não faço isso por mim – Dalton dizia. – Mas por todos. Vocês os encurralaram, toda a sua hoste contra meia dúzia de *crianças*. Isso não é uma guerra, é um massacre. Henry liberou aquelas aves, gastando sua força. O que mais você quer?

– Viver, irmão! E punir você por matar minha irmã.

Mas aquilo fui eu.

Mais discussões, mais risos tenebrosos nos recessos corrompidos da minha mente. O chão se inclinou e deixei a Mãe me guiar, me equilibrando enquanto descíamos a rampa.

– Não vou permitir que ela o leve! – Finch estava aos berros agora, toda aparência de civilidade abandonada, e ouvi um estrépito de aço ensurdecedor. – Você se afastou de nós, irmão. Você se reduziu. Não sentirei prazer em derrotar você, mas *vou* derrotar você. Louisa! Louisa, por favor! Ela está indo embora... Pouparemos seus amigos, Louisa, se você nos escutar. Escute a razão!

Eles são fracos sozinhos. Vamos pôr um fim nisso, filha, vamos nos vingar.

Rangi os dentes. *Não*. Não agora. Não quando estávamos tão perto...

– Khent – consegui sussurrar. – A lua...

– Estou vendo. Vá, *eyachou*, vá! Não deixaremos que eles avancem.

Apoiei meu peso contra a Mãe, silvando. Era errado partir, abandoná-los assim, deixar que outros lutassem minhas batalhas. No entanto, eu temia o que aconteceria se ficasse, se o Pai saísse e me usasse em sua vingança ancestral. Pisquei com força, concentrando-me na presença da Mãe, na esperança de que, se ficasse perto dela, a influência dele se enfraqueceria. E enfraqueceu, mas apenas um pouco, e tive tempo de abrir os olhos e ver a Mãe e Khent me observando com a mesma preocupação. Como eu poderia partir? Cem possibilidades passaram diante dos meus olhos, nenhuma encorajadora. E se, ao sairmos da tumba, encontrássemos Khent morto? E se eu pudesse ter barganhado por misericórdia e encontrado uma maneira de salvar todos nós? E aqueles que sangravam e morriam por nós na Casa Coldthistle – e se tudo que fizeram fosse em vão?

– Vá – Khent repetiu, apertando meu ombro – e leve a minha coragem junto com você.

Dalton flamejou dourado atrás dele, empunhando um bastão com lâminas cintilantes nas duas pontas. Ele ardia como fogo e, através das chamas, consegui ver o pastor avançando em nossa direção, a bondade de seu rosto substituída pela fúria. Enquanto Khent dava as costas para mim, vi as primeiras ondulações reverberando sob seus braços, um punhado de pelos cinza brotando em sua nuca enquanto ele absorvia o poder da lua e partia em nossa defesa. Malatriss estava quase à porta. Era hora de ir, hora de carregar o peso do livro rampa abaixo para a tumba além dela.

Mesmo com a Mãe ali, minha pele estava arrepiada de frio. Estávamos entrando em uma tumba, afinal, e um sussurro apavorado me lembrou que apenas os mortos tinham permissão de visitar esses lugares. Corações dispostos. Corações sábios. Corações *imortais*.

Por Deus, eu não me sentia mais tão imortal.

Atônita e aliviada, atravessei a porta para dentro do meu sonho. Não, não era um sonho desta vez, mas o lugar em si. Outra esfera. Eu tinha visto a esfera de um Vinculador, mas esta era completamente diferente, não apenas um vazio e sombras imperscrutáveis. Uma visão incrível, tão sobrenatural que um reles mortal jamais poderia contemplá-la, e parei de repente, erguendo os olhos para o corredor de vidro infindável de estrelas e noite, em um túnel sem paredes, mas com constelações infinitas girando lentamente ao seu redor. Mas eu estava lá. Não uma reles mortal, talvez, mas uma portadora relutante de um deus, e que ainda se sentia como uma criada.

– Eu... eu já estive aqui antes – sussurrei.

Malatriss continuou a atravessar o corredor em seu ritmo inabalavelmente lânguido.

– Muitos sonham com o Salão de Deuses e Vidro. Poucos o veem com os próprios olhos.

– Quantos já estiveram aqui? – murmurei. Finalmente parecíamos ter encontrado algo que surpreendia a Mãe. Ela também lançava os olhos em todas as direções, estendendo a mão em busca de uma divisória murada que não existia, embora seus dedos encostassem em algo sólido, ainda que não pudesse ser visto.

– Akantha, o Buscador, Rômulo, o Fundador, Miigwan, Herevardo, Valens, Nochtli, a Espinhada, Ying Yue, Owain... – Malatriss havia cruzado o segundo e o terceiro par de braços atrás das costas novamente e gesticulava para nós com a mão direita. A cobra em volta do seu pescoço parecia estar dormindo. – Agora seus nomes serão acrescentados a essa lista.

– E quantos saíram da tumba com vida? – perguntei. O corredor era infinito, mas Malatriss nos guiou adiante, enquanto mais constelações surgiam acima e abaixo.

– Ah – ela respondeu tranquilamente. – Nenhum.

Seguimos cinco passos atrás de Malatriss. Eu já estava exausta de carregar o livro branco – era mais pesado do que eu podia imaginar e minhas costas doíam. A Mãe caminhava ao meu lado, com seu véu removido havia muito, e tocou meu ombro.

– Quer que eu carregue? – ela perguntou.

– Não, acho que eu devo carregar... essa confusão lastimável é culpa minha – eu disse. – Você acha que era isso que o sr. Morningside queria? Nos aprisionar aqui para sempre?

Ela mordeu os lábios e pensou, depois olhou para Malatriss à nossa frente.

– Certamente tornaria a vida dele mais fácil, não? Se destruirmos o livro, isso resolve o problema do pastor e, se nunca sairmos deste lugar, ele terá toda a Inglaterra só para si. – Pensei nas instruções, a palavra *escorpião* se destacando em minha mente como se tivesse sido escrita com fogo.

– Ele me deu a resposta errada para um dos enigmas, Mãe. Acho que não sabia de verdade aonde estava nos enviando. Deve ter desconfiado que seria aqui que encontraríamos nosso fim.

Meu coração se apertou. Eu nunca havia confiado nele realmente, mas tinha esperado que meus termos fossem justos o suficiente para convencê-lo a agir com dignidade. Mas até isso era pedir demais. Eu o tinha ajudado contra o pastor, contra o Pai, e a troco de quê? Agora ele havia nos aprisionado na Tumba dos Antigos, um lugar ao qual ninguém havia sobrevivido. Será que ele sabia disso também?

– Temos de sair daqui – murmurei. – Nem que seja para jogar isso na cara horrenda dele.

– O Senhor das Trevas foi generoso com você antes, não? Talvez haja mais aqui do que conseguimos ver.

O otimismo dela só aprofundou meu desespero. A Mãe era antiga e sábia, mas eu conhecia o sr. Morningside havia tempo suficiente para entender que suas motivações eram sempre egoístas. Ele havia levado Dalton e a sra. Haylam à entrada da tumba, disposto a submetê-los aos piores perigos para colocar seu plano em prática. Se era assim que tratava seus amigos, o que não estaria disposto a fazer comigo?

O corredor seguia e seguia em frente, mas eu não conseguia me concentrar em sua beleza. O pânico explodiu em meu peito. Olhei para trás, mas não havia porta. Coragem. Havia testes por vir, e a promessa de morte a enfrentar, mas eu precisava encontrar uma maneira de transformar esse nó de pânico em determinação. Eu era uma criança trocada, afinal, um feito que devia ser impossível. Acima de tudo, queria ver Mary, Khent, Chijioke, Lee e Poppy novamente. E queria respostas, respostas verdadeiras, do sr. Morningside. E eu teria as respostas que buscava, independentemente do que precisasse suportar.

Por um momento, me senti o próprio sr. Morningside.

Então notei uma inclinação suave no piso, uma descida que se tornava mais íngreme conforme seguíamos. O Salão de Deuses e Vidro era notavelmente desprovido de odores. Nem mesmo o pó tocava o lugar.

– Onde estamos? – perguntei a Malatriss. – Certamente não é Yorkshire.

Ouvi o riso em sua voz enquanto entrávamos cada vez mais na tumba.

– Estamos em lugar nenhum, suspensos no tempo. Não há descrição que eu possa oferecer sobre *onde* estamos. Simplesmente estamos aqui.

– Mas é possível retornar? – insisti. – Se passarmos em seus testes, digo.

– É possível. Difícil, mas possível.

O corredor se curvava e recurvava, sempre descendo. Acima, abaixo e ao nosso redor, as constelações começaram a se apagar, o túnel se tornou um preto sólido e, então, um após o outro, apareceram tijolos amarelos em relevo. Um carpete se estendeu sob nossos pés, estreito e azul, percorrendo um piso da mesma alvenaria ornamentada. Ao contrário do anterior, *este* lugar exalava muitos odores. Eu conhecia bem esse cheiro, o aroma reconfortante de pergaminho, tinta velha e couro me fazendo lembrar da Cadwallader's. Livros. Claro. Tínhamos entrado em uma espécie de livraria, embora ela não tivesse fim. Em vez de volumes nas prateleiras que forravam as paredes, havia inumeráveis vitrines.

Diminuí o passo e virei à direita, aproximando-me de uma das vitrines. Não, não era uma vitrine, mas um sarcófago. Um corpo flutuava dentro dele, com os olhos cerrados, parecendo adormecido. Era uma bela mulher de pele negra com cabelo longo e asas emplumadas no lugar de braços. A vitrine seguinte continha um homem tão largo e musculoso que parecia prestes a estourar os confins de vidro cintilante.

Alisei o vidro, mas a figura dentro dele não despertou.

– O que são eles? – murmurei. A Mãe olhou para a minha mão e então para o homem sepultado que eu apontava, seus oito olhos se enchendo de lágrimas.

– Deuses – ela respondeu por Malatriss. – Deuses antigos. Aqueles que vieram antes e foram obrigados a se render.

– Alguns ainda estão para existir – Malatriss acrescentou. – Muitos decidiram voltar aqui para dormir.

– Foi... foi aqui que eu nasci. – A Mãe caminhou até uma tumba vazia, passando as mãos sobre ela. Havia outras vitrines como aquela, abandonadas ou esperando ser ocupadas. – Tenho lembranças desse lugar. Sonhei com ele também.

– É por isso que eu conseguia vê-lo – eu disse. – Porque o Pai se lembrava dele. – A biblioteca, retangular, mas com um pé-direito tão alto que simplesmente mergulhava nas trevas, se estendia talvez infinitamente. O lugar, como ela havia dito, existia fora do tempo. Eu me sentia compelida a sussurrar, como se tivesse medo de perturbar o sono de tantos sonhadores. A mãe começou a chorar e fui até ela, ignorando a dor de carregar o livro para confortá-la com um braço em volta da cintura.

– Desculpe – eu disse a ela. – Eu não devia tê-la trazido para cá.

– Não – ela respondeu, sorrindo por trás das lágrimas. – É bom vê-lo novamente.

– Quando estiverem satisfeitas, podem se apresentar ao Vinculador – Malatriss anunciou, mantendo-se de lado e acariciando a cobra. – O tempo não significa nada aqui, e não tenho pressa para vê-las morrer. Se chegaram tão longe, merecem contemplar o esplendor da tumba.

Então o contemplei, vagando pela linha infinita de caixões e observando a variedade de deuses e deusas dentro deles, todos diferentes, exceto por uma expressão vaga e pacífica. A Mãe permaneceu recostada contra sua própria vitrine vazia e minha curiosidade logo se desfez quando topei com algo frágil no chão. Ossos. Eu havia pisado em um esqueleto, cujo braço virou pó sob meu pé.

– Mas... pensei que era preciso ser imortal para entrar aqui – sussurrei, recuando horrorizada. Não era minha intenção profanar os mortos, e as órbitas vazias do crânio caído me olhavam acusadoramente. – Ter conhecido a morte e retornado...

– Há muitas maneiras de experimentar a morte – Malatriss respondeu. – Vocês são os primeiros seres realmente imortais a entrar na tumba.

Os ossos haviam me abalado, e cambaleei de volta até a Mãe, erguendo a bolsa mais alto nos ombros antes de me virar para Malatriss.

– Mãe, sei que está emocionada, mas devo me apressar. Meus amigos estão em perigo.

– Claro – ela assentiu, pressionando a testa no sarcófago de vidro. – Claro. Vamos ver esse Vinculador.

Voltei até Malatriss com um nó na garganta. Agora precisaria de toda a minha coragem. Já havia encontrado um Vinculador, e todos os centímetros do meu ser se crispavam ao pensar em ver outro. A criatura não me trouxera nada além de dor e tormento; no entanto, também havia nos trazido a Mãe de volta. E meu propósito na tumba não era admirar todos os deuses que haviam existido e viriam a existir, mas destruir o livro branco e ter direito ao ritual que arrancaria o Pai de mim para sempre.

– Diga-me então – falei para Malatriss, com grande trepidação, mas também grande urgência, pois o tempo podia não fazer diferença naquele lugar, mas definitivamente fazia em Yorkshire. Vi seus olhos felinos brilharem de entusiasmo. – Diga-me o que vem agora. Vim para destruir o livro branco e depois partir deste lugar.

– O Vinculador virá – ela sussurrou, abrindo-me seu sorriso demoníaco. – A desvinculação terá início. Você lhe pedirá uma dádiva, ele tirará duas. Você lhe pedirá dois favores, ele exigirá três. Escolha suas palavras com cuidado, pequena. Nada neste lugar é gratuito.

Capítulo
Vinte e cinco

No passado, delinquente como eu sempre era em minha antiga escola, Pitney, eu saía da cama às escondidas para usufruir do prazer da solidão noturna. Estar em um internato era aturar uma barulheira constante. Mesmo quando as velas estavam apagadas e tínhamos sido mandadas para a cama, alguém roncava ou tossia a noite toda e eu, com meu sono leve, passava mais uma vigília conturbada contando os dias até as aulas terminarem e recebermos um breve repouso. Não que alguém fosse me visitar ou que me deixassem sair – meus avós não queriam nada comigo, pensando que eu era uma ave com a asa quebrada que nunca se curou. Essa asa machucada, obviamente, era minha natureza do contra, meus estranhos olhos negros e meu hábito incômodo de falar o que me vinha à cabeça.

Ainda assim, quando chegavam esses dias, eu podia passar todas as minhas horas livres escondida no alto de uma árvore com um livro e depois atirar pedras em esquilos com minha amiga Jenny. Sua família também nunca a visitava nem a chamava para casa, pois seu pai gastava todo o dinheiro da família no jogo e sua mãe vivia de cama por alguma doença real ou imaginada.

Então, desesperada por esses dias mais plácidos, mas sabendo que demorariam, eu passava na ponta dos pés pelas professoras que dormiam à porta, atravessava os carpetes desgastados, descia um lance de escada e seguia pelo lado esquerdo da galeria do segundo andar até a biblioteca. Ninguém pensava em vigiá-la, pois as sentinelas adormecidas na frente do dormitório eram consideradas proteção suficiente. Os pisos de madeira da biblioteca eram gélidos sob meus pés. Francine Musgrove – que, na época, eu considerava a pior pessoa da Inglaterra – havia roubado minhas meias e as escondido em um penico. Nada, nem mesmo me aquecer, valia o preço de enfiar a mão no balde de mijo de outra pessoa.

Porém, o silêncio e os livros – os queridos, queridos livros – expulsavam o tormento do frio. Eu encontrava um canto perto da janela e lia sob o luar, mantendo-me acordada com beliscões para não ser pega dormindo ali quando chegasse a manhã.

Agora eu estava mais uma vez em uma biblioteca escura, e me senti estranhamente igual – com frio, sozinha, delinquente, colocando-me conscientemente onde não deveria estar.

Por Deus, pensei, cegada por um momento quando todas as luzes na Tumba dos Antigos se apagaram, o que Jenny pensaria de mim agora? Meus maiores adversários não eram mais Francine Musgrove e sua tendência a roubar minhas roupas de baixo; meus adversários eram deuses, criaturas de mitos antigos, espíritos vingativos e o ser indubitavelmente perverso que estava descendo do teto. Estremeci, percebendo que ele estivera pairando na escuridão aquele tempo todo, observando-nos. À espera.

Nem mesmo Francine Musgrove merecia ser confrontada por aquilo.

Instintivamente, peguei a mão da Mãe. Ela observou o Vinculador descer até nós com os olhos estreitados. Os finos e arroxeados fios de seus braços estavam arrepiados, e ela sussurrava algo, uma oração, em uma língua muito mais antiga do que o inglês. A língua verdadeira dos faes das trevas.

Aquele Vinculador não se parecia nada com o último. Na realidade, era difícil considerá-lo como uma criatura única, pois era acima de tudo um conjunto de braços, cada um pendurado na ponta de um fio cintilante. Não precisei me aproximar para saber que aqueles fios eram vivos, mais tendões do que barbantes. As mãos nas extremidades daqueles braços, talvez trinta ao todo, seguravam penas e potes de tinta, mata-borrões e sacos de areia, cera, tições e vários frascos cheios de líquidos coloridos, a maioria densa demais para ser tinta. Uma mão balançava um par de dados, um cubo vermelho e outro preto, cada lado estampado e entalhado com símbolos estranhos.

E, do centro daquele conjunto pálido e carnoso, pendia uma cabeça enorme, unida a um torso branco e definhado. O Vinculador não tinha pernas e parecia não ter sexo; era bulboso e liso, da cor e da textura de um ovo. Seu corpo estranho e circular, flutuando em meio aos braços destacados, lhe dava uma vaga aparência de inseto com muitas pernas, mas desafiava até mesmo essa comparação, pois o "corpo" era pelo menos do tamanho de uma carroça.

A única semelhança que ele tinha com o outro Vinculador eram as narinas finas e a boca oscilante, que vibrava e balançava enquanto ele flutuava sobre nós.

– Essa traz duas de minhas criações. – Sua voz me lembrava a de um operário que bebia em uma travessa perto de minha casa de infância: pujante, anasalada, alegre. Só que depois o homem esfaqueou a esposa em uma fúria embriagada, então talvez não fosse tão alegre assim.

– O livro branco – eu disse, encontrando a voz no peito palpitante de terror. – Eu... quero que ele seja destruído. – Tirei a bolsa dos ombros e a coloquei no chão. Malatriss surgiu das sombras e a pegou, levando-a para perto do Vinculador.

O rosto do Vinculador se inclinou na direção do meu, tão perto que fiquei sem ar. Fechei os olhos, então me forcei a abri-los lentamente. Sua boca aberta mascava, bochechando saliva, enquanto me examinava a pouquíssimos centímetros.

– Uma marca sobre a mão dessa – ele sussurrou. – A marca de um Vinculador.

– Sim. Eu... eu já encontrei um dos oito, o que vincula almas.

– Então essa encontrou o Seis. Eu sou o Sete. – Ele foi se afastando de mim gradualmente, um de seus braços se abaixando sobre o tendão para tirar o livro branco da bolsa. Em seguida, voltou a olhar para mim. – E quanto ao livro dentro dessa? O que será feito dele?

Torcendo as mãos, ergui os olhos para a Mãe, que respondeu com um leve aceno.

– É você que o carrega, Louisa, ele é seu para fazer o que desejar. Eu não seria eu mesma se lhe impusesse minha vontade.

– Mas é parte de você também – eu disse. – É o único motivo por que me deram a alma do Pai, para impedir que o livro dos faes das trevas se perdesse. – Sete tinha pegado o livro branco e começado a folheá-lo, uma mão desencarnada segurando a lombada enquanto a outra virava as páginas. Limpei a garganta. – Malatriss disse que eu deveria escolher meus pedidos com cuidado. Então farei isso. Quero apenas que o livro branco seja destruído e depois gostaríamos muito de partir.

Sete riu, me fazendo lembrar de um bêbado novamente enquanto balançava, trombando em vários de seus braços.

– Partir. Sim, bom. Partir. Então essa terá o que pede, mas apenas depois que eu receber o que me é devido.

Duas dádivas. Eu não tinha dúvidas de que o preço seria alto, e me preparei para escutá-lo, pensando na pilha de ossos se desintegrando no canto.

– Equilíbrio ou caos, equilíbrio ou caos? – A mão pálida que segurava os dados começou a chacoalhá-los, e engoli em seco, embora não fizesse ideia de qual resultado deveria querer. Todos os outros braços ficaram imóveis enquanto ele atirava os dados, então os dois cubos pequeninos pousaram bem na minha frente, mantidos no ar por uma força invisível. Ambos mostravam símbolos pequeninos de balança. Equilíbrio. – O livro branco será desfeito. – A mão que folheava o livro se afastou, e outra, que segurava uma pena preta, assumiu seu lugar e começou a riscar as palavras. Conforme cada palavra era riscada, desaparecia do pergaminho. – História se torna memória. Memória se torna rumor. Rumor se torna lenda. A lenda se desfaz.

Foi inesperadamente doloroso ver o livro branco ser desfeito. A cada palavra que desaparecia, eu pensava em um sobreterreno sumindo com ela. Suas vidas, suas essências, apagadas do mundo. E pensei em Dalton, que eu havia passado a admirar, e no anseio triste em sua voz quando ele insistiu para que eu destruísse o livro. "Não haverá ninguém para culpar quando eu me for." Talvez não fosse verdade. Talvez houvesse alguém bem óbvio para culpar: eu.

Ou o sr. Morningside; afinal, era a pedido dele que eu tinha vindo. Meu coração se encheu de pesar e meus olhos de lágrimas. A escolha não podia ser desfeita, mas me perguntei se eu poderia ter sido forte o bastante para viver sob a influência do Pai, fugir para longe, para o alto de uma montanha, para as profundezas de um deserto, e encontrar uma maneira de silenciar sua voz. Agora me restava confiar no Diabo do mundo para remover o Diabo de dentro de mim, e todos os seus erros e mentiras me diziam que eu havia me enganado ao escolher um lado.

Perscrutei a escuridão. Em algum lugar, esperava uma vitrine vazia que logo abrigaria o pastor. Será que outra logo abrigaria o Pai? O Pai, que estava estranhamente passivo enquanto o livro branco era apagado. Talvez, por fim, eu tivesse feito algo para merecer sua aprovação.

Sete fechou os olhos pretos e redondos, quieto e pensativo, com a boca entreaberta enquanto balançava para trás e para a frente. Olhei para Malatriss depois de minutos de estranho silêncio. Será que o Vinculador havia... pegado no sono?

– O que acontece agora? – perguntei, limpando a garganta.

– A desvinculação levará tempo, então o Vinculador deverá escolher seus sacrifícios.

Sacrifícios. Tínhamos percorrido a estrada sinuosa a favor de um *sacrifício*. Não que eu estivesse desmedidamente surpresa – uma resposta errada a um enigma levava um dedo. Aquele não era um lugar de conversas leves e ameaças vazias.

– Sacrifícios? – A Mãe perguntou. Ela parecia sentir a mesma apreensão que eu.

Malatriss atravessou o único círculo de luz que restava na tumba, estendendo a mão para tocar minha bochecha. Eu me encolhi e ela riu baixo.

– O que acha que o Vinculador usa para fazer os livros? Ar e desejos? Nochtli, a Espinhada, deu a própria pele para encadernar seu livro, embora ele agora resida em carne viva. – Malatriss obviamente sentiu um grande prazer com minha expressão horrorizada. Seu riso se estendeu em uma gargalhada, e ela observou sua cobra de estimação com a cabeça inclinada, acariciando a criatura. – Ela encontrou o portal na embocadura de três rios e trouxe seu belo pássaro para cá. Disposta, sábia, ela experimentou a morte na doença, mas um xamã a curou antes que ela chegasse à noite verdadeira. Nochtli trouxe seu belo pássaro para dentro da tumba e, quando o Vinculador exigiu que o matasse, ela se recusou.

– Que cruel – sussurrei. – Por que o pássaro? O que ele poderia fazer?

O Vinculador continuou seu trabalho e sua contemplação.

Malatriss ergueu os olhos para a cobra, zombeteira.

– Era um pássaro verdadeiramente terrível. Pude ver que não gostava de Nira.

Contive as coisas desagradáveis que quis dizer a respeito disso – se a guardiã conseguia olhar dentro dos corações e adivinhar sua disposição, talvez também conseguisse reconhecer minha aversão a seu animal.

O Vinculador trabalhava mais rapidamente agora – as páginas voavam e as palavras desapareciam tão rapidamente que a pena parecia não passar de um borrão turvo. Esperamos que Sete tomasse sua decisão e cada momento me enchia de uma ansiedade maior. Minhas mãos estavam ensopadas de suor. Eu mal conseguia ficar parada, sabendo que um pronunciamento impossível estava prestes a ser feito. Esfreguei o rosto e suspirei, querendo que todo aquele suplício acabasse logo, querendo ao menos saber o que precisava fazer para escapar da Tumba dos Antigos.

– Tudo isso por causa de um livro idiota – eu disse.

Malatriss ergueu a cabeça, fazendo uma careta.

– Os Vinculadores fazem o mundo, os Vinculadores fazem os livros, os livros fazem os deuses.

– Isso não faria dos Vinculadores deuses? – murmurei. A Mãe tocou minha mão. Ela estava certa: eu estava provocando demais a criatura e sendo tola de tanta frustração e impaciência.

– Não, isso faz deles Vinculadores, e de você praticamente insignificante.

Sete despertou. Seus olhos pretos imperscrutáveis se voltaram para nós, vítreos e momentaneamente cegos. Então ele pareceu nos encontrar, nos *ver*, e peguei a mão da Mãe novamente. Ela aproximou a cabeça da minha, seu cabelo rosa-claro tocando meu ombro.

– Não se esqueça – ela me disse. – Coragem.

A voz do Vinculador ressoou pelo corredor, ecoando nas sombras ao nosso redor. A marca na minha mão ardia sem trégua. Disposta. Mas eu estaria mesmo? Olhei para os olhos de algo maior do que um deus e torci para que ele soubesse o que eu queria: misericórdia e a chance de rever meus amigos fora daquela tumba. Eu não tinha feito o suficiente? Mas será que uma criatura como aquela se importaria?

– O livro dessa será encadernado novamente – Sete proclamou, apontando para mim. – Exigirei a reencadernação do livro dos faes das trevas, Filha das Árvores, e o revincularei com a sua essência.

Capítulo Vinte e seis

Pai não gostou nada disso. Pois seu espírito sabia, assim como eu, assim como a Mãe, que o remover era remover a única coisa que me mantinha viva. Então algo mudou, assim como minha compreensão. O Pai não estava mais furioso, mas entusiasmado. Extasiado. Esse ritual o tiraria de mim e, sem meu corpo para contê-lo, lhe daria a chance de ser completamente livre. Ressuscitado. Quem quer que ganhasse, eu perdia. O Vinculador havia me dado uma sentença de morte e, por um momento doloroso, eu não consegui respirar.

Dentro da minha mente, o Pai sorriu. Então começaram os gritos.

Meus gritos. A primeira vez que o Pai dominara minha vontade foi gradual, o rastejar lento de um pensamento negativo se contorcendo em algo mais perigoso. Um espinho que se tornava uma farpa que se tornava uma faca. O gotejar, gotejar, gotejar da confusão de não saber se um pensamento era meu ou dele. Primeiro, deixei de tomar meu chá com creme e açúcar, até começar a preferir um chá forte de ervas que só podia ser encontrado em uma loja do bairro. Depois, cada árvore começou a ter seu próprio perfume único e fascinante, e os insetos, se eu lhes cravasse um olhar, recuavam, deixando-me em paz.

Isso quando tudo era ainda controlável. Quando eu não me sentia uma cativa, mas como se aturasse um parente estranho que veio para ficar.

Desnecessário dizer que foi piorando.

Um único pensamento sobreviveu ao calor que agora explodia em meu crânio: eu tinha feito a coisa certa, pois tudo que pudesse fazer para arrancar esse monstro da minha mente era, realmente, o que devia ser feito.

Senti meus joelhos baterem no chão e, em algum lugar, ao longe, ouvi um grito da Mãe. Essa era a resposta às exigências do Vinculador, embora não fosse a minha. O Pai havia esperado, deixando-me ficar à vontade, deixando que eu baixasse a guarda – e agora atacava, com toda a sua fúria contida, não apenas vermelho diante dos meus olhos, mas lantejoulas pretas e carmesins, um som constante de tambores de guerra latejando em minha cabeça, cada vez mais alto, até eu ter certeza de que meus olhos explodiriam e meus dentes cortariam minha língua.

Assim veio a sua ira. Eu usava um broche antigamente, dado a mim pelo sr. Morningside. *Eu sou a ira*, dizia. Mas eu nunca tinha sido assim – a última tentativa desesperada de vida de um deus encurralado pela morte. Seria isso que Khent e Dalton enfrentavam lá na porta? Será que o pastor sentiu que seu fim estava próximo e encontrou poder e dor terríveis em sua morte iminente?

Todas as palavras do livro dentro de mim foram sussurradas ao mesmo tempo pelo Vinculador e, embora meus olhos não fossem mais meus, senti o ardor dos meus dedos se alongando em garras, a tensão da minha pele, das minhas pernas, dos meus braços, da minha coluna, enquanto o cervo perverso dos pesadelos do Pai irrompia através de mim. Até Malatriss gritou algo obsceno e assustado, em uma língua perdida, a língua que eu havia usado no ritual da estranha na Cadwallader's e que agora estava gravada na palma da minha mão.

– Não sussurre sua língua anciã diante de mim, guardiã. Os deuses podem dormir em sua tumba, mas você nunca despertou um para desafiá-lo.

Era a voz do Pai através dos meus lábios conforme ele se expandia feito fumaça. As mãos quentes da Mãe pousaram em meu braço, mas o Pai a lançou para longe, na escuridão. Gritei, mas fui silenciada no mesmo instante. Ele havia me empurrado para o fundo do mar e, embora eu pressentisse uma luz lá no alto, e por mais que me debatesse e esperneasse, não conseguia me aproximar da superfície, afogando-me em sua fúria de sangue negro e sentindo o gosto amargo da vingança na língua. Era tudo por que ele ansiava, sangue e vingança; seu espírito era insensível às súplicas da Mãe por compreensão. Por paciência.

– Você deseja tirar de mim esta carne e, antes, eu teria desejado isso – ele bradou, apontando as garras afiadas do seu braço, do meu braço, para Malatriss. Ele acabaria fazendo com que todos fôssemos mortos. – Ela se provou um tanto útil, mas posso assumir muitas formas. Vocês podem desfazer o livro branco, mas nunca *me* desfarão. Sou o Pai Sombrio das Árvores, o Visitante Noturno, o Cervo no Céu. Vou levar o livro dentro de mim para fora deste lugar e não serei impedido.

A Mãe não apelava mais a ele, mas a Malatriss. Por quanto tempo eles aturariam tamanha insubordinação? O Pai devia estar louco para achar que poderia derrotar aqueles que o haviam criado. Eu havia lido o diário de Dalton, o que significava que ele também o tinha lido. Apenas um louco subestimaria tantos alertas, tanta violência. Mas, claro, ele era completa e irremediavelmente louco.

– Agora eu entendo – o Vinculador disse, imperturbado. *Intrigado.* – Essa não é um, mas dois. Isso também, como todas as coisas, pode ser desfeito.

O Pai bradou, sem se deixar abalar, e partiu para cima de Malatriss. Ela sibilou, assim como sua cobra, e a serpente branca atacou rápido, sendo lançada para o lado com um contragolpe rápido do Pai. Então Malatriss descruzou todos os braços, rápida como um raio, desviando de cada ataque das garras até que, por fim, conseguiu enganchar o Pai pelo braço. Uma, depois duas, depois três mãos golpearam, jogando o Pai – e a *mim* – com força no chão.

– Dois serão um – Sete disse, mais sombrio agora. O pânico e a dor do Pai encheram minha cabeça e tiveram vazão pelos meus gritos; lágrimas se derramavam por meu rosto enquanto Malatriss apertava com força, estalando os ossos. – Dois serão um e de um sairá o livro. Um livro novo. Um novo começo para os filhos dos faes.

Então estávamos flutuando, erguidos no ar por quatro das mãos pálidas do Vinculador. Meu braço latejava, quente de agonia, mas aos poucos meus pensamentos e sentimentos foram voltando a ser meus. Quando senti o Pai novamente, era como se existisse um muro fino entre nós e ele usasse o restante de suas forças para bater contra a barreira.

– Não! Por favor! – A Mãe se ajoelhou sob nós, erguendo as mãos. – Isso vai matá-la! Se tirar o espírito dele, ela morrerá!

– ENTÃO QUE MORRA. – Malatriss se voltou para ela, brandindo as seis mãos fortes.

A primeira vez que morri foi rápida. Esta era uma tortura lenta, o arrancar de uma crosta recente ainda colada à pele. O Pai não queria partir, e se enfurnou dentro de mim, cada uma de suas garras cravadas sendo removidas com precisão, mas sem piedade.

Comecei a sentir frio, primeiro nos pés, depois nas mãos. A gelidez se espalhou rápido, como a primeira geada se precipitando para matar as últimas tenazes flores silvestres do outono. Assim também meu espírito se aferrava ao Pai, resistente à geada, mas não invencível. Ouvi seus gritos como se fossem meus e, por um breve instante, senti pena de nós em igual medida. Ele me havia feito sofrer em vida, agora me fazia sofrer na morte, mas senti sua dor igual à minha e não a desejei a ninguém.

Frio. Tanto frio. Um fôlego de ar prateado saiu de meus lábios, cristalizando-se em gelo, e o vi dançar na direção do rosto branco e liso do Vinculador.

Seria meu último suspiro? Não pensei que seria tão gelado.

– Equilíbrio. – Sete não cessou sua tortura, arrancando o espírito do Pai de dentro de mim continuamente até ele se tornar algo concreto, uma versão de sua forma, com crânio, galhadas, manto e tudo. Ele flutuou para longe de mim, indefeso, observando seu antigo lar e estendendo as mãos em minha direção. – Um favor, dois sacrifícios. Equilíbrio, disseram os dados, e equilíbrio há de ser. Um livro é desfeito, outro reencadernado. Uma criatura desfeita, outra renascida. Duas almas de novo em um corpo. A Mãe substitui o Pai.

Espere, tentei dizer, mas nada aconteceu. Minha voz se perdeu em algum lugar, girando ali nas trevas, aprisionada na alma do Pai. *Espere, não, isso não está certo.* Eu não sabia exatamente o que o Vinculador queria dizer, mas como poderia ser benévolo se tudo que eu conhecia daquele lugar era dor?

Era tarde demais. Sete havia tomado sua decisão. Vi o brilho de compreensão nos oito olhos da Mãe, seus braços ainda estendidos em súplica e oração, então ela também foi alçada no ar conosco, segurada pelas mãos impossivelmente fortes do Vinculador.

Os gritos do Pai eram infindáveis, mas não olhei para ele. Eu só encarava a Mãe, torcendo para que ela conseguisse ver em meus olhos moribundos que não era isso o que eu queria, que nada disso era equilíbrio. Que nada disso era justo.

Então o espírito do Pai se esvaiu, tornando-se lentamente fumaça, que foi colhida em um dos jarros do Vinculador, misturando-se ao líquido retinto ali dentro. Uma pena foi mergulhada no vasilhame e um livro em branco foi trazido do vazio obscuro acima de nós. Ao menos, pensei, desamparada e dolorida, a pele da Mãe não seria usada para produzir a nova capa, pois ele já estava encadernado em um couro liso e claro. De quem era, eu nunca viria a saber, mas vi o começo da vinculação, da escrita – o espírito do Pai, seu conhecimento do livro dos faes das trevas, reescrito com a própria essência dele.

Uma das mãos finas e pálidas do Vinculador envolveu o pescoço da Mãe e começou a apertar. Eu estava paralisada, moribunda e, em breve, ela também estaria. Estendia os braços para mim, seus lábios retorcidos em um sorriso triste e perdido. Vi suas lágrimas desaparecerem no vazio à nossa volta e ouvi Malatriss rir com satisfação em algum lugar lá embaixo.

– Coragem, Louisa, filha – ela sussurrou. – Seus pés estão no caminho. Eu irei com você.

Capítulo Vinte e sete

Eu não sentia como se meus pés estivessem no caminho. Eu sentia… um nada. Que sensação estranha, o nada. Nenhuma dor ou medo, nenhuma noção se eu tinha calor ou frio, nem se meu corpo estava estilhaçado em um milhão de pedaços. Em vez disso, eu existia apenas em minha mente, num lugar, assim como a tumba, fora do tempo. Eu estava morta, isso eu compreendia, ou prestes a estar morta, suspensa pelo desejo do Vinculador, não em meu corpo, mas tampouco sepultada.

Quando o som e a luz e a sensação retornaram, era demais. Chorei como um bebê, obrigado a atravessar a escuridão e a incerteza, entrando no mundo, relutante e confuso. O lugar de não sentir nem saber era melhor que isso. Aqui, de volta ao piso da Tumba dos Antigos, havia apenas mais dor. Poeira. O cheiro de folhas úmidas e terra, como se eu não tivesse nascido, mas brotado do solo. Meu braço continuava imprestável, quebrado, flácido e dolorido ao lado do corpo.

O Vinculador esperava no alto, Malatriss assomava perto, e a Mãe, caída e vazia nas pedras, estava morta no lugar onde nascera.

Eu me arrastei em sua direção, ignorando o Vinculador e seus braços como esguias aves brancas, voando enquanto preparavam o livro novo e apagavam mais um. A Mãe parecia estar dormindo; seus lábios estavam entreabertos, como se o último suspiro tirado deles tivesse sido doce. Ela não sorria, seus olhos estavam fechados e seu cabelo espalhado como um travesseiro de camélias.

— Depois de tudo que fiz para salvar você, não foi o suficiente — sussurrei, descobrindo que tocar a mão dela não me dava mais o mesmo consolo. — Falhei com você. Nunca deveria tê-la trazido a este lugar. Você não era nada além de paz e luz. Nenhuma alma merecia isso.

Uma sombra caiu sobre nós. Malatriss.

— Já acabou?

— *Você*. — Recusando-me a sair do lado da Mãe, me virei contra ela no chão, crispando-me quando meu braço machucado apoiou parte do meu peso e me fez cair. — Não vou permitir que fiquem com o corpo dela – sussurrei furiosamente, cobrindo a Mãe com os braços. — Essa não era uma de suas exigências.

Malatriss me encarou com os olhos amarelos. Um único arranhão sangrava em seu ombro – obra do Pai. Sua cobra não estava ferida, ainda enrolada fielmente no pescoço da dona.

— Não seria prudente que retornasse aqui, pequena, por maior que seja sua necessidade. Seu tom me aborrece.

— Para que tudo isso? – suspirei, apertando a mão da Mãe. — Os livros, os deuses, os Vinculadores. Por que mantê-los aqui? Por que não dar ao mundo todas essas criações?

Não foi Malatriss quem respondeu, mas Sete. Eu não achava que seria digna de sua atenção agora que ele havia pronunciado seu julgamento, mas ele baixou a cabeça redonda como um ovo e o tronco branco e liso, observando-me com um sorriso curioso.

— Essa vê tanto, mas entende tão pouco. Caos, Filha das Árvores. Por causa do *caos*. Os humanos perambulam. Brigam. Batalham. Tudo tão divertido. E, se os humanos fazem isso, por que os deuses não deveriam fazer? É mais um jogo para assistir, mais uma partida para observar.

Caos e equilíbrio. Balancei a cabeça, indignada, lembrando que muitas garotinhas rebeldes e perversas haviam me proposto que verdadeiramente não havia Deus no céu e que toda a nossa labuta mortal era sem propósito. Mas ouvir isso claramente, de alguém que de fato poderia saber...

— Então... tudo não passa de um jogo – murmurei. — Você cria os livros, esses deuses, só para ver quem vai *ganhar*?

O Vinculador me encarou como se eu fosse tola e talvez um pouco patética.

— Ora. Sim.

— Um jogo. Um *jogo*. Meus amigos, o povo do pastor, o Pai, a Mãe, todos nós estamos nos batendo uns contra os outros só para seu entretenimento? – Uma voz dentro de mim me dizia para ficar quieta. Uma voz dentro de mim me dizia que nada mais podia ser feito, que morrer ali seria em vão. Segurei a língua por um momento, então inspirei longamente e perguntei: – E se eu me recusar a participar desse jogo odioso?

Todas as mãos livres do Vinculador, talvez vinte no total, se abriram.

– O que essa fizer ao sair deste lugar não cabe a mim dizer. Mas ficarei de olho nela. – Então Sete sorriu pela primeira vez, me fazendo estremecer até os ossos. – Ficarei de olho com grande interesse.

– Vai se desapontar – eu disse.

A escrita sobre nós cessou; a pena que reescrevia nosso livro havia terminado seu trabalho. Tudo aconteceu rápido demais – mas, enfim, para aqueles estranhos seres de outro mundo, nossas vidas, *nosso jogo*, eram provavelmente uma peça consumida rapidamente. Nossas vidas humanas, sem dúvida, passavam quase em um piscar de olhos, e os eternos como o pastor e o sr. Morningside mereciam uma atenção apenas ligeiramente maior. *Não podemos ser mortos*, o Pai havia dito para mim, *apenas obrigados a nos render*. Só que... isso não era mais verdade para mim. Eu não sentia mais sequer o menor vestígio de sua influência em minha mente. Eu me forcei a pensar no pastor e descobri que meus sentimentos felizmente estavam sob meu controle.

Essa era a única coisa boa que tinha vindo disso tudo – perda.

Eu me levantei com dificuldade e observei Malatriss pegar o livro de Sete. Ela o recebeu com reverência, depois o colocou na bolsa que eu havia deixado de lado. Voltando até mim, esperou até eu oferecer as costas e então ergueu as alças aos meus ombros, surpreendentemente cuidadosa com meu braço direito quebrado.

– Como a levará para fora deste lugar? – ela provocou, sussurrando em meu ouvido, tão perto que senti as contas de seu colar encostarem em meu braço bom. – Não desperdiçamos uma única parte. Você pode deixá-la sabendo que ela vai retomar seu lugar no mundo como um livro futuro, como páginas, como mais uma história para contar. Você nunca o verá, mas ela não será desperdiçada. Pode levar o espírito dela consigo, mas não o corpo dela da tumba. Não tem forças para isso.

– Pois veja só.

O livro não era pesado dessa vez, mas leve. Imaginei que apenas as palavras de outro ou outros deuses o tornariam pesado. A Mãe ainda jazia caída sob o Vinculador, e me afastei de Malatriss, agachando-me e passando um braço embaixo de seu vestido suave de plumas. Por mais pesado que fosse o fardo, eu a levaria de volta comigo.

Malatriss me observou e sorriu quando me levantei de novo, gemendo com o peso. Ainda assim, consegui arrastar a Mãe comigo enquanto me aproximava da guardiã.

– Ela deveria estar naquela vitrine – vociferei. – Deveria estar descansando.

Os olhos dela se arregalaram e a cobra em volta de seu pescoço recuou.

– Ela está descansando, pequena. Em você.

Pestanejei.

– Como... o Pai? Toda a mente e a força dela me foram dadas, não apenas seu espírito?

– Tenho certeza de que você a ouvirá – Malatriss disse com um aceno –, quando ela estiver pronta para falar.

A Mãe não falou enquanto Malatriss me guiava para fora do único círculo de luz na tumba. E continuou em silêncio enquanto o Vinculador se retirava para seu ninho, seu corpo e suas pernas recuando para as sombras profundas da vastidão alta e talvez infindável da tumba. Eu tinha visitado aquele lugar em sonhos no passado e me perguntei se, com a Mãe dentro de mim, o veria outras vezes. Me perguntei se ele voltaria a mim apenas como um pesadelo, depois de tudo isso.

A Mãe continuou em silêncio enquanto eu mancava, arrastando seu corpo porque não tinha como carregá-la propriamente. Repetidas vezes olhei para seus lábios, sempre me dando conta de que continuavam imóveis. A tumba não se iluminou em momento nenhum, mas senti as figuras adormecidas de todos os deuses ao nosso redor, esperando para voltar a ser peões nos jogos dos Vinculadores.

Uma porta surgiu, muito semelhante àquela pela qual havíamos entrado no castelo, mas, em vez de escuridão depois dela, havia a promessa de outra coisa. Vi verde e luz, um prenúncio de pedras antigas. Não havia nada a sentir além de persistência. Anseio. A saída estava diante de mim. A Mãe viria junto e, por mais que demorasse para arrastá-la, eu havia de arfar e suar e gemer e lutar. Ela não se tornaria forragem para mais um livro. Merecia receber o beijo do sol e o abraço dos campos uma vez mais.

Malatriss esperou junto à porta, com a cabeça para trás e o queixo erguido. Levantou uma sobrancelha escura com expectativa enquanto eu me aproximava da liberdade. Sua cobra, Nira, dançava para a frente e para trás, me avaliando como se eu fosse uma refeição.

– Não se preocupe – eu disse a ela, sentindo o ar frio e fresco do nosso mundo. – Nunca voltarei aqui novamente. Eu não estaria *disposta*.

Ela ficou parada, mas a cobra deu o bote, envolvendo-se em torno de mim. Malatriss segurou sua cauda enquanto a cobra apertava, tirando meu ar. Meu choque foi tanto que o corpo da Mãe escapou das minhas mãos.

– Você foi a primeira a sobreviver aos dados e ao Vinculador – Malatriss sussurrou, com olhos frios como o vácuo. Ela mostrou os dentes afiados. – Talvez devesse morrer. Talvez seja melhor que ninguém escape, nem mesmo quando a sorte e o destino conseguem o que é seu.

– Por favor. – Minhas mãos envolveram a cobra e senti a força da Mãe ao pressionar com força, cravando os dedos na barriga macia e carnosa da criatura. – Deixe-me ir ou seu bicho morre comigo.

– Nira!

Foi um chamado ao ataque. Mas eu também podia atacar, com as poucas forças que ainda me restavam. Não havia chegado tão longe, perdido tanto, para desistir no limiar da sobrevivência. Esmaguei a cobra antes que ela tivesse a chance de atacar. Ela soltou um sibilar estrangulado e Malatriss gritou de fúria, então senti o aperto da criatura se afrouxar em volta do meu pescoço. Com meu último suspiro, puxei com força, atirando a cobra quebrada contra a dona, agachando-me para segurar a Mãe pelos ombros e a arrastando até que todos os músculos em meu corpo ardiam. Apenas uma fresta da porta estava aberta e ela se fechava devagar, mas forcei nossa passagem, ouvindo Malatriss choramingar e praguejar enquanto caíamos do outro lado. Minha última visão da esfera do Vinculador foi uma boca cheia de dentes e angústia.

Emergi arfando do outro lado, caindo de joelhos sob o peso morto da Mãe. Em um primeiro momento, fui recebida por silêncio, então ouvi um longo uivo que só podia vir de um cão.

Isso me pôs de pé, e ignorei a dor ofuscante no braço, cambaleando sob o corpo da Mãe enquanto dava um passo lento após o outro para fora do castelo. Não havia rampa desta vez; eu tinha sido simplesmente jogada onde havia começado, como um refugo indesejado. Um espraiamento baixo de corpos jazia sobre o pátio, um mais ensanguentado do que o outro.

Khent era o mais perto da porta, estatelado e ofegante, ainda em sua forma lunar. Mas a lua tinha ido e o sol retornou assim que saímos e observei a magia se esvair dele até que voltou a ser um homem, coberto de feridas fundas, com hematomas perto do olho e do queixo. A Mãe escapou lentamente de meus braços e me aproximei dele no chão, pressionando seu olho encharcado de sangue e suspirando de alívio quando ele praguejou, cuspiu sangue e secou o suor da testa.

— Nós vencemos? — ele perguntou, a cabeça caindo para trás.

— De certa forma — eu disse primeiro. Em seguida: — Não, não muito. Mas, pelas estrelas, estou tão feliz de encontrar você vivo.

— Eu também — Khent brincou, depois se virou para o lado. — Aquele ali estava prestes a acabar comigo — explicou, apontando para Finch. — Mas então... mas então...

— O livro – eu expliquei. – Ele se foi. Não sei o que será deles agora.

— *Teyou*, eles caíram todos de uma vez – ele disse. – Como folhas flutuando uma a uma por um rio. – Ele notou que eu estava me apoiando no braço esquerdo e franziu a testa, ajoelhando-se e pegando meu punho direito com cuidado. Chiei, apertando seu ombro.

— Quebrado. Não faço ideia de como está. Para ser franca, não estou pronta para ver.

— Precisamos encontrar um médico, então. – Khent se levantou, trêmulo, e me puxou pela cintura. – Ou a Mãe pode tentar curar você, mas...

— Mas ela se foi – completei. Tive apenas um momento para olhar para ela, pois algo se moveu entre os outros corpos. A necessidade deles era mais urgente, e aceitei a ajuda de Khent enquanto me guiava na direção dos três homens caídos na terra.

— Você conseguiu? – Dalton ofegou. Ele não parecia terrivelmente machucado, mas apertava o peito, tomando ar com uma dificuldade crescente, e ficou claro que não conseguia respirar direito. – O livro se foi?

— Eu o destruí. Sinto muito, não sei se foi a escolha certa... – Eu me agachei perto dele e peguei sua mão estendida, deixando que a levasse de volta ao peito palpitante. – Você está morrendo.

— Agora que chegou a hora – ele sussurrou –, não estou com medo. Diga a Henry... diga a ele que eu estava errado. Ele pode ser mais do que é. Ainda há tempo. – Sangue escorreu de seus lábios e apoiei sua cabeça por trás. Ele não estava morto e eu não o deixaria partir até que tivesse dito tudo que queria dizer. – Como foi? – Dalton perguntou. A faixa havia caído de seus olhos e, delicadamente, limpei o sangue e a transpiração de sua testa, olhando para os buracos vermelho-escuros onde antes ficavam seus olhos. – Foi deslumbrante?

— Sim – confirmei. – Mas terrível também. Queria poder lhe contar tudo.

— Meus sonhos sobre isso serão melhores – ele disse. – Sempre são. Mas essa sensação... Acho que é a hora de partir. Acho que não tenho escolha.

Fechei os olhos com força e tentei fazer com que não doesse tanto.

– Eu matei você – eu disse. – Me perdoe.

– Você salvou seu povo, deu uma chance a eles. – Dalton ofegou e um coágulo grosso de sangue pingou de seu queixo. – É isso o que eu queria. Nunca deixamos que vocês tivessem isso antes. Diga adeus a Fathom por mim. O abrigo – ele sussurrou por fim. – Quero que seja dela.

Um gemido confuso veio de trás de nós e a cabeça de Dalton se voltou para o som.

– Pai...

Mas não havia mais nada; a última palavra tirou tudo dele. Não havia olhos para encarar ou fechar, mas eu o senti partir com um último suspiro trêmulo que farfalhou a grama. Pousei sua cabeça suavemente sobre o carpete verde do pátio e voltei a colocar a faixa sobre seu rosto, cruzando seus braços mais uma vez sobre o peito.

A Mãe não tinha falado até então, mas de repente seu espírito sussurrou para mim.

A lua beija, o sol reverencia
Aonde corre o cervo silvestre, uma flor que irradia
É tudo que se pede, quando acabam nossos dias

Repeti a oração para Dalton, sabendo que a Mãe a usara para enviar almas conturbadas a seu repouso. Então foi como se o vento o levasse e, em um instante, ele se tornou um alvoroçar de borboletas amarelas e luz.

Capítulo Vinte e oito

Uma corruíra caiu do ninho uma vez perto da janela do meu dormitório em Pitney. Eu e Jenny ficamos pensando nela, esquecendo-nos de nossos exercícios obrigatórios. Nenhuma de nós gostava de ficar correndo no pátio para manter o rubor nas bochechas; em vez disso, nos escondemos atrás de um carvalho grosso e discutimos o que fazer com o passarinho aturdido.

— Podíamos bater na cabeça dele e colocar o corpinho na cama de Francine — Jenny sugeriu.

Era criativo, mas cruel. Para o passarinho, obviamente. Francine que se danasse.

— Não sei se consigo matá-lo.

— O ninho é alto demais. Podemos cair e quebrar a perna tentando colocá-lo de volta lá.

Jenny era sensata *e* criativa. Era parte do motivo por que eu gostava dela e por que tínhamos nos tornado amigas rapidamente. Talvez também tivéssemos ficado amigas porque éramos as duas únicas meninas em Pitney que passariam um tempo considerando colocar pássaros mortos nas roupas de cama de uma rival. Francine e o resto nunca cogitariam algo tão vulgar, mas elas não haviam crescido em bairros pobres e sujos de merda. Suas famílias distantes ainda as queriam de alguma forma, e elas simplesmente esperavam o retorno deles para assumir uma vaga de governanta ou para ser oferecidas como noivas a algum rapaz rico.

— Se o deixarmos, uma raposa o pegará — Jenny acrescentou.

— Mas não é isso que aconteceria se nunca o tivéssemos encontrado? — perguntei. Soltei o galho que poderia ter sido usado como ferramenta de execução. A corruíra se contorceu, esperneando as patinhas desamparadamente. — Nunca notamos o passarinho. A raposa vem. A raposa o come.

Se não conseguirmos decidir nada produtivo, acho que deveríamos deixar a natureza seguir seu rumo.

Jenny não apresentou nenhuma alternativa convincente, por isso deixamos o pássaro atrás da árvore e retomamos nossa caminhada vigorosa. No dia seguinte, sozinha, olhei atrás do carvalho. Não restava nada além de um tufo de penas. A raposa havia encontrado sua refeição ou a ave havia se recuperado e saído saltitando. Acho que sempre soube a resposta, mas disse a mim mesma que a corruíra havia escapado ilesa.

A corruíra caída diante de mim hoje não teve essa sorte. A raposa havia encontrado aquele pássaro e eu só podia me perguntar se restaria algo dele depois.

Eu me ajoelhei junto ao pastor, surpresa com seu tamanho. Ele não era um homem grande, mas, na morte, pareceu encolher ainda mais; seus braços eram muito curtos e suas flanelas largas o faziam parecer infantil. Deplorável. Sangue escuro escorria de seus lábios. Khent ficou um pouco longe, talvez ciente de que não fora convidado à conversa – ou talvez não confiasse que nossa batalha havia realmente terminado.

– Você é a raposa – murmurei, observando enquanto seus olhos leitosos me encontravam – ou a corruíra?

– Eu a acolhi uma vez, garota, e essa é minha recompensa? – ele perguntou, engasgado. Tossiu com força e tirei o lenço de seu bolso, segurando-o junto aos seus lábios manchados. – Cortesia? Agora? Jamais entenderei.

– Você assassinou meu povo – eu disse. As palavras saíram facilmente, como se eu tivesse praticado. Pestanejei, olhando um pouco à direita dele. Tive um pressentimento quente e ávido, talvez o que uma mãe sente quando sabe que é a hora do bebê nascer. – Você era a raposa. Nós éramos passarinhos atordoados. Agora não somos nada além de um tufo de penas.

Ele balançou a cabeça devagar.

– Você não está falando coisa com coisa, menina. Está louca. Você nos matou, nos matou porque é louca.

O calor dentro de mim se espalhou, para cima e para fora, mas não era perturbador – muito pelo contrário. Eu não sabia o que estava acontecendo, por que eu conseguia sentir tanto ao ver a morte de Dalton e não sentir nada por aquele velho enfraquecido expirando no chão. Seu quepe cinza e desgastado havia caído da cabeça calva e jazia na lama.

– Eu sou a raposa agora, mas, quando devorar você e os seus, não restará nada. Nem uma pena. Nem um pé. Nem um vestígio de você na terra ou no ar.

– Olhe só – ele suspirou, tossindo no pano que eu segurava em sua boca. – Falando tantas loucuras quanto seu pai. Esse é o seu problema: tem tanto do pai em seu interior, mocinha. Está a um passo de um caminho do qual não há – *tosse* – volta.

O sorriso que abri para ele era triste, mas talvez hesitante também. Tirei o lenço e o deixei junto a sua cabeça. O sangue nele havia formado o desenho de uma folha caída.

– Meu pai se foi de vez – eu disse a ele. – Nosso livro foi reescrito. Nossa história começa de novo. O Pai não é nada. Trago algo diferente comigo. Sabe de uma coisa? – Observei sua sobrancelha se franzir, seus olhos se enchendo de pavor ainda que cobertos pela cegueira. – A Mãe me contou que o que você e Henry fizeram destruiu o Pai. Que ver tantos de seus filhos morrerem reduziu o coração dele a cinzas. Mas atravessei o fogo com ela na Tumba dos Antigos e o fogo não nos partiu, não nos reduziu a cinzas; atravessamos o fogo e ele nos forjou novamente.

Ele recostou a cabeça contra o quepe, mas sua boca continuou aberta.

– Eu deveria ter pedido perdão pelo que fizemos. Deveria ter feito as pazes. Nunca... nunca pensei que acabaria dessa forma. Que Deus me ajude. Que Deus ajude Henry.

– A chance de perdão passou há muito tempo – eu disse, observando suas pálpebras tremularem e se fecharem. Esperei, pensando se deveria dizer a oração que a Mãe tinha me oferecido por meio de seu espírito. Mas mudei de ideia e me levantei. Finch, porém, havia tentado ser gentil comigo no passado e poderia ter sido um amigo caso as coisas fossem diferentes. Eu não nutria nenhuma animosidade contra ele em meu peito, e ele parecia quase frágil, caído no chão. Já havia partido, provavelmente antes mesmo que eu tivesse saído da tumba.

Eu me ajoelhei e cruzei seus braços, depois fechei seus olhos com um toque suave, falei as palavras e o observei se dissolver em asas e alçar voo mais uma vez.

Khent esperava por mim apoiado na porta do castelo, curvado de fadiga por seus ferimentos, ainda mais porque agora carregava o corpo da Mãe nos ombros. Juntos, deixamos as ruínas para trás, caminhando em silêncio pela colina relvada até a estrada, onde a carruagem e os cavalos esperavam para nos levar à Casa Coldthistle.

Levaria tempo, eu sabia, para que esse novo desejo sombrio em mim se acomodasse. Mas não era nada como a influência do Pai, incômoda e externa; essa nova voz, essa nova perspectiva, parecia entrelaçada naturalmente comigo, como se sempre tivesse estado lá, um fogo dormente esperando para ser atiçado. O espírito da Mãe havia mudado ao se tornar meu e, por um breve momento, considerei que – assim como o Pai – ela realmente estava, em algum sentido, quebrada. Isso me fez hesitar, mas logo me acostumei com a ideia. Subi com Khent na cabine do cocheiro, sentindo o vento frio e rigoroso bater contra meu rosto enquanto ele nos guiava de volta, e concluí que, sim, a Mãe *estava* quebrada.

E eu também estava. Todos nós estávamos. A morte a havia mudado. Sua paz havia se transformado em paixão e, agora, cabia a mim carregar esse ardor. Se fosse para sair da tumba inalteradas, por que sequer entrar? Nossa história era a única que havia sobrevivido. Eu tinha olhado para o rosto de nosso criador e não encontrado nada além de desprezo, então soube que não poderia deixar meu povo, meus amigos, olharem para meu próprio rosto e ver o mesmo.

Eu jogaria o jogo sórdido de vidas e perdas do Vinculador, mas mudaria

– tinha de mudar – as regras. A Mãe me ensinou isso. Meus queridos, queridos amigos também.

– Como se sente? – Khent perguntou, sua voz perdida em meio ao estrondo dos cascos e o uivo do vento.

Tirei a bolsa das costas e a coloquei sobre o colo enquanto remoíamos o terreno, apressando-nos de volta para a mansão.

– Só... oca.

– Oca? Eu estava falando do seu braço, mas muito bem. Sim, oca. Não tem problema, estar oco. O vazio pode ser enchido de esperança. Ou tristeza.

– Tristeza. Esperança. – Refleti sobre essas palavras, então sorri contra o frio revigorante. – Em vez disso, escolho determinação.

Capítulo
Vinte e nove

1247, Desconhecido

Existem coisas que é melhor não serem ditas nos momentos após a derrota. O coração é mais fraco nessas horas, quando uma vaga sensação de consequência se torna real. Se torna vida. Henry havia me pedido para tentar mais uma vez, para me juntar a eles em sua viagem para o Oriente, seguindo as caravanas cor de jade ao longo da Rota da Seda. Há rumores – e sempre haverá rumores – de uma mulher em Si-ngan que ouviu o último enigma.

Mas não irei para o leste. Não irei a lugar nenhum. Não consigo ver Ara enfaixar o olho mais uma vez enquanto Henry escreve anotações obsessivas e insiste, primeiro consigo mesmo, depois conosco, que essa jornada acabou de começar. Quando me recusei, ele me chamou de covarde, mas dessa vez não me magoou.

Henry, se o tempo ou a circunstância ou algum golpe insensato da sorte trouxer esse diário à sua posse, quero que saiba uma coisa. Existe, de fato, mais uma charada, e é assim:

O que é uma árvore que precisa do sol, mas se curva e cresce longe dele? O que é uma flor que anseia a chuva, mas apenas floresce no deserto?

Você pode fugir até o fim do mundo, Henry, buscar em todos os cantos empoeirados, perguntar a cada mercador que passar, e correr atrás de todos os rumores em vão, mas não encontrará o que busca. As respostas a suas perguntas não estão em uma tumba escondida ou em um livro antigo e, embora minha visão se turve à medida que me afasto de Roeh e do meu povo, a sua se extinguiu há muito tempo.

Sua charada não está no fim de uma longa estrada. A charada esteve diante de você todo esse tempo. Por que viver? Por que seguir em frente? Por que escolher a criação no lugar da destruição? Fico contente em deixar o cão com você, porque talvez, caro amigo, você um dia veja a resposta nos olhos dele. Por que decidir seguir em frente? Porque o incondicional é eterno. Você foi feito para ser eterno, e te amo por isso. Se ao menos você se amasse com o mesmo ânimo sincero.

Enquanto você viaja para o leste, sigo para o oeste. Acho que vou procurar poetas e sentar-me na presença deles e ouvir suas rimas tristes, sempre pensando nas críticas cortantes que você lhes faria. Um dia Roeh me convocará de volta ao serviço, e atenderei ao chamado, lamentando, vezes e mais vezes, que o pedido não tenha vindo de você.

Não mais em polvorosa, mas em silêncio, a casa parecia destroçada contra os campos. Nenhuma janela permanecia intacta, e a torre leste, a mais próxima da divisa com a propriedade do pastor, havia desmoronado. Quando a carruagem parou e desci no gramado, finalmente senti quanto meu corpo havia sofrido. Eu tinha hematomas em lugares onde nunca tivera antes. Meu braço vacilava entre pontadas ardidas e dormência.

Khent tirou o corpo da Mãe da traseira e a carregou ao meu lado enquanto voltávamos para o campo de batalha. Cadáveres cobriam o chão, mas não eram dos nossos amigos. Me perguntei se eles ficariam ali até apodrecer e pensei, com uma resignação exaurida, que caberia a mim cuidar de todos eles. Faria bem a todos ver um espetáculo de borboletas depois de tanto sangue.

– Eles voltaram! – Poppy, que repousava no chão com Bartholomew, se levantou de um salto e correu até nós. – Mas você está ferida, Louisa, e a moça roxa também.

Não vi sinal de Niles nem Giles – nem do sr. Morningside e da sra. Haylam, aliás.

– Ah, minha nossa! – Mary, Lee e Chijioke saíram da cozinha com o grito de Poppy. Eles correram e ajudaram Khent a deitar a Mãe em um trecho de grama não manchada sob o toldo da cozinha. Os olhos de Mary se voltaram para a bolsa em minhas costas.

– É o nosso livro – eu disse a ela. – O pastor se foi e o livro branco foi destruído.

– Sim, todos caíram do céu no momento em que aconteceu – Chijioke disse. Suas mãos estavam queimadas pela boca do fuzil; sua camisa, manchada de fuligem. – Não acredito que você fez isso, que... que isso podia sequer ser feito.

– Eu vi o lugar onde os livros são criados – expliquei. – Houve... complicações. Para destruir o livro, o nosso precisou ser refeito, portanto meu espírito teve de ser removido, portanto...

– Outra alma foi necessária – Chijioke completou. Essa era sua especialidade, afinal, e ele assentiu, suspirando. – Não deve ter sido fácil.

– Fácil?! – Mary exclamou. – Olhe o braço dela! Precisamos levar você para dentro, e Khent também. Podemos cuidar de todos os seus ferimentos e lhe arranjar algo para comer. Giles foi gravemente ferido. Ele está no andar de cima com Fathom e o irmão. Espero que sobreviva.

– Daqui a pouco – eu disse. – Mas tem alguma coisa que eu possa usar para imobilizar o braço? Dói deixá-lo assim.

Chijioke fez um afago no ombro de Mary e correu para a cozinha. Ele voltou logo em seguida com dois panos brancos da despensa e ergueu meu braço com cautela, apoiando-o contra meu peito antes de enrolá-lo nos panos, que então passou na diagonal sobre o ombro para imobilizar o braço.

– Obrigada. Onde está o sr. Morningside?

– Atrás da casa – Lee disse, apontando. Ele estava mais ereto agora que o problema dos sobreterrenos havia sido resolvido. – Ele levou a sra. Haylam para trás da casa.

– Venha comigo e me mostre – eu disse.

Não havia pressa para lidar com o corpo da Mãe, e eu sabia que Mary e Chijioke cuidariam bem dos ferimentos de Khent. Encontrar Morningside era minha tarefa mais urgente, e os olhos de Lee se arregalaram de surpresa com a sugestão, mas ele concordou e seguiu ao meu lado enquanto desviávamos dos buracos no chão e dos sobreterrenos caídos. Assobiei para Bartholomew e bati na coxa com a mão boa. Ele ergueu a cabeça, depois soltou um longo suspiro canino e trotou para nos acompanhar.

– Por que ele? – Lee perguntou, estendendo a mão para acariciar a cabeça do cachorro.

– Você verá – eu disse. – Mas primeiro tenho de lhe perguntar uma coisa.

Caminhamos devagar, pois estávamos exaustos do combate. Seus dedos e antebraços exibiam as marcas de um boxeador e, com sua nova força estranha e antinatural, eu poderia facilmente imaginar como ele tinha procurado ser útil na última fase da batalha. Tanta coisa havia mudado desde nossos flertes receosos na biblioteca.

– Algo mudou em você – Lee comentou. – Mas imagino que qualquer pessoa mudaria depois do que você deve ter visto.

– Não é apenas isso – admiti. A caminhada não era longa, mas não tive pressa. Ao rodearmos a casa, vi que o sr. Morningside realmente estava no gramado norte, terminando de construir uma pira, sem o paletó e em mangas de camisa. Vê-lo fazendo um serviço braçal era como ver um ouriço dançando gavota. – O Pai se foi. A Mãe está com meu espírito agora. Ainda estou descobrindo o que isso quer dizer, e sei que você não estava lá para ver o que eu me tornava quando o pai assumia o controle. Era feio e violento... selvagem de uma maneira que me assustava.

– Mary me contou sobre isso – Lee respondeu. – Eu não conseguia entender por que você faria um trato com o sr. Morningside de novo, mas ela disse que precisava ser feito.

– Ela disse a verdade. Precisava ser feito. – Parei de novo, observando o sr. Morningside levantar o corpo inerte da sra. Haylam e depositá-lo com cuidado sobre a madeira empilhada. Ela havia dado tudo de si para proteger a casa. Assim como os outros. Era um milagre que ela e Giles fossem as únicas perdas. – Sabe, já vi um fazendeiro queimar o próprio campo. Nunca entendi por que até agora. Ele estava limpando as coisas inúteis para que plantas novas e melhores pudessem crescer. É assim que me sinto agora, Lee. O Pai era um inferno desenfreado, mas a Mãe é muito diferente. É uma chama que quero atear. Um fogo que consigo controlar.

Lee me fitou sem piscar.

– Então... você está feliz?

– Eu não diria feliz. – Abri um sorriso tênue e apontei a cabeça para a pira. – A sra. Haylam morreu, mas você ainda está aqui. A magia dela não é necessária para manter você?

Ele coçou o queixo diante da pergunta; alguns fios tinham começado a crescer ali.

– Chijioke acha que devo estar mais atrelado ao livro do que a ela. Não me sinto nem um pouco diferente agora que ela está morta.

– Que bom – eu disse baixo, pensativa. – Isso é bom. Porque o livro negro é meu agora, então você não corre nenhum risco de desaparecer.

Capítulo Trinta

sr. Morningside tinha acabado de acender a lenha embaixo da pira quando eu, Lee e Bartholomew chegamos à clareira.

Ele recuou do crepitar quando o fogo se acendeu, se espalhou e subiu em uma labareda. As chamas saltaram para o alto, consumindo a madeira úmida, que fumegou e emitiu um pilar de fumaça preta para o alto, como se fazendo sinal para um exército distante. Com os braços cruzados, observei o fogo se aproximar do corpo inerte da sra. Haylam. Sem o diário de Dalton, eu talvez nunca soubesse quanto tempo eles passaram juntos ou como suas vidas eram entrelaçadas. Não pude deixar de pensar no que ela havia me dito quando a batalha contra os sobreterrenos transcorria ao nosso redor – que deveria ter sido mais firme com ele, como se fosse sua mãe e não uma seguidora devota.

Talvez, em certo sentido, ela tivesse sido a guardiã dele. E, agora, com todos os seus antigos amigos mortos, ele estava à deriva. Desancorado.

Não chegamos de maneira furtiva, e ele virou o tronco, talvez esperando encontrar apenas os empregados da casa. Todo o seu comportamento mudou ao me ver ali com o livro dos faes das trevas ainda nas costas. Ele deixou os braços caírem e franziu a testa, depois sorriu, depois franziu a testa de novo enquanto eu avançava.

— Sinto muito pela sra. Haylam, pela sua amiga – eu disse.

— Eu também. Ela foi uma companheira leal até o fim, e uma parte tão importante da minha vida que sua morte me parecia impossível. – O sr. Morningside voltou-se para as chamas outra vez. – Mas você voltou e a batalha findou, o que significa...

Ele ergueu as sobrancelhas com expectativa.

— Sim – eu disse. – O livro branco não existe mais.

— Então... acabou – ele disse, olhando para a floresta. – Acabou.

— Sinto muito pela sua amiga. Pelos seus *amigos* – continuei. – Ou, melhor, sinto muito que os tenha perdido dessa forma. Que eles tenham tentado ajudá-lo, acreditado no senhor, enquanto o senhor só os estava usando esse tempo todo. E sinto muito pela casa. Sei que será difícil perdê-la.

– Perdê-la? – ele repetiu. Foi só então que o sr. Morningside notou a presença de Lee. Ele se afastou da pira e se aproximou de nós, examinando-o com mais interesse, com um brilho nos olhos dourados. – Minha cara Louisa, você nem me deu a chance de cumprir minha parte do acordo. Será mais difícil, claro, sem a sra. Haylam, mas não impossível.

– Claro. O contrato está com ele? – perguntei, depois continuei antes que ele pudesse responder. – Não é preciso. Lembro das palavras exatas. Você removeria o espírito do pai de mim. *Você*. Se isso não se cumprisse, a Casa Coldthistle e o Elbion Negro seriam meus.

Em sua ansiedade para responder, ele sorriu, depois curvou um dedo sobre o queixo e hesitou.

– Tenho certeza de que você está se coçando para explicar sua lógica.

– O senhor não pode remover o que já se foi – eu disse, avançando para cima dele. Ele pareceu espantado, verdadeiramente espantado, e talvez só então se desse conta de como era improvável que eu tivesse sequer retornado. Engolindo em seco, também notou Bartholomew. Sua boca se abriu e se fechou algumas vezes, mas ele não disse nada. Era melhor assim, pois eu ainda não estava interessada no que ele tinha a dizer. Ele era mais perigoso quando entornava palavras melosas nos ouvidos dos outros. – A Mãe está morta. Todos os sobreterrenos estão mortos. E eu estaria morta também se não fosse a sorte e uma estranha coincidência. Era isso que você queria, não? Séculos de planejamento e maquinação movendo todos nós, as peças de seu joguinho, com promessas e mentiras. Agora que chegamos ao fim de seu jogo, responda uma charada para mim, Diabo.

Seu lábio se curvou com desdém, e ele voltou o olhar para a pira como se quisesse me envergonhar por fazer escândalo na frente dos mortos.

– Vá em frente.

– Braços a abraçar, mas nenhuma mão. Beliscos a dar, mas nenhum dedo. Veneno a atacar, mas nenhuma agulha. – Apoiei a mão de leve sobre a cabeça peluda de Bartholomew e o acariciei. – O que eu sou?

Se meus olhos fossem capazes de perfurar seu crânio, aposto que teria visto todas as engrenagens girando, todos os seus cálculos rápidos enquanto refletia sobre a resposta. Se ele fosse uma chaleira, o vapor teria vazado de suas orelhas, subitamente esquentando demais. O sr. Morningside mexeu os pés e voltou a cruzar os braços, erguendo o queixo com um ar imperioso que me fez lembrar de Malatriss no mesmo instante. Isso também não ajudou muito.

– Um escorpião – ele disse.

– Mentiroso ou inepto, mal sei se ainda importa. – Cutuquei o enorme cachorro peludo ao meu lado, estalando os dedos na direção do sr. Morningside. – Vá, Bartholomew. Ele está falando a verdade? Realmente acha que é essa a resposta? Ou torceu secretamente para que eu perdesse um dedo por seu erro, que falhasse ou morresse e me tornasse um problema a menos para resolver?

– Não é verdade, Louisa. Se eu lhe disse algo errado, não foi intencional. Tudo que eu mais queria era que você tivesse êxito!

Bartholomew ergueu os olhos perscrutadores de filhote para mim. No instante seguinte, o sr. Morningside bufou e cambaleou para trás, os olhos se arregalando de espanto quando o cachorro saltou para a frente. Ele derrubou o sr. Morningside, surpreendendo a todos nós, depois subiu em cima de seu corpo, o pelo mais duro ao longo da espinha se arrepiando e ficando rígido. Seus lábios recuaram, mostrando os dentes do tamanho de dedos, e seus olhos, normalmente tão doces, haviam ficado ferinos e cheios de propósito.

– Louisa... – ouvi Lee murmurar.

– Observe.

Era agora que eu saberia. O esquema do sr. Morningside seria revelado: seu plano para acabar comigo e com a Mãe, incluindo a possibilidade improvável, mas definitivamente não indesejada de que Dalton e todos os outros sobreterrenos fossem eliminados. O que quer que acontecesse, haveria menos para ele enfrentar. Vi o sr. Morningside empurrar de leve os ombros do cachorro, uma pequena lamúria escapando de seus lábios antes de Bartholomew avançar e... não fazer nada. O cachorro não rosnou nem o lambeu – pareceu ficar apenas confuso. Talvez isso significasse que não havia nem mentira nem verdade. Que nem o sr. Morningside sabia o que esperar da minha jornada à tumba.

– Satisfeita? – ele resmungou, levantando-se com dificuldade e tirando os pelos da calça. – Falei para você o que sabia e você fez o que não pude. Agora faça um favor a um velho tolo e descreva como foi tudo.

– Foi... foi... beleza e depois tristeza, assombro e depois dor. – Passei a mão no cabelo desgrenhado, frustrada, e me crispei; até esse movimento afligia o outro braço na tipoia. Eu estaria errada sobre ele? Ele teria me enviado por ignorância e não por maldade? No fim, isso importava menos do que saber que ele havia esperado até o último momento para sacrificar seus queridos pássaros, muito depois de seus amigos e empregados terem agido para defender a casa. – Você não tem ideia do que me pediu, do que aquele lugar *era*. Não havia respostas lá, apenas dor. Vi onde os deuses nascem e repousam. Conheci um Vinculador e ele arrancou metade da minha alma, depois usou uma inocente para sanar o que foi ferido. Sobrevivi apenas graças ao que Dalton me contou, ao que li no diário dele.

Virei para o outro lado, sentindo lágrimas despontarem nos olhos. Mas então veio a voz dentro de mim, a voz da Mãe, gentilmente a princípio e depois com uma insistência que não podia ser ignorada.

– Desculpe, Louisa. – O sr. Morningside ficou em silêncio por um momento e imaginei que estivesse contemplando as chamas. – Não tenho ideia de como você aguentou ler sobre nós. Toda a história foi bastante bizantina, para ser honesto. Nossas espécies nunca deveriam se misturar, por motivos óbvios. Embora eu suponha que *tenha* de ser honesto, hein? Você me tem em desvantagem, sabendo, como sabe agora, dos meus segredos íntimos.

Me impressionou como era fútil e triste que ele se preocupasse com essas coisas em um dia em que tantas vidas haviam se perdido.

– Você descobrirá que sou a última alma que pode julgar – eu lhe assegurei. – Consigo... ver com muita naturalidade como alguém poderia se apaixonar perdidamente por Dalton. Ele era muito sincero. Nada além de acolhedor.

– Ah, sim – ele riu baixo. – Dalton Spicer era sem dúvida acolhedor. Me acolheu bem em sua cova.

Eu me virei e vi que ele não estava olhando para as chamas, mas para mim.

– Somos todos escravos da nossa melhor natureza.

– Não – o sr. Morningside disse, seco. – Nem todos nós, Louisa.

– Será? – Era hora de tomar o que me era devido, de seguir em frente, de sepultar a Mãe e encontrar um lugar para começar de novo. Eu tinha uma ideia de como fazer isso, claro. Ou talvez a Mãe tivesse. – Então, nesse caso, não ficará surpreso quando eu pedir a casa e o livro. Você não removeu o espírito do Pai de dentro de mim, portanto quero o que me foi prometido.

Lee ajeitou os pés, desconfortável, e Bartholomew se aproximou dele e aninhou-se junto ao seu quadril.

O sr. Morningside sorriu de novo, mas não havia humor em seu olhar.

– Você não pode estar falando sério, Louisa. Fui eu quem a mandou para aquele lugar, então, essencialmente, fui eu o responsável por...

– *Eu pareço estar a fim de negociar?* – A frase saiu como um sussurro letal, tirando habilmente o sorriso de seu rosto. – Recomendo sinceramente não assumir responsabilidade total pelo que aconteceu na tumba. Nem você, que vê todos os fins e se planeja para todas as possibilidades, poderia ter se preparado para o que aprendi ou o que suportei. E duvido que teria sobrevivido. Já estou me sentindo bastante irritável e você ouvirá agora até onde vai minha misericórdia.

Ele me encarou, fumegando, com os punhos cerrados ao lado do corpo.

– Louisa...

Um acesso de tosse chamou minha atenção, e me virei brevemente para ver que era Poppy. Havíamos atraído uma plateia; o restante dos funcionários da casa, assim como Khent e Fathom, haviam se juntado para nos observar de uma distância segura. Voltei-me para o sr. Morningside.

– Você abandonará este lugar e ele será demolido – eu disse, apontando para a casa. – Não a quero. Ninguém deveria querê-la. Quanto ao livro... – Virando-me para Lee, suavizei o tom, pois ele era inocente em tudo aquilo. – Lee, gostaria de continuar vivendo?

– Eu... creio que sim. Sim, eu gostaria de continuar vivendo, ainda que seja uma nova e estranha existência.

– Então fique com seu livro – eu disse a Morningside. – Mas arranque uma página, que será de Lee. O que ele fizer com ela, aonde a levar, será da conta dele. Se o poder do livro sustentou tantos Residentes ao longo dos anos, uma página deve se provar mais do que suficiente.

Entrelacei o braço no de Lee e o guiei para longe da pira. A madeira tinha começado a queimar fortemente, ateando fogo no vestido manchado da sra. Haylam e nas faixas que eu havia amarrado em seus braços e pernas. A fumaça preta se afunilou no ar, formando uma nuvem que pairou pesada sobre a Casa Coldthistle.

– E eu? – O sr. Morningside gritou atrás de mim. Sua voz era rouca e desesperada. – O que será de mim?

– Você? – Lancei um único olhar de esguelha por sobre o ombro. – Jamais quero vê-lo novamente.

Capítulo Trinta e um

Sepultamos o corpo da Mãe ao pôr do sol, em uma caverna escavada sob a casa. Torci para que, quando a mansão fosse derrubada, as raízes e os galhos dela se espalhassem pela fundação e se tornassem algo belo em um lugar de tanta dor.

Deixei o diário para o sr. Morningside na frente da porta verde no vestíbulo, que marcava a entrada para seu domínio subterrâneo. Dentro da capa, eu havia inscrito a última mensagem de Dalton para ele.

Diga a ele que eu estava errado. Ele pode ser mais do que é. Ainda há tempo.

– O que você vai fazer agora?

Lee havia terminado de arrumar suas coisas, que couberam perfeitamente na maleta que ele havia trazido quando chegou à Casa Coldthistle com o tio. Era o dia seguinte à batalha e estávamos do lado de fora no ar de fim de outono. Chijioke e Fathom colocavam o corpo de Giles, enrolado com firmeza em um lençol, na carroça que levaria Niles de volta a Derridon. O coveiro não havia sobrevivido à noite, e um clima sombrio e quieto havia caído sobre a casa. Ninguém falava mais alto que um sussurro. Nenhuma refeição foi servida. Encontrávamos chá e comida por conta própria e comíamos em silêncio, pois ninguém sabia bem o que dizer.

– Pensei em voltar para casa – Lee disse, sentando-se no degrau de pedra cinza. O colar de colher tinha sido enfiado dentro da camisa, e ele usava um casaco elegante que havia guardado de sua viagem inicial a Yorkshire. – As coisas serão muito diferentes lá, agora que sou, bem, o que sou. No entanto... – Ele olhou ao longe e respirou fundo. – Agora que sei que não fui a causa da morte do meu guardião, pode ser mais fácil ficar em paz. Ah, não sei. Estou nessa forma estranha há tanto tempo que será difícil ficar apenas entre humanos normais novamente. Não faço ideia se ainda consigo herdar algo, mas gostaria muito de rever minha família.

– Não será fácil – eu disse a ele. – Nunca encontrei meu lugar em Londres. Quando se viu tudo que vimos, a vida mundana começa a perder o brilho. Espero que você se dê melhor do que eu e que sua família o aceite como é.

Família. A palavra realmente tinha seu apelo. Olhei ao redor para os amigos e ex-colegas reunidos, agora usando xales e casacos de viagem. Ninguém queria ficar muito tempo mais na Casa Coldthistle agora que ela estava vazia e ainda mais sombria, com as janelas quebradas e os torreões tortos e carbonizados. Nenhum Residente espreitava mais os corredores. Nenhum pássaro cantou quando chegou a aurora.

– Você é mais do que bem-vindo a nos acompanhar – eu disse a ele. Eu havia tomado um banho e colocado um vestido preto simples, um dos meus antigos uniformes, mas escolhi manter a bolsa com o livro refeito perto de mim a todo momento. Parecia um talismã ou, talvez, uma responsabilidade. – É uma viagem longa para o norte, mas há paradas ao longo do caminho. Pode ser uma jornada agradável, sabe, se feita com amigos.

Lee assentiu, balançando os cachos loiros, e me abriu um sorriso bem-humorado.

– O correio encontrará você se eu tentar escrever? Talvez, quando eu estiver farto da minha família, possa ver como é o seu mundo.

– Sempre haverá lugar para você – eu disse, apertando sua mão. – E, quanto ao correio... Bom, por que não anota seu endereço e vejo o que se pode fazer?

Rindo baixo, Lee remexeu na mala e pegou um pergaminho. Lá dentro, entrevi um papel amarelado, enrolado – a página do Livro negro. Ele precisaria tê-la consigo sempre, mas, ao menos, ela lhe permitiria alguma sensação de liberdade.

– Aqui. – Ele se levantou e me entregou o pergaminho. – Eles parecem prontos para partir agora. Pensei em ir com Niles até Derridon e, de lá, encontrar meu caminho para casa.

Apertamos as mãos, então ele me puxou num abraço, tomando cuidado com meu braço. Mas eu sabia que não seria a última vez que nos veríamos. Eu queria que ele voltasse para casa, pois eu nunca havia imaginado que isso poderia acontecer novamente, mas ele era uma criatura de sombras e magia agora e, um dia, precisaria de um lugar onde isso não fosse espantoso. Parada no degrau, observei enquanto ele se despedia dos outros, depois entrava na carroça com Niles. Os dois se viraram na cabine do cocheiro e acenaram, e meu peito se apertou um pouco de perda ou pesar enquanto saíam ruidosamente pela estradinha, encaminhando-se para casas diferentes, ambos envoltos em tristeza.

– E você? – Segui o sulco das rodas deixado no cascalho, traçando-o até Fathom, que observava a carroça desaparecer com uma mão protegendo os olhos, logo abaixo do tricórnio elegante. – Vai nos acompanhar ou assumir o abrigo em Deptford? – perguntei.

– Nenhum dos dois. – Fathom balançou a cabeça, cutucando pensativamente um curativo na mão. De todos nós, ela parecia ter escapado com menos ferimentos da batalha, o que era uma façanha e tanto para uma humana. – Vou partir, acho. Para algum lugar distante. Há memórias demais em Deptford. Feridas demais. Tenho uma amiga em Massachusetts, Lucy, que deveria procurar. Ela vai me aturar por um tempo, ao menos. – Ela riu baixo e bateu de leve no meu ombro bom. – Venha conhecer os Estados Unidos, Louisa. Há muitos absurdos assustadores lá, e não estou falando apenas de política.

Ela havia pegado um cavalo dos estábulos e montou nele com a facilidade da prática.

– Sinto muito pelo que aconteceu com Dalton – eu disse, desviando os olhos. – Ele falou com carinho de você no fim.

Fathom deu mais uma risada indecorosa e acenou com o chapéu, virando o cavalo na direção da estrada.

– É claro que falou. O ruivo doido sempre teve uma queda por mim. E ele era um dos raros homens bons. Os bons não duram muito neste mundo e ele durou mais do que a maioria. Vivendo naquele abrigo, vi muitos irem e virem, mas Dalton sempre estava lá, sempre confiável. Não seria o mesmo agora que ele está em sua própria aventura.

Com isso, ela se foi, levantando poeira enquanto saía do terreno e virava ao sul, rumo à distante cidade de Londres.

E havia, claro, a questão iminente sobre o destino de Poppy, Mary e Chijioke. Bartholomew seguiria a menininha aonde quer que fosse e, junto com Khent, eles aguardavam com expectativa perto das duas últimas carruagens – uma cravada de furos pela tarasca, a outra o faetonte leve e veloz que Niles e Dalton haviam trazido de St. Albans.

– Vocês vão partir – eu disse, com certa surpresa. Enquanto eu me despedia de Lee e Fathom, Mary havia trazido várias malas estofadas, incluindo uma cheia de pratarias e bugigangas, sem dúvida para vender. Eu havia considerado que eles poderiam vir comigo, mas, depois de tantas famílias rompidas, não me permiti acreditar de verdade. – Pensei que... – Eu não fazia ideia nem de como começar. – Na última primavera, quando negociei para que seus contratos fossem quebrados... Bom, pensei que vocês todos quisessem ficar.

– Queríamos. *Naquela época.* – Chijioke pegou a mão de Mary e ergueu uma das malas. – Não há mais nada para nós aqui, e o sr. Morningside... Bom, quase fez com que fôssemos mortos, e posso não morrer de amores pelos sobreterrenos, mas aquilo foi feio. Se ele pensou que podia nos fazer lutar as batalhas dele e cumprir sua vontade para sempre, realmente tinha uma visão distorcida das coisas. Não quero ficar mais nem um minuto aqui e vê-lo colocar você ou Mary em perigo novamente.

– E você está certa – Mary acrescentou com um sorriso acanhado. – Por mais difícil que tudo tenha sido, achamos que é melhor ficar juntos. Como uma família, sabe. Estamos todos ansiosos para nos afastar desse lugar.

Poppy concordou, então pareceu mudar de ideia, olhando para a casa atrás de si. Franziu a testa e avançou para mim, puxando minha saia com força.

– Bartholomew vem também! Ou ele vem junto ou eu não vou.

O cachorro concordou com um uivo.

– Claro – eu disse, lançando um olhar de esguelha para Khent. – Caninos são bem-vindos nesta família.

Khent revirou os olhos, pegando duas malas e levando-as para a carruagem maior.

– Sou muito mais limpinho do que esse bicho. E muito mais bem-comportado também.

– Mas é isso que vocês querem? – perguntei de novo, olhando para cada um. – Será um caminho longo para o norte e não faço ideia do que encontraremos na Primeira Cidade. Nunca pensei que isso aconteceria assim.

– Nem nós cinco – Mary disse com um suspiro.

– *Seis* – Poppy insistiu, pegando Bartholomew pela orelha.

Isso pareceu encerrar a história. Iríamos todos juntos para o norte e encontraríamos o que houvesse para ser encontrado ao longo do caminho até a Primeira Cidade. Havia espaço suficiente para todos nas carruagens e Chijioke conhecia bem a região – e eu não esperava deparar com nenhuma emboscada na estrada agora que não existiam mais sobreterrenos. Poppy arrastou uma mala grande demais para ela na direção da carruagem, e Bartholomew saiu correndo atrás, pegando a outra ponta com a boca e trotando junto com ela. Enquanto as últimas preparações eram feitas, me peguei voltando os olhos para a casa.

O lugar tinha me parecido mais agourento na primeira vez que pousei os olhos sobre ele. Agora estava meramente vazio, devastado, o lar frio de um único homem – um homem que nos observava como uma sombra fugidia de uma janela lá do alto. Ao me voltar para ele, pensei sobre seus olhos tristes, cheios de confusão e traição. Seus funcionários lhe haviam servido fielmente até o fim, mas a lealdade tinha limites. Talvez, pensei, ele entenderia um dia por que vivia agora em infâmia e abandono, tendo encontrado o que queria e descoberto que não era o bastante.

– Você acha que ele vai tentar alguma coisa? – Khent perguntou, me sobressaltando.

Ele colocou a mão nas minhas costas, da mesma forma que fizera da outra vez para me dar coragem.

– Não – eu disse com sinceridade, observando o Diabo me dar as costas para assombrar outros cômodos vazios. – Não, não acho.

Voltamos para as carruagens e encontramos os outros discutindo sobre quem viajaria para onde. Bartholomew já havia assumido um lugar no veículo mais leve, talvez desejando sentir o vento em seu rosto. A escolha de Poppy, então, foi tomada por ela, e Chijioke a ajudou a se acomodar perto do cão.

– Aonde você acha que ele vai quando a casa não existir mais? – perguntei a Chijioke. Ele soube imediatamente a quem eu me referia.

– Aonde todos os diabos vão – ele respondeu, encolhendo os ombros. – Aonde for mais necessário e menos esperado. Venha – ele disse, estendendo as mãos para mim. – Deixe-me ajudá-la com isso.

Ele estava se referindo à bolsa em meus ombros. Eu a tirei com cuidado, me crispando quando ela raspou meu braço, depois o detive e me abaixei para retirar o livro, que não pesava mais do que um volume normal. Era maior, porém, e muito mais fantástico, com uma capa verde brilhante com vinhas roxas e um cervo e uma aranha estampados no centro.

Passei a mão sobre o couro com um arrepio, sabendo que era a pele de um pobre aventureiro. Uma voz vibrou para mim de dentro das páginas, grave, aliviada e masculina – o Pai. Mas não soava como nenhuma memória que eu tinha dele. Soava como um animal intacto, um homem refeito.

Liberto da agonia da fúria... por fim.

Os outros me observavam paralisados. Olhei para eles reunidos ali: Mary com seu cabelo castanho e desgrenhado e suas sardas graciosas; Chijioke ainda esperando para pegar a bolsa com as mãos estendidas, a pele negra dos antebraços com curativos reforçados pela batalha; Poppy com seu cachorro querido, ambos debruçados para fora do faetonte, a menininha com a marca no rosto torcendo uma trança com expectativa; e Khent recostado na carruagem, os imperscrutáveis olhos cor de lavanda, seu sorriso gentil enquanto esperava e eu me tardava.

– Coragem – ele fez com a boca.

Eu assenti.

– Somos criaturas de trevas e curiosidade, mas existe o bem neste livro, e a bondade é poderosa. Sempre foi, mas foi esquecida. – Eu não sabia se as palavras eram minhas ou da Mãe, mas elas saíam livremente e com uma confiança que eu nunca havia sentido antes. – Este livro, o *nosso* livro, vai ajudar o mundo a se lembrar. E a bondade... a bondade nem sempre significa paz. Não significa fraqueza. A bondade que há neste livro e em nós nos guiará para o norte, e além, em nossas vidas. – Respirei fundo e deixei Chijioke pegar a bolsa e o livro, vendo-o em seus braços com lágrimas cobrindo os olhos. – Eles tentaram nos eliminar. Essa foi a era deles, de anjos e sombras e demônios. Agora vem a nossa chance, a nossa era, a era da nossa fúria.

– Viva! – Chijioke gritou, piscando para mim. – Agora diga tudo isso de novo quando chegarmos ao bar. Isso exige um brinde, hein, mocinha?

– Sim – eu disse com uma gargalhada. – Prometo não esquecer nenhuma palavra.

Então o livro foi colocado na carruagem, Mary veio me pegar pelo braço e subimos os últimos degraus juntas.

Mas, depois que subi a escada, parei na porta aberta da carruagem, olhando para a Casa Coldthistle uma última vez, pensando – talvez até com esperança – que veria seu antigo dono uma última vez. No último andar do torreão leste, dois olhos amarelos reluziram. Mas eles se foram assim que surgiram, um par de cortinas se fechando com firmeza, como se para dizer que a peça havia terminado, como se para dizer chega – como se para encerrar o lugar para sempre, uma tumba solitária e esquecida.

Epílogo

m dia, atravessei o Condado de Leitrim e o Condado de Sligo, não pela estrada, mas pelos campos e florestas, percebendo que queria ser invisível. A névoa sobre os carpetes de grama esmeralda pairava baixa, um brilho feérico sob o amanhecer. A bolsa nas minhas costas, mais pesada do que nunca, já havia aberto sulcos nos meus ombros. Aquela bolsa com aquele livro era praticamente parte de mim agora, mas eu nunca me separaria dela, meu fardo eterno.

Um diabo caminhava de manhãzinha por colinas que subiam e desciam; flores silvestres ocupavam muros de pedra, tão claras que quase pareciam artificiais, perfeitas como se tivessem nascido em estufas, em fileiras deslumbrantes de pétalas azuis e amarelas. Elas marcavam o caminho e o segui. Muitas vezes, tentei percorrer aquele trajeto e, toda vez, algo me detinha. Mas não naquele dia. Determinado, meu coração completaria a jornada. O canto sibilante da noite deu lugar ao canto matinal mais suave de galos distantes e corruíras próximas. Havia ferreirinhas também, e tordos, melros e pombas, todos gorjeando com a promessa de um novo dia.

Uma criatura triste e velha, decrépita como só os antigos e pesarosos podem ser, caminhava até seus pés doerem e sangrarem. Foi isto o que aconteceu:

O frescor da noite tinha sido uma bênção, mas agora havia dado lugar ao dia e o calor veio junto, então parei um pouco para descansar sobre uma ruína de pedras derrubadas. O lago, imperturbável como vidro, se estendia atrás de mim, enquanto a floresta montanhosa e meu destino estavam ao leste. Vi o sol raiar sobre a água e peguei um cantil, que enchi com a cerveja da noite anterior. Estava amarga, mas ainda fria, e bebi com sede, crispando-me quando um zumbido surgiu no horizonte, então cresceu, e um objeto branco e pontudo planou sobre o lago na minha direção, baixo o bastante para fazer meus ossos vibrarem. Eu nunca me acostumaria com aquelas coisas voando. Antigamente, teria sido uma Serpente Celeste protegendo o céu; agora, eram apenas máquinas.

– Está perdido?

Era a vozinha de uma menina. Virei à direita, pousando o cantil ao lado do corpo e encontrando uma mocinha da altura do meu joelho que me observava dos canteiros. Ela parecia ser parte do lugar, selvagem, com florezinhas pontilhando seu cabelo muito escuro. Seus olhos, enormes e cor de ametista, me observavam com tanta inteligência que quase ri. Seria uma menina ou uma criaturinha feérica? Impossível saber.

– Talvez eu esteja – eu disse gentilmente, levando a mão à bolsa outra vez e tirando um pouco de chocolate que havia comprado na última vila. – Talvez eu esteja. Você gosta de doces?

– Minha mãe diz que nunca devo aceitar coisas de estranhos – a menina respondeu. – E você é terrivelmente estranho.

– Estranho, sim, mas inofensivo também. – Eu mesmo comi o chocolate, notando o brilho de inveja em seus olhos. – Você tem um nome, fadinha?

– Dahlia.

Assenti e terminei o chocolate, limpando as mãos nas calças já manchadas.

– Sabe, Dahlia, você deve ser cuidadosa ao dar seu nome para alguém, pois nomes têm poder.

Seus olhos, já grandes, se arregalaram ainda mais.

– Minha mãe diz isso também. Qual é seu nome?

– Henry – eu disse, então apontei para o planalto arborizado ao leste, a quilômetros e quilômetros de distância. – Você mora lá, por acaso?

– Perto. – Ah, uma menina esperta. Ela deu alguns passos à frente, enfiando as mãos nos dois bolsos grandes da camisa de estampa floral. Usava calças largas e sapatos marrons arredondados. Observei enquanto tirava uma colher do bolso e a segurava junto ao corpo.

– Entendi – eu disse, apontando para a mão dela. – E para que é essa colher?

– Nada, não – a menina respondeu. – Só gosto de ficar com ela.

– Aposto que ela a protege. Mas não se preocupe, pois não vou machucar você. – Nunca machucaria você. – Faria companhia a um velho? Podemos caminhar juntos, pois estou seguindo para aquela colina também.

– Sério? Veio visitar?

Sua voz inocente e aguda trespassou meu coração, e ergui a bolsa, colocando-a sobre os ombros antes de partir pela grama na direção dela. Outro avião passou baixo no céu e ela mergulhou dentro do arbusto com a habilidade da prática. Me ajoelhei e abri os galhos, oferecendo um sorriso gentil.

– Eu os odeio também. Eles fazem meus ouvidos zumbir.

Seu nariz se franziu como se ela pudesse farejar minhas intenções. Talvez pudesse mesmo. Dahlia saiu do arbusto e limpou a terra do corpo, depois pegou minha mão, puxando-me pela trilha de flores silvestres e pedras.

– Você vai se perder sem ajuda – ela disse. – A floresta é muito tortuosa. Como sabe desse lugar? Ninguém pode entrar.

– Acho que conheço sua mãe. – Sorri. – Você puxou o cabelo e os olhos dela, mas a cor é diferente.

– Todos dizem que tenho os olhos do meu pai – Dahlia explicou. – Você o conhece também?

– Talvez. E o que você acha da lua, belezinha?

Ela colocou a colher de volta no bolso e caminhou com mais confiança.

– Eu gosto. Gosto muito. Mas por que você está aqui? Ninguém tem permissão de entrar, então deve ser muito importante.

Viramos para longe do lago, seguindo diretamente para o campo denso e montanhoso. A névoa ficou mais espessa, subindo até que apenas a cabeça de Dahlia sobressaía dela. Uma florzinha caiu de seu cabelo, mas a peguei e guardei.

– Preciso da ajuda da sua mãe. O mundo ficou sombrio e pavoroso, as pessoas estão machucando umas às outras.

– Meu pai diz que é porque os humanos são horríveis e não sabem se comportar – Dahlia comentou. Ela não estava errada, mas tive de rir um pouco. Sua visão de criança era simples, cheia de convicção, e eu não tinha evidências para contradizê-la. Ao que parecia, ela também havia adivinhado que eu não era humano e, portanto, confiável.

– Ele não está errado, mas é por isso que preciso de ajuda. Devemos... – Como explicar a guerra para uma criança? Como explicar a crise desenfreada que estava despedaçando o mundo? Suspirei e tirei um galho do caminho. – Devemos ajudá-los a se lembrarem como ser bons. Seu povo sempre foi cheio de bondade e luz e, se não fizermos nada, todos esses problemas humanos vão chegar até vocês também.

– Ninguém nos encontra – ela declarou.

– Eles podem encontrar – eu disse. – E vão. Mas podemos ajudá-los. Sua mãe pode ajudá-los. Sei que ela quis ir embora e proteger todos vocês, mas agora ela é necessária de novo. Quando algo terrível acontece, é preciso fazer algo, Dahlia. Nunca se deve ficar de braços cruzados. Não fiz nada uma vez, e me arrependo todos os dias da minha vida.

Ela considerou isso por um momento, e uma rã saiu lentamente do caminho enquanto atravessávamos a floresta a passos duros. Normalmente, eu teria me esforçado para ser mais discreto, mas agora tinha uma guia.

– Minha mãe é bastante teimosa, mas você pode tentar.

Sim, pensei, ela era a pessoa mais teimosa que eu já conheci. Parecia impossível que nos encontrássemos de novo; no entanto, as trajetórias dos deuses tinham o costume de se cruzar. Eu tinha sido feito apenas para trazer trevas ao mundo. Agora, mais do que nunca, precisávamos de luz.

– Então eu vou tentar. Sabe, Dahlia, é importante que tentemos. Diga-me uma coisa, minha cara – eu pedi, ajudando-a a passar sobre um riachinho estreito. – Você gosta de pássaros?

Fim

Agradecimentos

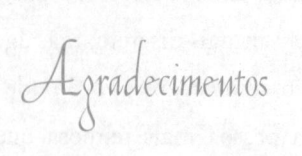

Esta série não existiria sem a paciência, a consideração e a orientação de Andrew Eliopulos. A equipe da HarperCollins se esforçou muito nestes livros, e sou grata por sua criatividade e persistência. Iris Compiet trouxe a magia deste mundo à vida, e tive muita sorte de ter a arte dela lado a lado com as minhas palavras. Agradeço também a Olivia Russo pela ajuda com publicidade, e Brooke Shaden por seu trabalho maravilhoso com a capa. Um agradecimento sincero a Kate McKean por sempre ser uma rocha e dar conselhos excelentes. Agradeço também à Associação Assirófila da França e a Amanda Raths pela ajuda com a tradução.

E, por último, a minha família, meus amigos e fãs por me acompanharem nesta jornada tortuosa e me ajudarem a realizar o sonho destes livros. Esta foi a aventura mais gratificante da minha carreira.

Créditos das imagens

Borda vitoriana nas páginas 2, 3, 6, 7, 9, 12, 22, 31, 39, 50, 63, 68, 79, 91, 102, 111, 118, 129, 138, 142, 154, 163, 176, 182, 190, 200, 216, 224, 234, 244, 252, 258, 267, 273, 279, 286, 294 © 2019by iStock/Getty Images.

Textura de parede nas páginas 2, 3, 6, 7, 9, 12, 22, 31, 39, 50, 63, 68, 79, 91, 102, 111, 118, 129, 138, 142, 154, 163, 176, 182, 190, 200, 216, 224, 234, 244, 252, 258, 267, 273, 279, 286, 294 © by iStock/Getty Images.

Parede desgastada nas páginas 11, 49, 78, 110, 137, 153, 175, 215, 233 © by iStock/Getty Images.

Fotografias nas páginas 11, 49, 78, 110, 137, 153, 175, 215, 233 © 2019 by Shutterstock.

SUA OPINIÃO É MUITO IMPORTANTE

Mande um e-mail para **opiniao@vreditoras.com.br**
com o título deste livro no campo "Assunto".

1ª edição, jan. 2021
FONTES Adobe Caslon 11/18pt; Tagliente 60/40pt
PAPEL Pólen Bold 60g/m²
IMPRESSÃO Gráfica Eskenazi
LOTE ESK262875